# 똑같은 것은 싫다

조홍식 교수의 프랑스 문화 이야기

창비

# 똑같은 것은 싫다

초판 1쇄 발행 • 2000년 11월 20일
초판 15쇄 발행 • 2015년 2월 23일

지은이 • 조홍식
펴낸이 • 강일우
편집 • 김성은 염종선 심재련
펴낸곳 • (주)창비
등록 • 1986년 8월 5일 제85호
주소 • 413-120 경기도 파주시 회동길 184
전화 • 031-955-3333
팩시밀리 • 영업 031-955-3399  편집 031-955-3400
홈페이지 • www.changbi.com
전자우편 • nonfic@changbi.com

ⓒ 조홍식 2000
ISBN 978-89-364-7059-3  03810

똑같은 것은 싫다

# 차례

# 서 장

제복은 싫어 인종의 전시장

프랑스가 국제사회에서 큰소리치면서 리더십을 발휘할 수 있는 비결은 어디에 있는 걸까. 한국 같으면 나라가 금방 망하기라도 할 듯이 호들갑을 떨었을 법한 전국 총파업 사태가 몇주간 지속되었음에도 불구하고 이를 극복하고 새로운 경제성장을 이룩해내는 프랑스 사회의 특성은 무엇인가. 낭만과 예술, 그리고 과학과 산업을 동시에 육성할 수 있었던 저력은 어디에서 오는 것일까. 일주일에 35시간만 일하고도 선진국 국민으로 윤택한 생활을 누리고 있는 프랑스란 나라는 과연 어떤 나라인가.

이 책은 이런 질문에 상당히 객관적이고 중립적인 답을 제시하려는 노력의 산물이다. 프랑스를 너무 이상화하거나 반대로 편파적 시각으로 바라보는 것은 프랑스를 전체적으로 이해하기보다는 부분적인 사실을 통해 자신의 편견을 고정화하는 것에 불과하다. 이 책은 프랑스에 대한 호의적 관심과 비판적 시각이 함께 어우러져 만들어냈다고 할 수 있다. 그리고 프랑스 사람들의 일상생활 속에서 프랑스의 특징과 본성을 발견해보려는 접근법을 택하고 있다.

# 제복은 싫어

프랑스인들은 획일성을 무척이나 싫어한다. 그래서 프랑스에 교복이란 것은 존재하지 않는다. 영국이나 미국의 명문 중고등학생들이 넥타이를 맨 정장차림으로 공부하는 진풍경은 프랑스에서 찾아볼 수 없다. 모두 검은 사각모와 망또를 걸치고 엄숙하게 진행하는 졸업식도 프랑스에서는 볼 수 없는 모습이다. 아니 프랑스에는 아예 졸업식이 존재하지 않는다.

프랑스인들은 직장에서도 획일적으로 옷입는 것을 싫어한다. 영국이나 미국의 회사에서 남자들이 하얀 와이셔츠에 점잖은 색상의 양복을 입고 정장차림으로 근무하는 모습과는 대조적으로 프랑스의 직장에서는 각자 나름의 개성을 뽐내는 옷차림을 하고 있다. 그렇다고 반바지나 운동화 차림으로 출근할 수는 없지만 '튀는 색깔'의 넥타이와 와이셔츠, 그리고 색상의 조화를 추구하는 콤비차림이 많다.

프랑스 사람들은 자신이 획일성의 소모품이 되는 것을 싫어하는 만큼 유니폼이나 제복 입은 사람들도 싫어한다. 경찰, 군인, 사제 들은 프랑스 사람들이 아주 싫어하는 집단에 속한다. 군인들은 그래도 자기들끼리 모여서 생활하고, 사제들은 그나마 자신들을 존중하는 신도들만 만나면서 산다. 그러나 매일같이 '보통 프랑스 사람'과 호흡을 같이하고 부대끼며 살아야 하는 경찰들은 그 고역이 이만저만이 아니다.

프랑스에서 경찰은 정말 힘든 직업이다. 프랑스 사람들이 제복 입는 사람들을 싫어하는 이유는 이들이 상명하복 체제에서 개인적 자유를 포기하며 살아간다고 생각하기 때문이다. 프랑스 사회의 3박자라고 할 수 있는 자유·평등·박애 중에서 이들은 자율성의 근본이 자 권리인 자유를 포기한 사람들로 비치는 것이다.

프랑스에서는 경찰관(policier)이라는 단어가 분명히 존재하지만 이는 공식문헌 또는 외국인들을 위한 프랑스어 교재에서나 등장한 다. 프랑스에서 경찰관은 일반적으로 '플릭'(flic)이라고 부르는데 이 는 부정적 뉘앙스를 가진 표현이다. 속어로는 '영계'(poulet)라고도 하는데, 사춘기 소년들은 경찰 옆을 지나갈 때면 닭처럼 "꾸, 꾸, 꾸……" 소리를 내며 놀리기도 한다.

사회적 분위기가 이렇게 적대적이다보니 군과 경찰직에는 상대적 으로 변방 출신이 많다. 프랑스의 흑인 경찰들은 대부분 구아들루쁘 (Guadeloupe)나 마르띠니끄(Martinique) 같은 카리브해의 프랑스령 지방 출신들이며, 브르따뉴나 코르시카인들은 군과 경찰에서 쉽게 만날 수 있다.

획일성에 대한 프랑스인들의 반발은 의상뿐 아니라 식탁에서도 나 타난다. 너도 나도 똑같은 메뉴를 시키는 것은 집이나 구내식당에서 '짬밥'을 먹을 때나 있는 일이다. 한국 사람들이 레스또랑에 가서도 메뉴를 획일화하는 경향이 있는 것과는 대조적으로 프랑스 사람들은 대부분 각각 다른 음식을 주문한다. 레스또랑에서 요리를 고르는 일 이야말로 자신의 개성을 드러내고 자유를 만끽할 수 있는 기회이기 때문이다.

프랑스에도 레스또랑에 가면 세트 메뉴가 있다. 하지만 세트 메뉴 안에서 전식 두서너 가지, 본식 두서너 가지, 그리고 후식 몇가지 중 에서 선호하는 음식을 택할 수 있다. 식사는 단순히 배를 채우는 행 위가 아니라 섬세한 미각을 충족시키는 의식(儀式)이기 때문이다. 수 백종에 달하는 치즈와 포도주, 수십종의 맥주와 향수는 모두 획일성

프랑스에는 400종이 넘는 다양한 맛과 향의 치즈가 있다. 획일성을 싫어하는 프랑스인은 음식뿐 아니라 생활의 모든 면에서 다양성을 추구한다.

을 기피하는 프랑스인의 특성을 반영한다.

　프랑스는 샤넬을 비롯하여 세계적으로 유명한 향수들을 만들어내는 나라이다. 전통적으로 프랑스인들은 향수를 좋아하는 것으로 알려져 있다. 한국 사람들은 흔히 서양인들이 몸냄새가 많이 나기 때문에 향수를 사용한다고 생각한다. 하지만 현대 프랑스 사회에서 향수는 체취를 없애기 위한 위생용품이라기보다는 자신의 개성을 드러내기 위한 장신구에 가깝다. 프랑스 사람들의 화장대 위에 놓여 있는 다양한 향수병들은 이를 잘 나타낸다. 그날의 기분과 외출하는 장소, 그리고 만나는 사람에 맞추어 향수를 선별한다. 마치 음식에 적합한 포도주를 고르듯이 말이다.

　빠리는 세계 패션의 중심지이지만 프랑스 사람들은 유행을 잘 따르지 않는다. 획일성을 싫어하기 때문에 남들과 똑같이 하는 것을 좋아하지 않는다. 자유분방하고 제멋대로인 빠리지앵들 속에서 창조성을 필수로 하는 패션과 예술이 꽃필 수 있었던 것은 당연한 결과이다.

프랑스는 유행을 따르지 않으면서, 아니 유행을 따르지 않음으로써 세계의 유행을 창조해낸다고 할 수 있다.

이와 같은 이유로 프랑스 시장에서 신제품이 히트하는 일은 정말 드물다. PC의 보급이나 핸드폰의 일반화가 프랑스에서 유별나게 더디게 진행되는 것도 그리 놀라운 일이 아니다. 처음 PC나 핸드폰을 구입한 부유층 사람들은 나름대로 개성을 표현한다고 우쭐댈 수 있다. 첨단기술의 훌륭함을 인식하고 소화해낼 수 있는 자신의 고유한 능력을 보여주는 것이기 때문이다. 그러나 신제품이 어느정도 알려지고 나면 일반대중으로 확산되는 속도는 매우 더디다. 여기에는 경제적인 제약도 중요하지만 남들이 한다고 자신도 따라하여 주변에 우스꽝스럽게 보이는 것을 창피해하는 프랑스인들의 고유한 정서가 배어 있기 때문이다. 프랑스는 아마 선진국 시장 가운데 신제품을 널리 확산시켜나가기 가장 어려운 나라일 것이다.

유별난 것이 규범처럼 작용하는 나라에서 살아가는 일은 쉬울 것 같지만 꼭 그렇지도 않다. 가령 프랑스 사람과 대화를 하다가 고전음악 이야기가 나왔다고 치자. 그가 당신은 어떤 음악을 좋아하냐고 물었을 때 "비발디, 모짜르트, 베토벤을 좋아한다"라고 대답한다면 그는 쓸쓸하게 미소 지으며 속으로 당신을 비웃을 것이다.

모두가 음악의 천재요 대가라고 인정하는 작가들이지만 다른 시대의 다른 성향을 나타내는 음악가들을 전부 좋아한다고 열거하는 '짓'은 몰개성적인 일이기 때문이다. 당신과 대화를 나누는 상대방이 착한 사람이라면 "동양사람이 서양음악에 대해 저 정도 아는 것도 다행이지"라고 생각할 것이다. 호기심 많은 사람이라면 "도대체 비발디, 모짜르트, 베토벤을 동시에 좋아하는 이유가 무엇일까" 궁금해할 것이다. 도도하고 신경질적인 사람이라면 "알지도 못하는 인간이 잘난 척하기는……"이라고 여길 것이다.

음악에 대해서 대화를 나누려면 적어도 어느 작곡가의 어느 작품이 어떤 이유 때문에 좋다고 말할 수 있어야 한다. 음악뿐 아니라 미술, 영화, 조각, 음식, 집, 가구, 애인 등 거의 모든 문제에 대해 자신의 개성을 보여줄 수 있어야 한다. 누구나 좋아하는 것을 따라가고 유행을 좋아가는 것은 개인적 '취향'이 없다는 뜻이다. 또 취향이 없다는 말은 천박하다는 말과 통한다.

프랑스 사람들이 가장 듣기 싫어하는 말은 곧 취향이 없다는 말이다. 왜냐하면 취향이란 인간과 동물을 구분짓는 중요한 잣대요, 인간성의 표현이기 때문이다. 취향이야말로 자신의 의지를 반영하는 자유로운 선택이고, 자유로운 선택의 의지를 생각과 행동에 반영하는 것은 문명인의 기본조건이다.


## 인종의 전시장

프랑스는 인종의 전시장이라고 할 만큼 다양한 종류의 사람들이 살고 있다. 1999년 현재 전체 인구는 6천만명인데 그중에서 470만명이 외국에서 외국 국적을 가지고 태어난 이민자이다. 470만명의 이민자 중에서 1/3 정도는 프랑스 국적을 취득하였고, 나머지 2/3는 여전히 외국 국적자이다. 물론 과거 19세기나 20세기 초에 프랑스에 이민와서 그 자녀들이 프랑스에서 태어난 경우는 여기서 제외된다.

프랑스에는 유럽계 백인들과 아랍계, 아프리카 흑인, 서인도제도 흑인, 화교와 동남아인 등 다양한 인종이 공존하면서 살고 있다. 19세기에 영국이나 독일, 아일랜드, 이딸리아, 노르웨이 사람들이 북미로 이민갈 때도 프랑스는 이민을 받아들이는 국가에 속했다. 반면 주변의 스페인이나 포르투갈, 이딸리아, 벨기에, 그리고 폴란드 같은 국가는 프랑스로 이민을 보내던 나라들이다. 그래서 프랑스의 유럽계 백인들 역시 어떤 인종적 일관성을 가지고 있는 것은 아니다. 금발에 파란 눈을 가진 북구계일 수도 있고, 검은 머리와 갈색 눈을 가진 남구계일 수도 있다. 고대 그리스나 로마에서 이주해온 지중해인의 후예일 수도 있고, 까이싸르의 프랑스 정복 이전부터 프랑스 영토에 살던 켈트족의 후예일 수도 있으며, 게르만족의 대이동 시기에 프랑스에 정착한 프랑크족의 후예일 수도 있다. 그리고 좀더 최근에 이주한 폴란드계의 슬라브족이나 포르투갈, 스페인 등 라틴계일 수도 있다. 이런 인종적 관심은 한국인들에게는 무척 흥미로울지 몰라도 프랑스 사회에서는 그다지 중요하지 않다. 프랑스인들은 프랑스대혁명 이후로 인종적 혈통보다는 국가와 민족에 대한 주관적 동참의지를 더욱 중요한 요소로 생각해왔기 때문이다.

인종적·종족적 다양성과 함께 프랑스인의 계급적 다양성 또한 대단하다. 프랑스 사회의 일부에서는 아직도 귀족의 전통을 따지고 귀족끼리만 결혼하는 부류들이 있다. 이들은 랄리(rallye)라고 불리는 파티를 통해 귀족과 부르주아의 자녀들만이 만날 수 있는 기회를 제공하곤 한다. 이런 파티에는 18세기 프랑스 궁정이나 귀족사회에서나 볼 수 있는 복장과 음악, 관습이 지속되고 있다. 내 대학동창 중의 하나는 과거에 집착하는 귀족 출신이었는데 낙태에 대해서 적극적으로 반대하고 군주제로의 복귀를 주장하곤 하였다. 그는 군주제만이 국가와 민족의 장기적인 미래를 생각하고 준비하는 데 가장 적합하다고 열변을 토하곤 했다. 그는 항상 깔끔한 머리 스타일에 완벽한 면도, 그리고 깨끗한 검정 양복을 입고 학교에 다녔다.

그와는 반대로 노동자 집안에서 태어난 또다른 동창은 긴 머리에 콧수염과 턱수염을 기르고 다녔다. 그는 제3세계주의자로서 팔레스타인 독립의 필요성을 외치며 팔레스타인을 상징하는 머플러를 하고 다녔다. 그는 부르주아들의 위선과 오만을 항상 비판하였고, 사회적 혁명만이 인류를 불평등에서 구원해줄 것이라고 굳건히 믿었다. 같은 시대에 같은 대학을 다니는 비슷한 나이의 동창들이었음에도 불구하고 둘은 그토록 달랐다. 사실 어느 사회나 계급간의 차이는 어느 정도 존재하지만 한국 학생에게 프랑스 사회는 계급간의 외형적·관습적·의식적 장벽이 매우 높아 보였다.

한국은 경제발전과 사회변화가 급격하게 이루어진 나라이기 때문에 세대간의 격차가 심한 편이다. 그러나 프랑스 역시 상당한 세대간의 격차나 갈등을 보여주고 있다. 한국은 변화의 속도가 빨랐지만 프랑스는 그 속도가 약간 더딘 대신 사람들의 평균수명이 훨씬 길기 때문에 한 시대에 공존하는 세대의 범위가 넓다고 하겠다. 프랑스에서 80세 이상의 노인들을 만나는 것은 그리 어려운 일이 아니다. 1930년대 대공황 시기의 경제적 빈곤과 전쟁, 독일군 점령시기의 정치적 억압을 경험한 세대들은 한국 사람 못지않게 근면성과 저축에 대한 집념을 가지고 있다.

반면 지금 육십대에 돌입하는 프랑스 노인들은 한국과는 비교도 안 될 만큼 개방적인 사고를 가지고 있다. 이들은 30여년 전 이십대에 '68혁명'을 주도한 세대로서 권위주의로부터의 탈피와 성해방을 외치고 실천한 세대이다. 이들 중에는 나이가 오십대인데도 불구하고 수십년간 결혼이라는 제도를 부정하면서 동거하는 사람들이 있는가 하면, 여자로서 독립된 삶을 영위하기 위해 독신생활을 하며 아이를 낳아 키우는 경우도 드물지 않았다.

내 또래의 삼십대 세대는 1970년대의 경제적 불황 속에서 어린 시절을 보냈기 때문에 오히려 68세대보다 보수적인 측면을 가지고 있다. 실제로 68세대는 만 18세만 되면 부모 곁을 떠나 독립하는 것이 일반적이었는데, 내 세대는 이성을 만나 동거를 시작하기 전까지는 부모와 함께 사는 경우가 더 많았다. 나와 내 친구들은 1980년대 초반 일반화되기 시작한 PC를 사용한 세대로서 그때 우리는 고등학생이었다. 대학생이 되어서 처음으로 컴퓨터로 작성한 리포트를 제출하였는데 프린터가 흔치 않아 학교 컴퓨터실을 활용하였다. 그러나 요즘의 십대, 이십대 프랑스 청소년들은 한국의 청소년과 마찬가지로 유년기부터 컴퓨터와 인터넷 속에서 자라났다.

인종의 다양성, 계급의 다양성, 그리고 세대의 다양성은 프랑스가 다양성의 나라라는 것을 여실히 보여준다. 취향의 다양성이란 다종다양한 인종이나 계급, 세대가 서로 갈등하기보다는 상대방을 인정하고 관용하는 과정에서 자연스럽게 생성되는 것이다. 프랑스의 힘과 저력은 다양성을 하나의 틀 속에서 적절한 에너지로 전환할 줄 아는 능력에 있다.

16

# 제 1 장

# ㅅㅏㄹㅏㅇ

청소년의 섹스와 동성애   프랑스는 프리섹스의 천국인가   섹스 스캔들과 사생활 보호   자보지도 않고 결혼하는 것은 용기다
프랑스 부부는 평등한가   서양의 가족은 해체되었다?   프랑스 사람은 친구가 별로 없다

사람은 먹으려는 욕망과 사랑하려는 욕망 두 가지를 본능적으로 지니며 살아간다. 사람이 매일 살아가는 데 식욕이 필수적 생존욕구라면, 성욕은 한 집단이나 사회 또는 인류가 지속하는 데 꼭 필요한 본능이다. 식욕과 성욕은 사람과 동물이 공통으로 가지고 있는 생존본능이지만, 이를 충족하는 방법은 사람과 동물을 가장 잘 구별해주는 잣대이기도 하다. 개나 소는 음식을 먹기 위해 손을 씻지도 않고 식기를 사용하지도 않는다. 동물들은 이성간에 관계를 맺기 위해 연애를 하거나 약혼, 결혼과 같은 절차를 거치지 않는다. 또한 식욕과 성욕은 인류의 공통된 욕망이면서 사회와 집단에 따라 매우 다양한 모습으로 나타난다.

여기서는 프랑스인이 서로 사랑하는 여러 형태에 대해 기술할 것이다. "사랑은 국경도 초월한다"라는 말이 상징적으로 보여주듯이 이성에 대한 호기심과 관심은 보편적이다. 내가 프랑스나 유럽에 대한 강의를 하는 중에 청중들이 가장 눈을 반짝이며 귀를 솔깃해하는 때도 그들의 사랑패턴에 대해서 설명하는 시간이다. 색다른 것에 대한 관심과 호기심이야말로 이해의 첫걸음을 떼게 해주는 힘이다.

## 청소년의 섹스와 동성애

몇년 전 서울 거리를 지나다 우연히 젊은 여인의 요염한 모습이 담긴 영화 포스터가 눈길을 끌어 잠시 걸음을 멈추었다. 영화제목은 '빠리 애마'였다. 흥행에 성공한 '애마부인'의 속편을 만들면서 '빠리'라는 도시의 이름을 덧붙인 것 같았다. 왜 영화 이름을 '뉴욕 애마'나 '스톡홀름 애마' 또는 '북경 애마'로 하지 않고 하필 '빠리 애마'로 정했을까. 또다른 에로영화로 그 제목은 잘 기억나지 않지만 "빠리에서는 모든 것이 가능하다"라는 내용이었다.

텔레비전의 드라마에서도 이같은 프랑스나 빠리에 대한 한국인들의 시각은 그대로 드러난다. 괜찮은 상류사회 집안의 아들은 미국으로 유학을 갔다와서 가업을 이어받거나 전문인으로 '정상적'이고 '모범적'으로 살아간다. 반면 예술을 전공하거나 무엇인가 사회의 주류에 동참하지 못하면서 살아가는 '기인'들은 빠리로 유학을 가거나 빠리에서 살다 돌아온 인물들이 많다. 또 가정불화로 이혼을 하고 한국 생활을 훌훌 털어버리려는 여성들이 단골로 찾아가는 곳도 프랑스이다. 「처녀들의 저녁식사」라는 영화에서도 성문제에 대해 매우 개방적인 여주인공은 프랑스를 '해방'의 공간으로 꿈꾸며 '망명'을 떠난다.

몇년 전 국내 독자와 관객들에게 상당한 호응을 얻었던 「경마장 가는 길」역시 프랑스에 대한 이같은 이미지를 강화하는 데 한몫을 했다. 빠리에 유학하는 유부남과 처녀의 동거생활, 귀국한 뒤 계속 유지되는 유부남과 처녀의 불륜관계, 그리고 유부남의 이혼, 결국 씁쓸하게 헤어지는 이혼남과 처녀. 이 소설의 풍부한 내용이나 메시지, 가치와 상관없이 그러한 상황설정은 한국에서 '개방적'이거나 '방탕한' 프랑스의 이미지를 만드는 데 부분적으로 기여했다. 최근에는 한국 사회에서 문제되었던 영화 「거짓말」에서도 빠리는 빠짐없이 등장했다.

얼마 전 신문에는 프랑스인들이 섹스를 매우 많이 한다는 기사가 실렸다. 실제로 프랑스인은 아시아 사람이나 심지어 미국인과 비교해보아도 섹스에 대해 관대한 편이다. 프랑스 부모들은 자녀들이 청소년기에 성관계를 가질 수 있음을 인정한다. 일부 개방적인 집안은 아이들이 대학생 시절에 이성 친구를 집에 데려와 같이 자는 것을 허용하는 경우도 있다.

이미 1978년 한 여론조사에서 프랑스인의 51%는 여자아이가 18세가 되기 이전에 피임약을 먹을 수 있다는 사실에 적극적으로 또는 대체로 찬성한다고 답변하였다. 당시 이 여론조사는 사람들의 문화적 자유주의를 측정하기 위한 여러 질문 중 하나였다. 여자아이의 피임약 복용을 이해하는 사람들은 문화적으로 자유롭고 개방된 사람들이고, 반대하는 사람들은 보수적이고 권위적인 사람들이라고 할 수 있다. 하지만 20여년 뒤 이러한 질문은 변별력이 없어져서 더이상 사용되지 않는다. 지금은 절대 다수의 사람들이 이런 점을 당연하다고 여기기 때문이다. 프랑스인에게 "어떻게 그런 일을 허용할 수 있느냐"고 물으면 이들은 오히려 놀라면서 되물을 것이다. "남자와 여자가 성인이 되면서 서로 성관계를 갖는 것은 당연한 일인데 원하지 않는 임신을 하는 것보다는 피임약을 복용하는 것이 훨씬 낫지 않을까요. 만일 피임약을 먹지 않는다면 임신 가능성은 높아지고, 임신하고 나면 양자택일의 길에 설 수밖에 없기 때문이지요. 아이를 낳아 키우든지 아니면 낙태를 하든지…… 그러나 원치 않은 아이를 생활력이 없는 십대가 키우기도 어렵고, 그렇다고 낙태를 한다면 도덕적인 죄책

공원에서 키스하는 남녀. 프랑스인은 성과 사랑에 있어서 개방적이다.

감과 건강에 해로운 일이기에 쉬운 선택이 아닐 것입니다."

프랑스인들은 청소년의 성에 대해서만 관대한 것이 아니다. 한국에서 일반적으로 '변태'라는 시각을 가지고 보는 동성애에 대해서도 이해의 폭이 상당히 넓은 편이다. 이성을 사랑하지 않고 동성을 사랑하는 것은 개인의 선택이고, 개인의 선택에 대해 국가나 사회가 왈가왈부할 문제가 아니라는 것이다. 많은 사람들이 이성을 사랑하는 성향을 가지고 태어나지만 일부가 동성을 사랑하는 운명으로 태어났다면 그들의 삶도 존중해야 한다는 시각이다.

한국에 '해피 투게더'라는 제목으로 번역된 왕자웨이 감독의 영화 「부에노스 아이레스」가 프랑스 깐느영화제에서 금상을 받은 것도 이

나라 특유의 개방적 분위기를 반영하고 있다. 「부에노스 아이레스」는 막연한 꿈을 가지고 지구 반대편 아르헨띠나까지 찾아온 중국 동성 연애자들의 사랑 이야기이다. 남자와 남자 사이의 사랑 이야기가 전개되는 동안 관객은 이 영화가 동성애를 그린 영화라는 사실을 잊는다. 그리고 이들의 사랑 이야기는 이성간의 '정상적인' 사랑 이야기와 다를 바가 없다는 사실을 느끼게 된다.

현재 프랑스에는 오십만명에서 백만명에 달하는 사람들이 일명 '호모 커플'을 이루고 산다. 호모 커플이란 남자와 남자 혹은 여자와 여자가 같이 사는 커플을 지칭한다. 그렇다고 형제가 같이 살거나 모녀가 같이 사는 것을 호모 커플이라고 하지는 않는다. 같은 지붕 아래서 한 침대를 쓰면서 성관계를 가지는 남-남 또는 여-여 커플이 바로 호모 커플이다.

빠스깔과 자노는 프랑스 중부 대도시 리옹의 서민 아파트가 밀집되어 있는 베니씨외에서 함께 사는 남자 호모 커플이다. 이웃들은 빠스깔과 자노가 서로 사랑하는 사이이고 그래서 같이 살고 있다는 것을 잘 알고 있다. 빠스깔은 호모 커플이 사회로부터 정당하게 인정받도록 활발한 정치활동을 펴고 있다. 그는 론느 지역 공산당 지구당의 '반(反)호모차별 투쟁위원장'을 맡고 있다. 스페인 출신의 자노는 베니씨외 시청에서 일하는데, 그가 다른 남자와 함께 살고 있는 호모라는 사실은 직장에서도 잘 알려져 있다. "내가 빠스깔을 처음 만난 것은 서른한살 때였지요. 나는 부모님께 바로 이 사람이 내 배우자가 될 것이라고 말했습니다. 내가 빠스깔을 스페인에 데려가 가족들에게 소개했는데, 글쎄 빠스깔은 순식간에 식구들의 인기를 독차지하는 스타가 되어버렸어요." (*Le Nouvel Observateur*, "Les homos lyonnais veulent 'pacser'")

22

여자 호모 커플인 크리스띤느와 올리비아의 사례를 보자. 크리스띤느는 리옹에서 레스또랑을 경영하는 윤택한 부르주아이고 올리비아는 미국 흑인인데 전직 스튜어디스이다. 크리스띤느의 집안은 전통적인 카톨릭 집안이라 처음에는 여자들이 서로 사랑하기 때문에 같이 산다는 데 대해 극구 반대하였다. 그러나 시간이 지나면서 가족들도 이런 사실을 인정하게 되었다.

빠스깔과 자노, 크리스띤느와 올리비아 같은 '특별한 취향'의 사람들이 사회로부터 공식적으로 인정받게 된 것은 그리 오랜 일이 아니다. 호모들은 1970년대 동성애의 사회적 정당성을 확보하기 위하여 매우 적극적인 운동을 벌이기 시작했다. 당시 유명인사들은 자신이 호모라는 사실을 공식적으로 밝힘으로써 비슷한 처지에 있는 많은 호모들의 소외감을 덜어주는 데 기여하였다.

당시까지만 해도 세계보건기구(WHO)는 동성애를 '정신병'의 일종으로 취급했는데, 이 운동을 계기로 프랑스 정부는 1980년대 초반 세계보건기구의 기준을 더이상 적용하지 않기로 결정하였다. 그리고 형법상에 존재하는 호모에 대한 차별 규정도 없앴다. 당시 프랑스 형법은 이성간의 관계는 15세를 성년으로 규정한 반면 동성간의 관계는 18세로 정하여 차별을 두고 있었다. 16~17세의 소년이나 소녀가 18세 이상의 성인과 자발적으로 이성관계를 맺을 경우 법적으로 문제되지 않았지만 동성관계를 갖게 되면 상대방이 형사처벌을 받는 상황이었다.

하지만 상당한 권리를 확보했음에도 불구하고 1990년대 초 호모들은 여전히 사회의 편견과 잔존하는 인습의 굴레에서 고통받고 있었다. 1991년 여름의 일이다. 필립과 미셸은 몇년 동안 동거해온 호모 커플이었다. 그러던 어느날 필립이 에이즈에 감염되었다는 사실이 밝혀지자 필립의 가족은 그에게서 등을 돌렸다. 필립이 에이즈로 인해 서서히 죽어가는 동안 그를 지킨 사람은 바로 동거남 미셸이었다. 그러나 필립이 사망하자 그의 가족은 미셸의 존재를 수치스럽게 여겨 그가 장례식에 참여하는 것조차 허용하지 않았다. 게다가 미셸은 필립의 명의로 되어 있던 아파트에서 쫓겨나 길바닥에 나앉게 되었다. 이 사실이 알려지자 사회당의 일부 진보적인 국회의원들은 커플을 이루고 사는 호모들에게도 최소한의 권리를 보장해야 한다며 입법을 추진하기 시작하였다. 1991년부터 점진적으로 추진된 입법안은 많은 우여곡절 끝에 1999년 10월 의회를 통과하였다. 일명 '민간연대결약'(PACS, Pacte civil de solidarité) 법안은 매우 자유로운 형태의 '동거'와 구속력이 강한 '결혼' 중간쯤에 해당하는 일종의 계약관계를 사회적으로 인정해주는 것이다.

민간연대결약법은 분명히 호모 커플을 염두에 두고 만들어진 법이다. 하지만 반드시 호모 커플에만 적용되는 것이 아니고 이성 커플도 원한다면 민간연대결약을 맺을 수 있다. 프랑스에는 결혼하지 않고 동거하는 이성 커플이 200만쌍 정도 되는데 이는 전체의 1/5이다. 따라서 민간연대결약을 맺을 수 있는 잠재적인 프랑스인의 수는 450만~500만명에 달한다.

조스뺑 총리는 민간연대결약에 대해 "그것은 2급 결혼도 아니고, 그렇다고 결혼도 아니며, 호모 커플에게만 적용되는 것도 아니다. 중요한 점은 실제상황을 인정하고 동시에 이러한 상황이 제기하는 매우 구체적이고, 때로는 매우 고통스러운 인간적 문제들을 해결할 수 있다는 점"이라고 그 배경을 설명하였다.

이제 민간연대결약을 맺은 커플들은 세제상의 각종 혜택을 누릴 수 있다. 소득세도 공동과세되어 과거보다 낮은 세율이 적용되고, 증여 세나 상속세율도 낮아졌다. 주택계약의 명의이전도 가능해졌고 사회보장제도의 혜택도 누릴 수 있게 되었다. 하지만 결혼과의 차이점은 여전히 존재한다. 혜택의 범위나 비중이 낮을뿐더러 결약을 맺고 해체하는 절차가 단순한 신고에 의존하고 있다. 제일 큰 차이점은 결혼이 두 가계를 연결한다면 결약은 단순히 두 개인만의 공동체를 형성한다는 점이다. 즉, 결약 커플은 양자(養子)를 들이거나 인공수정을 통해 아이를 가질 권리가 없다.

빠스깔과 자노, 그리고 크리스띤느와 올리비아는 결약을 맺을 예정이다. 결혼할 수 없다는 사실이 아쉽기는 하지만 그래도 결약을 통해 사회적으로 인정받는 것은 커다란 발전이라고 생각한다. 이들은 다른 이성 커플들과 마찬가지로 아이를 갖고 싶어한다. 이 점에 있어서는 여자 커플보다 남자 커플이 매우 불리하다. 입양이 불가능한 상황에서 여자들은 둘 중 한명이 다른 남자와 관계를 맺어 아이를 가질 수 있지만 생물학적으로 남자들은 그럴 수 없기 때문이다.

하지만 프랑스 사람들이 모두 동성애에 대해서 바다같이 넓은 너그러움을 가지고 있다고 착각해서는 안된다. 여전히 동성애의 취향이나 동성 커플은 프랑스에서도 소수일 뿐이다. 이들은 이성을 좋아하는 다수의 프랑스인들로부터 자주 농담이나 야유 또는 편견의 대상이 되고, 때로는 손가락질받는다.

그럼에도 불구하고 프랑스에는 자신의 동성애를 공개적으로 밝히는 용기있는 유명인사들이 있다. 호모 커플의 문제를 다루는 과정에서 그들의 성적 취향을 공격하거나 호기심의 대상으로 악용하기보다는 인간의 기본권리라는 차원에서 접근하는 언론들이 있다. 그리고 이들의 문제를 자신의 문제로 받아들여 기존 정치권의 비난에도 불구하고 10여년간 입법활동을 벌인 국회의원들도 있다.

## 프랑스는 프리섹스의 천국인가

프랑스는 절대로 프리섹스의 나라가 아니다. 프리(free)에는 두 가지 의미가 있는데 첫째는 자유롭다고, 둘째는 공짜라는 의미이다. 프랑스에서 섹스가 우리보다 상대적으로 자유로운 것은 사실이지만 그렇다고 길거리에서 만난 남녀가 섹스를 하러 직행하는 경우는 매우 드물다. 빠리에 가서 프리섹스를 즐기겠다는 생각은 프랑스 사회에 대해 무지한 착각에 불과하다.

프랑스어에서는 섹스한다는 의미로 쓰이는 말이 상당히 여러가지인데 우선 '사랑을 하다'(faire l'amour)라는 표현을 가장 많이 사용한다. '같이 자다'(coucher avec)라는 표현도 자주 사용하고, 약간 천박한 표현으로는 직역하면 '키스하다'(baiser)라는 뜻의 동사를 쓴다. 의역하면 우리말의 '먹다'와 비슷한 뉘앙스이다. 다소 학술적인 용어로는 '성적 관계를 갖다'(avoir une relation sexuelle)라는 말이 있다. 그러나 프랑스어에 프리섹스에 해당하는 말이나 표현은 찾아보기 어렵다.

한국과 가장 커다란 차이점이 있다면 프랑스인들은 성생활 자체를 매우 자연스러운 생리현상으로 생각한다는 점이다. 프랑스 청소년들은 평균 17세 정도에 첫 성경험을 갖는다. 남녀 평균 사이에도 별 차이가 없는데 남자는 17세, 여자는 17.5세이다. 1930년대 조사에 따르면 당시 여자는 평균 21세 정도에 첫경험을 가졌다고 한다. 첫경험의 연령이 상당히 낮아진 셈이다.

다른 한편 평생 동안 성관계를 맺는 파트너의 수는 남성의 경우 평균 12.1명이고 여성은 3.2명이다. 이같은 남녀간의 차이에 대해 조사

26

를 담당한 사회학자는 남자가 평균적으로 더 많은 수의 파트너와 관계를 맺지만, 여성의 경우 한두 번만 관계를 맺거나 오래 지속되지 않은 관계는 제외하고 답변한 것으로 분석하였다. 이런 통계에서 남자가 수를 부풀려서 이야기하는 경향이 있는 반면 여자는 수를 낮추어 말하는 심리가 있다는 사실을 통해 프랑스 같은 개방사회에서도 아직 남아 있는 폐쇄적 성의식을 엿볼 수 있다.

1990년대의 프랑스인들은 과거와 마찬가지로 주로 동거하는 상대방과 성관계를 갖는다. 물론 한국처럼 같이 산다고 해서 모두 결혼한 관계는 아니다. 결혼하지 않고 단순히 동거하는 남녀가 4백만이나 되니 말이다. 같이 살지 않는 사람과의 성관계는 프랑스인에게도 일종의 모험인 셈이다. 그리고 남녀를 불문하고 이성관계에서 가장 중요하다고 생각하는 가치는 '충실함'이다. 여기서 충실함이란 파트너 이외의 사람과는 관계를 갖지 않는다는 것을 의미한다.

지난 10~20년 동안 프랑스 사람들의 성생활에서 나타나는 가장 커다란 변화는 황혼기까지 성생활을 즐긴다는 점이다. 1970년대의 프랑스판 킨제이 보고서로 불리는 씨몽(Simon) 보고서는 여성의 반 정도가 폐경기인 쉰살을 기준으로 성생활을 중단한다고 밝혔다. 그러나 현대 프랑스 여성들은 이런 심리적 장벽을 극복하고 50~69세 여성의 80%가 성생활을 지속한다고 알려졌다. 의학의 발전과 노인의 성생활에 대한 편견이 없어지면서 나타난 현상일 것이다.

또다른 변화는 성행위 자체에서도 찾아볼 수 있다. 과거의 성관계가 남성 중심의 기계적 행위였다면 요즘의 성관계는 시간도 훨씬 길어졌고, 애무나 오럴섹스 같은 쾌락적인 요소가 많이 가미되었다. 전통사회에서 중요시하던 공동체 유지의 기능이 줄어들면서 쾌락에 대한 남녀의 권리가 상대적으로 신장된 결과이다.

저녁 8시 프라임타임 뉴스를 단독으로 맡았던 여성 앵커 크리스띤느 오크렌트.

프랑스 여성들은 성생활뿐 아니라 사회의 많은 분야에서도 남성과 동등하게 주도적인 역할을 해내고 있다. 아주 간단한 사례로 한국 TV 뉴스에서는 남자가 주 앵커의 역할을 하고 여자는 보조 앵커 역할을 한다. 그러나 프랑스에서는 1980년대 이미 크리스띤느 오크렌트(Christine Ockrent)라는 여성 앵커가 저녁 여덟시 프라임타임 뉴스를 단독으로 맡아 인기를 끌기 시작하였고, 그 뒤 끌레르 샤잘(Claire Chazal)과 같은 여성 앵커들의 시대가 열렸다. 적어도 TV 뉴스 진행에서는 남자들이 여성과 경쟁해야 하는 시대가 도래한 것이다.

정치권에서도 프랑스 여성들은 1990년대부터 장관으로 대거 입각하기 시작하였고, 북구보다는 못하겠지만 한국보다는 훨씬 많은 국회의원 비중을 여성이 차지하고 있다. 경제계에서도 여성들의 활동이 부각되었고, 의사나 변호사 같은 전문직종에서도 여성들이 대거 진출하였다. 이처럼 프랑스 여성들은 다방면에서 남자들의 영역을 무너뜨리면서 조금씩 남녀평등을 실현해가고 있다. 2000년에는 세계 최초로 정당들이 각종 선거에서 후보를 공천할 때 여성의 비중을 50% 이상으로 하도록 의무화하였다.

하지만 이러한 남녀평등의 발전이 하루아침에 이루어진 것은 아니다. 프랑스 여성들이 사회활동에 적극적으로 참여할 수 있는 계기가 된 것은 두 차례에 걸친 세계대전이다. 남자들이 전쟁터에 나가 있는 동안 여자들은 공장을 가동해야 했고, 집에서는 가장 노릇을 해야 했다. 이러한 노력과 기여에도 불구하고 1944년에야 선거권을 획득한 프랑스 여성들은 제2차 세계대전 이후 본격적으로 권리 획득에 관심을 가지고 투쟁하였다. 현재 프랑스 남녀평등의 발전은 반세기에 걸친 여성운동과 사회인식의 변화 결과이다.

한국의 여성운동은 경제적 권리의 확보와 정치권 진출이라는 두 가지 차원에서 상당히 보수적으로 추진되고 있는 것 같다. 한국은 아직도 전업주부가 많은 나라이다보니 여성운동이 보수적인 성향을 띨 수밖에 없는 구조적 한계를 가지고 있는지도 모른다. 그래서 여성운동은 상속권에서 남녀평등이나 재산분할권, 전업주부의 연금수혜권과 같은 경제적 이익에 치중하고 있다. 이에 덧붙여 더욱더 많은 여성들이 국회의원과 장관이 돼야 한다고 목소리를 높이고 있다.

프랑스의 경우 여성해방을 주장하는 목소리들은 경제적 이익이나 정치적 권리를 주장하기보다는 성적 해방을 가장 중요한 목표로 내세웠다. 왜냐하면 여성도 하나의 인격체로서 남자와 동등하게 성적 쾌락을 즐길 개인적 권리를 가지고 있다고 보았기 때문이다. 일부 여성운동가들은 전통적인 가족제도야말로 가부장의 권위를 중심으로 만들어졌기 때문에 여성의 해방은 '현모양처'의 이미지를 떨쳐버리고 가족제도의 굴레에서 벗어남으로써 비로소 이루어질 수 있다고 주장한다.

1970년대까지만 해도 프랑스 여성의 지위는 매우 열악한 것이었다. 『제2의 성』이라는 작품으로 국내에도 잘 알려진 씨몬느 드 보부아르가 1958년에 출판한 『정숙한 처녀의 회고록』을 살펴보자.

나의 아버지나 대부분의 작가들, 그리고 결국 모든 사람들은 젊은 청년들이 재미보는 것을 인정하였다. 그러다 어느 순간이 되면 이 청년들은 자신의 신분에 걸맞은 처녀와 결혼을 한다. 그때까지 이들은 바람난 여자들이나 예쁘장한 여공, 봉제공이나 바느질하는 처녀들과 같이 어려운 환경의 아가씨들과 즐기는 것이 공인되었다. 이런 관습은 정말 구역질나는 것이었다. 나는 하층민들은 도덕관이 없다고 반복적으로 들으면서 자랐기 때문에 세탁소나 상점의 점원 아가씨들의 불미스런 행동들이 너무나 당연해 보였으며 또 전혀 놀랍지도 않았다. 소설가들은 이런 여인들이 사람을 감동시키는 장점들을 많이 가지고 있다고 썼다. 나는 가난한 이 젊은 여인들에게 호감을 가지고 있었다. 하지만 그들의 사랑은 처음부터 실패할 수밖에 없는 것이었다. 언젠가는 애인이 자기 마음대로 편리한 길을 택하여 정숙한 처녀와 결혼하기 위해서 그들을 차버릴 것이기 때문이다. 나는 민주적이고 낭만적인 사고를 하고 있었기 때문에 남자이고 부자라는 이유만으로 가난한 여자들의 처지를 이용하여 놀게 내버려두는 세상이 역겨웠다. 다른 한편 나 자신은 당시 하얀 드레스를 입은 정숙한 여자의 입장에서 반항심을 가졌다. 여자이기 때문에 나는 혼전에 다른 이성과 사귈 수 있는 권리가 없었다. 이 혼전에 즐길 수 있는 권리를 내 파트너에게 인정할 이유가 하나도 없었던 것이다. (Simone de Beauvoir, *Mémoires d'une jeune fille rangée*, Paris: Gallimard, 1958)

　1968년 사회 문화적 혁명 이전의 프랑스 사회는 이처럼 남녀의 성적 불평등이 매우 강했던 사회였다. 대부분의 정숙한 처녀들에게는 처녀성이 강요되었고 남자들은 소수의 '개방된' 여성들과 성적 쾌락

여성의 성적 권리의 신장 등 프랑스 사회문화 전반에 거대한 변화를 몰고 온 68혁명 당시의 모습.

을 누리는 것이 일반화되어 있었다. 하지만 68혁명을 계기로 인간해방의 목소리가 널리 확산되고 높아지면서 여성의 성적 권리에 대한 인식도 급격히 고조되었다.

1960~70년대 프랑스 여성운동의 구체적이고 대표적인 목표는 인공낙태를 합법화하는 데 있었다. 프랑스는 1920년에 제정된 법에 의하여 인공낙태를 불법화하였다. 제1차 세계대전 직후 프랑스는 전쟁에서 많은 젊은이를 잃었고 당시 정부는 프랑스의 인구증가를 촉진하기 위해 낙태를 금지시켰다. 물론 생명의 존엄성을 강조하는 카톨릭 전통의 영향이 이같은 법 제정에 기여한 것도 사실이다.

또한 남녀가 자식농사 이외의 쾌락을 추구하는 성관계를 가져서는 안된다고 주장하는 카톨릭의 전통과, 인구증가를 통해 국력을 강화하려는 정부의 의지가 맞아떨어져 프랑스는 피임 자체를 금지시켰다. '성관계시 피임을 못하는 상황에서 낙태까지 금지시키면 인구는 당연히 늘어날 것이 아니겠는가.' 바로 이 점을 정부 관계자들은 노렸다.

　하지만 남녀관계를 통제하려고 하는 국가의 시도는 현실의 장벽에 부딪치게 되었다. 그것이 부부이건, 부부가 아니건 프랑스의 남자와 여자들은 쾌락적인 성생활을 즐겼고 갖가지 방법으로 피임을 시도하였다. 20세기 내내 프랑스 가정의 평균 자녀수는 두 명 내외였다. 그렇다고 프랑스의 부부들이 평생 아이 두 명만 낳을 정도로 성생활을 자제한 것은 결코 아닐 것이다. 결국 대부분의 프랑스인들은 카톨릭 교회로부터 지탄받아 마땅한 쾌락적 성생활을 했을 것이고, 피임도구를 사용함으로써 국가법을 어긴 결과가 된다.

　더욱 심각한 문제는 아이를 원치 않는 상황에서 임신한 경우였다. 이들은 엄청난 죄의식 속에서 불법적인 낙태시술을 받을 수밖에 없었다. 반세기 동안 지속된 프랑스의 낙태금지법은 사회에서 발생하는 모든 낙태시술을 불법으로 만들었고 결국 수많은 의사, 그리고 제대로 교육받지 못한 민간 낙태시술자와 여성들을 범법자로 내몰았다.

　정치권은 불법낙태 문제에 대처하기 위해 1967년 피임을 합법화하는 법안을 통과시켰다. 하지만 이 법에서도 피임법에 대한 홍보와 교육은 여전히 금지사항이었다. 1969년부터는 피임도구를 합법적으로 판매할 수 있는 조치가 내려졌고, 1971년이 되어서야 피임도구를 약국과 같은 상점에서 쉽게 살 수 있게 되었다.

　하지만 여성운동가들의 입장에서 보았을 때 피임과 낙태의 권리는 국가가 행정조치를 통해 개입할 문제가 아니었다. 그것은 여성이 자신의 신체에 대해 완벽한 자율성과 선택권을 갖느냐의 문제였던 것이다. 달리 말해서 여성을 '모성'과 '가정주부'의 역할에 국한하려는 전통사회의 불평등한 폐습을 청산하기 위해 여성도 남성과 마찬가지로 자신의 신체에 대한 자주권을 되찾아야 한다고 생각했던 것이다.

그 결과 낙태의 합법화에 결정적으로 기여한 일명 '343 선언'이 발표되었다. 프랑스의 대표적 진보계 주간지 『르 누벨 옵쎄르바뙤르』는 1971년 4월 5일 당대 최고의 프랑스 지식인 여성 343명의 서명이 담긴 선언문을 실은 것이다. 선언문의 내용은 다음과 같다.

프랑스에서는 매년 백만여명의 여성들이 낙태시술을 받는다. 이 시술은 공식 의료진에 의해 행해진다면 매우 간단한 시술이다. 그러나 현행법은 이 시술을 비밀리에 하도록 강요하고 있기 때문에 결국 여성은 대단히 위험한 조건에서 수술을 받을 수밖에 없다. 사람들은 이 수백만의 여자들에 대해 침묵하고 있다. 나는 이같은 여자 중 한명이며 낙태경험이 있음을 선언한다. 우리는 피임수단을 자유롭게 사용할 수 있는 권리를 요구하듯이 낙태를 자유롭게 할 수 있는 권리를 요구한다.

선언문에 이어 343명의 서명자 명단이 공개되었다. 서명자 중에는 세계적 여성운동의 지도자이자 당대 최고의 여류문인 씨몬느 드 보부아르, 『초대받은 여자』의 저자 프랑수아즈 싸강이나 『연인(戀人)』의 작가 마르그리뜨 뒤라스, 세계적 명성의 여배우 까트린느 드뇌브와 잔느 모로, 최고의 명성을 자랑하던 여성 변호사 지젤 알리미 등이 포함되어 있었다.

1970년대 초 프랑스 사회는 이러한 여성문제에 관한 찬반론이 정면으로 뜨겁게 충돌하는 상황이었다. 한편에서는 여성의 완벽한 성적 해방을 주장했고, 전통주의자들은 낙태를 허용함으로써 인간의 존엄성이 짓밟히게 되었다고 비난했다. 당시 여론조사를 보면 프랑스인의 82%는 피임을 허용해야 한다고 생각했고, 67%는 낙태가 기본권리라고 생각했음을 알 수 있다

남녀문제에 있어 프랑스 사회는 1970년대에 근본적인 변화를 맞고 있었다. 많은 사람들이 바깡스를 즐기는 해변가에 여성들이 가슴을 드러낸 모노키니 차림으로 나타나기 시작했다. 여성들은 그동안 감추고만 살아왔던 가슴을 노출한 채 뜨거운 여름의 햇살 아래 일광욕을 즐기기 시작한 것이다. 전통주의자들은 "스깡달!"(스캔들의 프랑스어)을 외쳐댔지만 변화하는 사회흐름을 막을 수는 없었다.

그후에도 프랑스의 모노키니 스타일은 계속 유지되고 확산되어 이런 면에서 보수적인 미국인들을 놀라게 하였다. 길고 긴 우중충한 겨울이 끝나고 따스한 햇볕이 내리쬐는 화사한 봄날이면 빠리의 공원에는 가슴을 드러내놓고 썬탠하는 여인들의 모습을 쉽게 발견할 수 있다. 뉴욕이나 LA의 공원에서는 볼 수 없는 광경이다. 미국에서 가슴을 드러내놓는 행위는 과다노출로 불법행위에 속하기 때문이다.

빠리에 각종 포르노 상품을 판매하는 섹스숍이 들어서기 시작한 것도 1970년대이고 「엠마뉘엘」(Emmanuelle)이란 영화가 개봉되자마자 흥행에 획기적으로 성공한 것도 1974년의 일이다. 당시 여성잡지들은 결혼할 때까지 처녀성을 지키는 것을 바보스럽고 미련한 것으로 묘사하기 시작했으며, 적극적인 성생활을 통해 자아를 확인하고 실현할 수 있다고 주장하였다.

1970년대 변화의 물결은 지난 30여년간 프랑스의 남녀관계, 그리

고 사회 전체에 엄청난 영향을 끼쳤다. 이제 21세기를 맞이한 현시점에서 프랑스는 법적인 차원에서 남녀평등을 거의 완결하였다고 볼 수 있다. 이제 프랑스 여성들은 남자들만의 세계로 여겨졌던 사관학교에도 진학할 수 있고 여성이기 때문에 취업하지 못하는 일은 어떤 경우에도 없다.

여기서 한가지 지적하고 넘어가야 할 점은 프랑스 사회의 일부에서는 이른바 쿼터제도에 대해 알레르기적 반응을 보인다는 것이다. 이것은 미국과의 가장 커다란 차이점이다. 미국에서는 남녀평등의 문제를 해결하거나 인종간의 문제를 해결하기 위해 각종 쿼터제를 도입하였다. 이러한 쿼터제는 상당한 논리적 정당성을 가진다. 남자는 오랜 기간 동안 여자를 지배해왔고, 백인은 역시 오랫동안 흑인들을 노예로 부렸다. 말하자면 성별과 인종을 기준으로 인권을 유린해온 것이다. 따라서 이러한 착취구조의 피해자인 여성이나 소수인종에 대한 차별을 완화하기 위해 쿼터제가 필요하다는 것이다. 이에 덧붙여 아직도 사회 자체가 상당히 남성 또는 백인 중심으로 유지되고 있기 때문에 남녀평등이나 인종간의 평등이라는 이상을 빨리 실현하기 위해서는 피해를 보고 있는 집단에 보너스를 주어야 한다는 게 미국식 논리이다. 마치 골프를 칠 때 핸디를 따지고 당구에서 점수가 있듯이 말이다.

프랑스 사회도 남녀평등이나 인종간의 평등이라는 이상에 대해서는 대체적으로 인정하는 편이다. 하지만 프랑스인은 차별을 없애기 위해 차별을 다시 도입하는 것은 논리적 모순이라고 생각한다. 특히 프랑스의 진보적 지식인들은 차별을 제거하려고 쿼터제와 같은 역차별을 도입하면 오히려 기존의 차별이 영구화될 수 있는 위험성을 강조한다.

## 섹스 스캔들과 사생활 보호

미떼랑은 1981년부터 1995년까지 무려 14년간 프랑스의 대통령으로 재임하였다. 클린턴은 1993년부터 2000년까지 미국의 대통령으로 있다. 미떼랑과 클린턴의 가장 큰 공통점은 다양한 여자와 관계를 가졌다는 점이다. 미떼랑은 젊은 시절부터 유명한 바람둥이였다. 그는 작은 키에 일찍부터 벗겨지기 시작한 앞머리를 가리기 위해 검은 모자를 눌러쓰고는 늘씬한 미녀들과 팔짱을 끼고 짬이 날 때면 빠리 서점들을 돌아다니곤 하였다. 그는 여자를 좋아한 만큼 책읽기를 즐기는 독서광이기도 했다.

미떼랑의 이런 취미는 프랑스 정계에 널리 알려진 공공연한 비밀이었고, 언론계에서는 모두 미떼랑이 정부(情婦)와의 사이에 딸을 낳았다는 사실을 알고 있었다. 하지만 그것은 사생활에 속하는 개인적 취향이었기 때문에 프랑스 언론들은 보도를 자제하고 있었다. 그런데 주로 유명인들의 사생활을 공개하는 『빠리 마치』(Paris Match)라는 잡지에서 마치 특종인 것처럼 꾸며 미떼랑의 외도를 대대적으로 보도하였다.

그러나 프랑스인들의 반응은 상당히 놀라운 것이었다. 미떼랑의 외도 자체는 크게 문제되지 않았다. 그의 사생활에 대해서 흥분하거나 침울해해야 하는 사람은 미떼랑의 부인이지 제삼자가 아니라는 태도였다. 오히려 대다수의 언론들은 사생활 보도의 제한규칙을 깨뜨린 『빠리 마치』의 상업주의를 공식적으로 비난하였다.

한편 클린턴도 미떼랑과 마찬가지로 다양한 여자와 성관계를 즐기는 대통령이다. 심각하다면 밖에서 아이까지 낳은 미떼랑의 경우가 더 심하다고 할 수 있다. 그러나 미국 사회에서 클린턴의 행각은 커다란 문제를 야기하였다. 폴라 존스는 주지사 시절 클린턴이 자신의 지위를 이용하여 자기를 범하려 했다고 소송을 걸었고 천문학적인 위자료를 요구했다. 그리고 클린턴 부부는 빚더미에 올라앉게 되었다. 모니카 르윈스키 또한 클린턴과의 성관계를 전세계에 털어놓아 대통령의 권위를 크게 실추시켰다. 물론 그녀는 이 사건으로 돈방석에 앉게 되었다.

1988년 미국의 대통령 선거전에서 민주당의 대표주자 개리 하트가 외도 문제로 중도하차 하였을 때 일이다. 당시 프랑스 총리였던 미셸 로까르의 TV 인터뷰가 있었는데 기자가 이런 질문을 하였다. "미국의 개리 하트 문제에 대해서 총리는 어떻게 생각하시나요? 만일 프랑스에서 그런 일이 있었다면 어떻게 처리했을까요?" 이에 대한 로까르 총리의 답변은 매우 간결하였다. "제가 알기로 프랑스에서는 간통은 불법이 아닙니다." 한순간 침묵이 흘렀지만 기자도 더이상 그런 '심각하지 않은' 문제에 대해 집요하게 묻지 않았다. 사회자와 기자, 총리, 그리고 방청객들 모두 미국 사회의 유아적 반응을 비웃는 듯한 아이러니컬한 미소를 짓고는 실업대책이나 치안문제 등 좀더 진지한 문제로 넘어갔다.

물론 프랑스에서도 이런 정치인의 사생활 문제가 여론의 관심을 집중시킬 때가 있다. 하지만 그것은 정치인의 생활이 자신의 이념과 일치하지 않고 정반대의 방향으로 나아갈 때이다. 1980년대 급부상한 극우파 정치인 장 마리 르뺀(Jean-Marie Le Pen)은 극우파답게 전통사회의 가치를 최고로 삼았다. 개인보다는 국가가 중요하고, 보편적 인권보다는 프랑스의 국익이 우선하며, 개인의 자유보다는 가족의 신성함이 앞서야 한다는 신념을 전파하는 정치인이었던 것이다. 그러나 그는 막상 이혼을 하여 자신의 생각과 사생활이 일치하지 않는 모습을 보여주었다. 그를 더욱 곤경에 처하게 만든 것은 전(前)부인의 나체사진이 일부 언론에 공개되었을 때였다. 이 사진은 파파라치들이 몰래카메라로 찍은 사진이 아니고 그녀가 돈을 받고 촬영한 사진이었다. 르뻰은 당시 포르노가 사회를 타락의 구렁텅이로 빠뜨리고 있다고 강력하게 비난했는데, 르뻰의 전부인이 포르노에 가까운 자신의 사진을 공개했으니 얼마나 곤란했겠는가. 물론 이미 헤어진 전부인인데다 르뻰은 워낙 일관성없는 논리를 펼쳐왔기 때문에 국민들이 그것을 크게 문제삼지는 않았다.

사회주의자들은 오래 전부터 기존 부르주아 사회의 도덕적 부조리와 위선을 비난해왔다. 1936년 사회주의자로는 처음으로 총리직에 취임한 레옹 블룸(Léon Blum)은 결혼을 네 번했던 사람이고 심지어는 『결혼론』(Du mariage)이라는 철학서까지 출판하였다. 그의 이론에 따르면 사랑은 매우 불규칙한 것이고 반대로 결혼은 매우 지속적인 제도이기 때문에 사랑과 결혼을 동일시하는 현대사회에서는 그중 하나를 포기해야 한다는 것이다. 결혼을 지속시키려면 사랑이 식거나 다른 사람을 사랑하고 싶더라도 참아야 하고, 반대로 사랑을 만족시키려면 결혼을 지속할 수 없다는 설명이다. 어쨌든 블룸은 자신의 신념과 행동이 일치했기에 별 문제가 없었다.

일반적으로 프랑스의 보수우파 정치인들은 결혼을 지속시키려는 경향이 있고, 개혁좌파 정치인들은 결혼이라는 제도보다는 사랑을 선택한다. 사회당 출신의 전총리 로까르는 재혼한 경우이고, 현 프랑스 집권 사회당의 대표를 맞고 있는 제1서기 올랑드는 결혼에 한번 실패한 뒤 십여년 동안 동거생활을 하고 있다.

미국과 프랑스의 또다른 차이점은 전반적인 남녀관계의 패턴에 있다. 미국에 다녀온 프랑스 친구들은 남녀간 평가의 차이는 있지만 대충 비슷한 이야기를 한다. 남자들의 이야기를 들어보자. "미국은 정말 끝내주는 나라야. 파티에 가서 마음에 드는 여자를 골라 말을 걸며 무슨 주제든 재미있게 웃겨주면 돼. 그리고 놀라운 사실은 말이 좀 통한다 싶으면 그냥 그날로 자러 갈 수 있단 말이야. 빠리에서는 어디 상상이나 하겠어? 빠리 여자들은 뭐 그렇게 바라는 게 많고 심통도 잘 부리는지……" 내 친구들이 무척 미남이라 그런지 아니면 미국 여자들이 프랑스 남자를 좋아해서 그런지는 모르겠지만 확실히 빠리와는 다른 모양이다.

이번에는 여자 친구들의 말을 들어보자. "미국에는 프랑스 사람보다 키도 크고 잘생기고 멋진 남자애들이 많은데 왜 그토록 무례한지. 머리에 든 것도 없으면서 재미없는 이야기만 한참 떠들다가 갑자기 눈빛이 음흉하게 돌변하면서 파티하는 집의 빈방에 가서 자자는 거야. 만난 바로 그날 말이야!" 프랑스 남녀 모두가 미국에서는 인기인 모양이다.

이런 코멘트들은 매우 주관적일 수 있지만 반복적으로 듣다보면 프랑스인의 남녀 선택은 다른 나라와 상당히 다른 것을 발견할 수 있다. 프랑스 여자들이 남자를 선택하는 데 있어서 가장 중요한 기준은 지적 능력이다. 프랑스 여자들은 머리회전이 빠르고 센스와 재치가 있는 똑똑한 남자를 좋아한다. 프랑스 여자들은 상상력을 자극하는 창조적인 대화를 재미있게 이끌어나가는 남자한테 감탄한다. 그래서 프랑스 남자들은 여자 앞에서 멋지게 수다를 떨면서 잘난 척할 수 있어야 한다. 이를 위해서 그들은 독서를 많이 하고 절묘한 구절을 외워두었다가 필요할 때 여자 앞에서 멋지게 인용한다. 그래야 여자의 마음을 사로잡을 수 있다.

프랑스 여자와 대조적인 경우가 독일 여자이다. 일반적으로 독일 여성이 선호하는 남자는 지적으로 우수한 남자가 아니고 착한 남자이다. 재미가 없어도 좋고 그다지 똑똑하지 않아도 좋다. 독일 여성은 언제나 자신에게 봉사할 수 있고 자신을 이해할 수 있는 남자를 기다린다. 프랑스와 독일의 우호관계가 그토록 발전했어도 독-불 커플이 많지 않은 점으로 미루어볼 때 두 나라간 문화적 차이가 매우 큼을 알 수 있다.

다른 한편 미국과 프랑스 간에는 성희롱에 대해서도 상당히 다른 시각을 가지고 있다. 예를 들어 프랑스인들은 폴라 존스 사건에 대해서도 상당히 이해할 수 없다는 표정이다. 주지사가 직원을 불러놓고 바지를 내리고 섹스를 강요하면 싫다고 말하면 그만이지 그 일이 왜 온 세상을 뒤집어놓을 수 있느냐는 것이다. 그것은 프랑스인의 입장에서 볼 때 웃기는 이야기가 될 수는 있어도 심각한 사안은 될 수 없는 것이다.


## 자보지도 않고 결혼하는 것은 용기다

프랑스에서도 과거에 동거(concubinage)는 상당히 부정적인 의미를 지녔다. 상류층은 결혼을 하는 반면에 사회의 기층을 형성하는 노동자들은 결혼하지 않고 동거를 한다고 비난받았다. 아니면 돈 많은 부르주아가 젊은 여자를 첩으로 두고 같이 사는 동거의 경우도 빈번했는데 이 역시 도덕적 비난의 대상이었다.

그러나 지난 반세기 동안 서민들이나 불륜관계에 있는 남녀의 동거양식이 지식인들을 통해 일반화되었다. 비판적 지식인 커플 싸르트

동거에 대한 부정적 인식을 바꾼 비판적 지식인 커플 싸르트르와 보부아르.

르와 보부아르는 평생 결혼하기를 거부하고 같이 살았다. 좀더 정확하게 말하자면 같은 건물에 살면서도 서로의 독립성을 유지하기 위해 각자의 집을 가지고 있었다. 정확한 의미의 동거는 아니었다.

전통적인 부르주아 가치관에 정면으로 도전했던 68혁명 세대들은 결혼에 대해서 매우 비판적 시각을 가지고 있었다. 이들에게 있어서 결혼이란 가부장제를 유지하기 위한 제도이고 여성의 소외를 생산하는 근원이었다. 게다가 결혼은 개인의 완벽한 자아실현을 방해하는 장애물이었다. 그리고 한 남자와 한 여자가 서로 사랑하여 같이 사는데 국가나 사회의 공식적인 인정을 받아야 한다는 것 자체가 우스운 일로 여겨졌다.

68 사회문화혁명은 동거가 가지고 있던 부정적인 이미지를 불식하고 그것을 가치선택의 문제로 이해하게 해주었다. 그래서 1970년대부터는 많은 사람들이 결혼하지 않고 동거하는 현상이 나타났다. 앞

에서도 지적했지만 프랑스에는 4백만명의 남녀가 결혼하지 않은 상황에서 동거하고 있다.

이런 상황을 모르는 동양인들은 많은 실수를 저지르고 있다. 우리들은 웬만한 나이의 남녀가 단둘이 식당에 가면 연인이거나 부부로 생각한다. 공식적인 파티에 같이 나타나면 거의 부부라고 믿는다. 두 사람이 해외여행을 같이 하면 당연히 부부라고 확신한다. 둘이 같은 지붕 아래 살고 있어도 마찬가지다. 아이를 데리고 나타나면 더더욱 말할 것도 없다.

그러나 프랑스인들은 결혼하지 않고도 둘이 같이 살면서 여행도 가고 아이도 낳는다. 아이는 아버지를 빠빠(papa)라고 부르고, 어머니를 마망(maman)이라고 부르지만 어버지와 어머니는 부부가 아니다. 어떤 사람이 아버지에게 "이 분이 부인(épouse)이십니까"라고 물으면 아버지는 "아니오, 제 여자친구(copine)입니다"라고 대답한다. 어머니에게 물어도 대답은 마찬가지이다. 프랑스 사람들은 결혼한 것과 하지 않은 것의 차이를 그만큼 중요하게 생각한다.

우리가 흔히 생각하듯이 동거라는 형식의 남녀관계가 반드시 복잡한 이성관계를 의미하는 것은 아니다. 두 사람이 잘 맞지 않으면 몇 개월 만에 청산하는 동거관계도 있지만 대개는 수년간 유지되고 경우에 따라서는 수십년간 지속되기도 한다. 프랑스 사람들이 동거하는 이유는 결혼이라는 제도적 제약을 거부하거나 아니면 아직 그런 단계에 이르지 못했다고 생각하기 때문이다.

이처럼 동거에는 크게 두 종류가 있다. 첫번째 종류는 '혼전 동거'라고 할 수 있는데, 이 경우에 남자와 여자는 서로 같이 생활하면서 상대방을 좀더 잘 알면서 결혼을 준비하는 기간으로 생각한다. 이러한 이유로 대학생이나 대학원생 때 동거를 시작하는 커플들이 많다.

아직 학생이기에 경제적인 여유도 없고 직장이 없는 불안한 상황이므로 결혼을 준비하는 단계이다. 또 동거를 통하면 자신과 전혀 성격이 맞지 않는 이성을 걸러낼 수도 있다. 두 사람이 모두 직장을 잡고 안정적인 단계에 진입하면 결혼식을 올린다.

주변의 내 친구들은 모두 수년간의 동거를 거쳐 결혼하였다. 프랑스에서 동거하지 않고 사귀다가 그냥 결혼하는 경우는 그리 많지 않다. 동거를 용인하지 않는 아주 보수적인 카톨릭 전통 속에서 자란 사람은 곧바로 결혼하기도 한다. 그러나 결혼 당사자들은 거의 대부분 혼전 성관계를 갖는다. 현대 프랑스인들은 같이 자보지도 않고 바로 결혼하는 것은 정말 무식한 용기라고 생각한다.

두번째 종류의 동거는 결혼을 거부하는 '반혼(反婚) 동거'라고 할 수 있다. 제도에 굴복하는 것을 무척 싫어하는 지식인 계층이나 한번 결혼했다가 쓰라린 실패를 경험한 사람들, 그리고 자신의 독립된 영역을 유지하려고 하는 남자와 여자들이 '반혼 동거'를 한다.

나는 아이를 둘씩이나 가지고도 결혼하지 않는 친구에게 조심스럽게 물어보았다. "너희들은 결혼할 계획이 없는 모양이지?" 그 친구는 나에게 설명해주었다. "하긴, 우리가 같이 산 지도 몇년이 지났으니 그렇게 생각할 만도 해. 우리가 결혼하지 않는 이유는 서로 상대방에 대한 사랑이 불확실하기 때문도 아니고, 그렇다고 결혼이라는 제도를 비판적으로 생각하기 때문도 아니야. 아니, 오히려 나는 사회가 질서를 유지하기 위해서는 결혼제도가 상당히 유용하다고 생각하지. 그런데 우리는 말이야, 서로 너무 사랑하기 때문에 우리가 같이 산다는 사실을 결혼이라는 의식을 통해 확인할 필요가 없다고 생각해. 시장이나 신부 앞에 광대처럼 서서 많은 하객들을 불러놓고 반지 교환에 키스다 뭐다 하는 건 웃기는 쇼야. 두 사람이 진심으로 사랑하고 아이들 잘 낳아 기르고, 그러면 되는데 말이야."

동거하고 있는 사람 중에서 한명은 '혼전 동거'를 생각하고 다른 한명은 '반혼 동거'를 생각하면 문제가 발생한다. 주로 여자들은 혼전 동거의 개념을 많이 가지고 있다. 한 남자와 만나 몇년간 같이 살고, 그 남자가 마음에 들면 결혼하고 아이도 낳고 안정적으로 생활하기를 원한다. '반혼 동거'를 생각하는 것은 주로 남자측이다. 아무래도 결혼을 하면 무엇엔가 묶이는 것 같고 속박받게 된다는 생각을 한다. 이 경우 남자는 버티는 데까지 버티다가 사랑하는 여자를 잃을 것 같으면 양보해서 결혼을 한다. 동거하면서 남자가 결혼을 원하고 여자가 거부하는 경우는 드물다. 서로 마음에 들면 결혼하는 것이 당연한 한국 사회의 여성들을 프랑스 여자들은 정말 부러워할 것이다.


## 프랑스 부부는 평등한가

레옹은 프랑스 최고의 수재들이 모인다는 빠리 고등사범대학에서 철학을 전공하는 졸업반 학생이었다. 레옹은 이공계 최고의 명문대학인 에꼴 뽈리떼끄니끄를 나온 아버지와 마찬가지로 빠리 중고등학교의 명문인 스따니슬라스 중학교와 루이르그랑(루이대왕) 고등학교를 거쳤다. 하지만 레옹은 아버지가 원하는 대로 에꼴 뽈리떼끄니끄에 진학하지 않았다. 루이대왕 고등학교까지는 아버지가 시키는 대로 갔지만 사춘기가 지나면서 레옹은 아버지와 같은 엔지니어가 되고 싶지 않았다.

레옹은 어릴 적부터 시 외우기를 좋아했고 중학교 때부터 라틴어에 관심이 많았다. 라틴어는 많은 아이들이 싫어하는 과목이다. 2천년 전에나 쓰였고 성당의 신부나 사용하는 이 말은 아무짝에도 소용없기 때문이다. 영어나 독일어는 여행하면서 길을 물을 때도 쓸 수 있고 음식을 주문할 때도 요긴한 언어였다. 하지만 레옹은 라틴어가 죽은 언어이기 때문에 좋았다. 아무도 사용하지 않는 라틴어를 배워 읽고 생각하는 데 쓰면서 레옹은 죽은 언어를 살려놓는 일을 했다. 그것은 마치 박제되어 있는 동물에 입김을 불어넣어 동물을 다시 살아 움직이게 하는 것과 같았다. 다른 아이들과 어울리는 것을 그리 중요하게 생각하지 않았던 레옹은 그래서 틈만 나면 라틴어 공부에 매달렸고 고등학교에 입학해서는 라틴어로 자신의 생각을 말할 수 있을 정도로 실력이 늘었다.

레옹은 아버지의 반대를 무릅쓰고 에꼴 뽈리떼끄니끄를 포기하고 빨리 고등사범대학 입학을 위한 문과준비반에 진학했다. 레옹은 이 시기에 고대 그리스어를 라틴어로 말할 수 있을 정도가 되었다. 죽은 언어들을 좋아한 그의 성향은 전공을 선택하는 데도 작용했다. 레옹은 사소한 일을 가지고 부풀려 이야기를 전개하는 문학보다는 역사와 철학 사이에서 망설였다. 그러나 역사도 알고 보면 너무 세속적이었다. 레옹은 자신의 세계를 가질 수 있는 철학을 택했다.

그런데 레옹이 엘렌느를 처음 만난 것은 고등사범대학 4학년 때인 3년 전의 일이다. 고등학교 동창이 여는 작은 파티에서 둘은 우연히 마주치게 되었는데 엘렌느는 고등상과대학을 졸업하고 미국계 다국적 기업에 취직해 있었다. 레옹은 자신의 평소 취향에 비하면 매우 세속적인 여자를 만난 셈이었다. 처음에는 엘렌느가 마케팅이 어쩌고 국제경제가 저쩌고 하면 레옹은 지적인 메스꺼움을 느꼈지만 그녀의 쾌활한 웃음을 보면 마음이 환해졌다. 두 사람은 금방 친해졌고 레옹이 미국 하바드대학에 연구원으로 가게 되자 엘렌느는 뉴욕 본

사로 직장을 옮겨 둘은 자주 주말을 함께 보내는 사이가 되었다. 엘렌느는 유태인인데 레옹은 자신의 고어(古語)에 대한 열정을 살려 히브리어를 배우기 시작했고 엘렌느도 레옹과 대화하기 위해 철학서적들을 뒤적이기 시작했다. 그들은 빠리에 돌아오면 같이 살기로 약속하였다.

그러나 문제는 빠리로 돌아오면서부터 발생하였다. 엘렌느가 부모에게 레옹 이야기를 꺼내자 어머니는 앓아누웠고 아버지는 "너는 더 이상 내 딸이 아니다"라고 선언하였다. 엘렌느의 부모는 독실한 유태교도였고 딸이 기독교인과 동거한다는 것은 용납할 수 없는 일이었다. 레옹은 자신의 운명이 기구하다고 생각했다. 고어의 세계에 너무 빠져 세상을 모르고 지내다가 갑자기 현실과 직면하게 된 것이다. 레옹과 엘렌느는 만날 때마다 엘렌느의 부모를 설득할 수 있는 방안을 강구했다. 엘렌느는 레옹에게 부모를 설득하기란 불가능하고 그렇다고 부모 자식 간의 관계를 끊을 수도 없으니 헤어지는 방법밖에 없다고 했다.

레옹은 당황하기 시작했다. 엘렌느처럼 마음에 드는 여자를 만난 것도 처음이고 이렇게 한 여자와 오래 사귀어본 것도 처음이다. 레옹은 몇주간의 오랜 고민 끝에 엘렌느에게 자신이 유태교로 개종하겠다고 선언했다. 엘렌느의 부모는 내키지 않으면서도 굳이 개종까지 한다면 결혼을 승낙해줄 테니 동거는 안되고 바로 결혼식을 준비하라고 했다. 그러나 이번에는 레옹의 부모들이 펄쩍 뛰었다. 레옹의 어머니가 앓아누웠고, 레옹의 아버지는 "너는 에꼴 뽈리떼끄니끄에 가지 않으려고 할 때부터 이상했는데 결국 유태교로 개종하겠다니 정말 한심한 놈"이라며 "이젠 모든 것을 포기했다"라고 선언하였다.

이 이야기는 내 친구의 이야기로, 내가 1998년 6월 빠리를 방문했을 때 전해들은 소식이다. 여기서 중요한 사실은 프랑스가 아무나 스스럼없이 만나 프리섹스를 즐기는 나라도 아니고, 아무하고나 쉽게 동거하거나 결혼했다 이혼하는 나라도 아니며, 결혼을 당사자들끼리 자유롭게 결정하는 사회도 아니라는 점이다. 물론 레옹과 엘렌느의 사례는 프랑스에서도 상당히 드문 경우에 속한다. 그러나 자식 결혼에 대한 부모의 영향력은 상류층일수록 막강한 편이고, 하류층이라 하더라도 상당하다. 우리 고등학교 동창들은 레옹을 만나선 "너 유태교로 개종하면 할례도 받아야겠구나"라고 놀려대곤 한다.

프랑스는 결혼에 관해서도 취향의 다양성이라는 현실이 그대로 드러난다. 어떤 사람들은 만나서 사귀다가 약혼식을 올리고 전통적인 방법으로 성당에서 결혼식을 치르고 아이를 많이 낳는다. 결혼이라는 의식을 거부하고 평생을 동거하면서 살아가는 커플들도 있다. 또 어떤 사람들은 동거하다가 서로 정이 들면 결혼식을 올리고 어떤 경우는 평생 동안 독신으로 살기도 한다.

프랑스의 사회사를 공부해보면 결혼의 역사적 변화를 관찰할 수 있다. 과거에 프랑스를 지배했던 귀족이나 부르주아지의 결혼은 양가의 부흥을 위한 결합이었지 사랑하는 남녀간의 감정에 기초한 제도는 아니었다. 따라서 귀족들 사이에서는 좋은 혼처(bon parti)를 찾는 일이 매우 중요했다. 결혼과 사랑이 별개였던 만큼 이미 결혼한 귀족들이 마음에 끌리는 이성과 사랑을 나누는 것도 어느정도 용납되었던 것으로 보인다. 예를 들어 프랑스 귀족들의 생활상을 재현한 「위험한 관계」(Liaisons dangereuses)라는 영화를 보면 이같은 현실을 잘 알 수 있다. 또는 궁정에서의 상당히 복잡한 이성관계는 「여왕 마고」(La Reine Margot)에도 충격적으로 표현되어 있다.

부르주아 도덕관이 지배했던 19세기에는 과거에 비해 여성에 대한 통제가 강화되었고 남녀간의 관계도 경직되는 경향을 보인다. 17～18세기에 프랑스 귀족여성들은 가슴의 상부가 거의 다 드러나는 데꼴르떼(décolleté)라는 파티복을 입고 남성들을 유혹했다. 그것은 미혼자나 기혼자 모두에게 해당되는 일이었다. 그러나 19세기의 프랑스 부르주아 여인들은 가슴은 물론 목까지 올라오는 의상으로 신체를 가려야만 했다. 플로베르의 『마담 보바리』(Madame Bovary)는 19세기의 지배적인 부르주아 도덕관 속에 짓눌려 고통받는 여인의 모습을 적나라하게 보여준다. 한편으로는 여성들을 억압하면서 다른 쪽에서는 '부담 없는' 여자들과 즐기는 것이 부르주아의 위선적인 모습이었다. 모빠쌍의 『여자의 일생』(Une vie)에서도 부르주아에게 겁탈당한 가정부의 이야기를 통해 당시의 사회적 관습과 현실을 고발하고 있다.

19세기까지 프랑스를 지배했던 귀족과 부르주아와는 달리 인구의 대다수를 차지했던 농민이나 노동자 계층에서는 더욱 자유롭게 결혼이 이루어졌다. 농민의 경우 대개 같은 마을이나 지역에서 서로 알고 지내는 호감이 가는 상대와 사귀다 결혼으로 이어지는 일이 많았다. 산업화와 함께 늘어나기 시작한 노동자 계층에서는 결혼이라는 공식적인 행사나 절차는 그다지 중요하지 않았고 마음에 드는 사람과 그냥 동거하며 생활하는 경우가 많았다.

세계의 많은 나라와 마찬가지로 프랑스의 여자들도 결혼을 통해 계급 상승을 꿈꾼다. '백마 탄 왕자'를 기다리는 마음은 많은 프랑스 여성들도 마찬가지다. 착한 남자보다는 똑똑한 남자를 선호하는 프랑스 여성들의 특징만 보아도 이를 알 수 있다. 그렇다면 결혼을 잘하기 위해서 여성들에게 필요한 것은 무엇일까. 사회적으로 성공한 남자들은 아름다운 부인을 두고 있다고 한다. 프랑스 남자들은 결혼상대를 고를 때 여성의 아름다움을 매우 중요하게 생각한다. 배우자를 찾는 광고를 세밀하게 분석한 재미있는 연구가 있는데 사회적으로 성공한 남자들 중 32%는 돈 많은 배우자를 원하고, 62%는 아름다운 여자를 희망한다. 반대로 사회적으로 성공한 여자들은 76%가 돈 많은 배우자를 찾고, 7%만이 잘생긴 남자를 찾는다. 남자는 잘생긴 것보다는 돈 많은 것이 중요하고, 여자는 돈보다 외모가 중요하다는 말이다. 그렇다면 절색의 미모를 자랑하는 여인은 자신이 원하는 남자에게 시집갈 수 있을까. 꼭 그런 것은 아니다. 프랑스 여자들이 똑똑한 남자를 좋아하듯이 남자들도 학력이 높은 여자를 선호한다. 결국 돈 많은 여자보다는 아름다운 여자, 예쁜 여자보다는 학력이 높은 여자가 백마 탄 왕자를 만날 가능성이 높다는 분석이다. 노동자의 딸로 태어나 노동자와 결혼한 여자들은 평균 14.8세에 학업을 포기하였다. 반대로 노동자 집안에서 자라 상급간부와 결혼하여 신분상승을 한 여자들은 평균 17세까지 학교에 다녔다는 통계가 있다.

프랑스의 많은 여성들은 직장생활을 한다. 그래서 프랑스에는 맞벌이 부부가 많은데 이런 경우에 남편과 부인의 생활상에서 상당한 갈등이 생길 수 있다. 장과 쏘피의 예를 살펴보자. 쏘피는 비서일을 하고 있는데 직장생활을 계속하길 희망하고 있다. 장은 간부사원이었는데 6개월 전부터 실직한 상태이다. 그런데 먼 지방에 있는 회사에서 장에게 일자리를 주겠다고 한다. 그곳으로 이사하게 되면 쏘피는 현재의 직장을 그만두어야 하는데 과연 어떻게 해야 하는가. 이런 부부간의 갈등에 대한 해결책을 생각할 때 남자와 여자의 차이보다는 계급간의 차이가 더 명확하게 작용한다. 상류층의 사람들은 여성의 입장을 고려해서 되도록 현재 사는 도시에서 남자가 다른 일을 찾아보아야 할 것이라고 생각한다. 반대로 서민층에서는 당연히 여자가 일을 포기하고 남자를 따라가야 한다는 태도를 취한다.

또다른 사례를 살펴보자. 뽈과 끌로딘느는 결혼한 지 5년 된 커플이다. 어느날 뽈에게 개인적인 편지가 왔다. 끌로딘느는 혼자 고민에 빠진다. 뽈이 오기 전에 편지를 뜯어서 읽어봐야 하는지, 뽈이 돌아와 편지를 읽은 다음 무슨 내용인지 물어봐야 할지, 아니면 그냥 모르는 척하고 아무 이야기도 하지 말아야 할지…… 이같은 상황에서 서민층에서는 편지를 뜯어서 읽어볼 수도 있고, 아니면 나중에 내용을 물어볼 수도 있다고 생각한다. 반대로 상류층에서는 배우자도 사적 공간이 필요하기 때문에 모르는 척하고 지나가야 한다고 생각한다.

서민층에서는 남자가 가족을 먹여살리기 위해 돈을 벌어와야 하고 중요한 가정사는 남자가 결정하며 부부간의 개인적 영역 같은 것은 필요치 않다고 일반적으로 생각한다. 반대로 상류층에서는 서로 인격을 존중하는 것이 중요하며 동시에 여성도 가계를 유지하는 데 책임을 공유해야 한다고 대부분 판단한다.


## 서양의 가족은 해체되었다?

사랑은 남녀간의 사랑도 중요하지만 부모와 자식간의 사랑 역시 중요하다. "서양의 가족은 해체되었다." "서양에서는 자식이 부모를 전혀 돌보지 않는다." "서양에서는 부모 자식 관계가 멀고 서로 남남이다." 동양적 가치관의 우월성을 주장하는 사람들이 손쉽게 서양에 대해 내리는 판단이다. 서양의 선진성을 도입해야 한다고 생각하는 사람들은 이렇게 말한다. "서양 부부는 서로 평등하게 살아간다." "서양에서는 남자가 가사일을 똑같이 분담한다." 나는 솔직히 현실과 전혀 동떨어진 이런 바보 같은 말들을 확신을 가지고 떠드는 사람들을 볼 때마다 한심하게 느껴진다.

나는 미국에서 한번도 살아본 적이 없기 때문에 미국인들의 가족관계가 어떤지는 체험하지 못했다. 하지만 한국 사람들이 많이 지적하는 서양이 곧 미국만을 지칭하는 것은 아닌지 의심스러울 때가 많다. 적어도 프랑스에서는 가족이 해체되었다거나 부모 자식 간의 관계가 자식이 성인이 되면서 끝나는 것은 아니다.

프랑스인과 미국인의 교육관은 참 판이하게 다르다. 프랑스 부모들은 아이들을 매우 엄격하게 키우는 편이다. 반대로 미국의 부모들은 아이들의 자율성과 독립성을 인정한다. 예를 들어 유치원이나 초등학교에 다닐 만한 아이의 옷을 고르는 방법을 보자. 프랑스에서 아이들의 옷은 우선 부모의 마음에 들어야 한다. 프랑스 부모들은 나름대로 멋진 디자인과 세련된 색상의 옷을 골라 아이에게 입힌다. 아이에게 무슨 옷을 입고 싶으냐고 물어보는 경우는 거의 없다. 프랑스에서는 대략 초등학교를 졸업할 때까지 아이들은 교육을 받아야 하는 대상이지 자신의 의견 같은 것을 내세울 수 있다고 생각하지 않는다.

그러나 미국 부모들은 아이들을 하나의 인격체로 인정하고 아이들의 의사를 존중한다. 옷을 고를 때 아이들의 의사를 존중하고, 아이들이 하는 말에 관심을 가지고 귀를 기울인다. 아이들이 허황한 이야기를 하더라도 미국 부모들은 끝까지 경청하는 것을 바람직한 것으로 생각한다.

프랑스 부모들은 다른 사람이 자신의 아이를 때리도록 하지는 않지만 자신들은 아이를 교육하기 위해 체벌하는 것을 주저하지 않는다. 엄마가 아이를 데리고 공원을 산책하는데 연인들이 벤치에 앉아 진한 키스를 나누고 있다고 치자. 아이가 신기한 눈길로 연인들을 뚫어지게 쳐다본다. 프랑스 엄마는 아이를 나무라면서 다른 사람을 그렇게 쳐다봐서는 안된다고 가르친다.

　병원 대기실에서 어떤 할머니가 '미운 일곱살'의 손자와 앉아 있다. 기다리는 것이 따분한 손자는 할머니에게 떼를 부리면서 할머니를 때리고 발로 찬다. 이럴 경우 주위에 앉아 있는 프랑스 사람들은 아이를 야단친다. "할머니한테 그렇게 하면 안되는 거야! 얌전히 있지 않으면 아저씨가 혼내줄 거야!" 할머니는 "그것 봐라. 좀 조용히 있어!"라고 말한다. 반대로 미국 사람 같으면 남의 일이라고 참견하지 않는다. 또 참견하면 오히려 할머니가 화를 내며 웬 참견이냐고 반박할 것이다.

　미국에 다녀온 한 프랑스 친구의 말을 들어보자. "내가 놀이공원에 가서 기차를 탄 적이 있는데, 정말 웃기는 일이 벌어졌어. 어떤 아이가 커다란 알사탕을 먹고 있는데 옆에 앉은 아이가 자기도 알사탕이 먹고 싶다고 부모에게 조르기 시작하는 거야. 알사탕을 먹고 있는 아이의 부모는 아이에게 물어보더라구. 저 아이가 네 알사탕을 먹고 싶어하니까 같이 나누어 먹겠냐고 말이야. 그 욕심 많은 녀석은 글쎄 싫다는 거야. 옆에 앉은 아이는 계속 졸라대고, 또 그 부모는 매우 당황해하는데 말이야. 그런데 놀라운 사실은 알사탕을 먹는 아이의 부모야. 애가 싫다니까 그냥 잠자코 있는 것이었어. 어휴, 내 자식이 그랬으면 따귀를 한대 갈기고 기차 밖으로 던져버렸을 거야!" 물론 이 친구는 그 상황에서 아이를 놀이기차 밖으로 던지지는 않았겠지만 따귀를 때렸거나 아이를 호되게 야단쳤을 것이다.

　그래서 유년기의 아이들을 비교해보면 미국은 천국이고 프랑스는 지옥이다. 프랑스의 부모들은 아이에게 지나치다 싶을 정도로 엄하다. 안된다고 생각하는 것은 절대 안된다. 프랑스 부모들은 프랑스 사회에 적응하며 살아가기 위해서는 이런 교육을 받아야 한다는 확신을 가지고 있다. 아이에게 이런 규범을 가르치지 않는 것은 아이를 위하는 길이 아니기 때문이다.

물론 모든 일에는 장단점이 있게 마련이다. 아이들이 십대에 접어들면서 프랑스와 미국의 상황은 뒤바뀐다. 즉 프랑스는 천국이고 미국은 지옥이 된다. 미국 청소년은 중학교에 들어가면서부터 자신의 용돈은 자신이 벌어서 써야 한다. 프랑스 청소년은 부모로부터 용돈을 받아 쓴다. 미국 아이들은 어릴 때 누린 자율성과 독립성의 대가를 톡톡히 치르는 셈이다. 반대로 프랑스 아이들은 어릴 때 받은 강제적 교육에서 벗어나 일종의 해방감을 만끽한다. 미국인이 인생에서 가장 행복하다고 느끼는 때가 유년기라면 프랑스인에게는 사춘기나 청소년기일 것이다.

프랑스의 부모들은 아이가 십대에 들어서서 사회생활의 기본적인 규범을 터득했다고 생각하면 그제서야 아이들의 의견을 존중하고 대화의 상대로 인정한다. 기본교육이 완성되었으니 사회에 내놓아도 창피하지는 않다. 이제 자식들의 인생은 자신이 개척해나가야 하는 것이고 부모는 최대한의 지원을 아끼지 않는다.

자식이 빠리의 명문대에 입학시험을 치러 가면 한국 부모들처럼 교문에서 엿을 붙이고 서성대거나 불공을 드리지는 않지만, 프랑스 부모들은 정신적 지원을 위해 휴가를 내고 지방에서 빠리로 올라오기도 한다. 자식이 빠리에서 자취를 하면 엄마는 반찬을 만들어 정기적으로 가져다준다. 경제적 사정만 허락한다면 주말마다 자식들을 고향으로 불러들인다.

이런 부모와 자식의 관계는 학생 때만 유지되는 것이 아니다. 자식이 결혼하면 아무래도 관계가 소원해지는 경향이 있지만 그래도 주말에 한번씩 만나 식사를 하는 경우가 많다. 프랑스에서는 흔히 젊은 부부들이 부모를 찾아가 일요일 점심식사를 함께 한다. 이렇게 자주 만나기가 어려울 경우 대부분 일주일에 한번쯤은 서로 전화를 주고받는다. 부모를 모시고 사는 경우는 드물지만 같은 도시에 살거나 대도시일 경우 가까운 동네에 살려고 노력한다. 우리의 관점에서 볼 때 부모 모시지 않는 것을 불효라고 여길지 모르지만 프랑스 노인들은 자식과 함께 사는 것을 좋아하지 않는다. 자주 보고 만나기를 희망할 뿐이다.

프랑스의 할아버지 할머니는 손자 손녀를 자주 볼 수 없다고 불평불만이 대단한데 부모들은 방학이 되면 아이를 할아버지 할머니 댁에 보내고 단둘이 여행을 떠나곤 한다. 주말에도 할아버지 할머니는 환상적인 베이비 씨터(baby sitter)의 역할을 한다. 물론 최근에는 베이비 씨터의 역할을 거부하는 할아버지 할머니들도 많아지고 있지만 말이다.

서양의 가족해체 현상을 말하는 사람들의 주장은 부분적으로는 정확한 지적일 수 있지만 말 그대로 그것은 부분적일 뿐이다. 프랑스의 이혼율은 다른 선진국에 비교해보아도 상당히 높은 편이다. 그리고 이혼 때문에 가장 피해를 많이 보는 쪽은 여느 나라와 마찬가지로 아이들이다. 이들은 편부모 가정에서 자라거나 계부 또는 계모와 생활해야 한다는 점에서 어려움을 겪는다. 그러나 프랑스 아이들은 부모가 이혼한다고 해서 아버지와 어머니 중에 한 사람을 배타적으로 선택하는 것은 아니다. 주중에는 주로 엄마와 그리고 주말이나 방학은 아빠와 보내는 아이들이 많다. 한국에 '콩쥐 팥쥐' 이야기가 있듯이 프랑스에도 계모의 포악성에 관한 많은 이야기들이 전해 내려온다. 그러나 이러한 전통적 적대관계는 많이 해소되었다. "남의 자식을 어떻게 키우느냐"는 태도는 현대 프랑스에서 매우 악덕한 사람들의 행태로 분류된다. "사랑하는 남자 또는 사랑하는 여자의 아이들인 만큼 역시 사랑스럽다"는 생각을 하는 것이 정상이다. 물론 모든 사람이 진심으로 그렇게 생각하지는 않겠지만 적어도 사회규범 차원에서는 그렇다.

내 친한 친구가 어느날 갑자기 "나는 두 명의 여자와 결혼하게 되었어"라는 폭탄발언을 하였다. 나는 그게 무슨 말이냐고 물었다. "응, 사실은 지금 같이 살고 있는 엘렌느와 결혼하기로 했는데 딸이 하나 딸려 있거든. 유치원 다니고 있는 아이야. 놀랐지, 낄낄…… 그 딸아이의 아빠는 엘렌느와 동창인데 머리는 똑똑한 편이지만 현실감각이 전혀 없어 구름 속에 파묻혀 사는 녀석이야. 주말에는 딸을 데려가 같이 시간을 보내는데, 글쎄 아이가 밤에 잠을 자지 않는다고 매번 전화를 해서 하소연을 하는 거야. 할 수 없이 내가 아이한테 전화로 옛날 이야기도 해주고 일찍 자지 않으면 나중에 혼날 거라고 말해야 애가 침대로 들어간다니까!" 결혼한 지 몇년이 지난 이 친구는 지금 딸 둘을 더 낳아 네 명의 여자와 살고 있다.

또다른 친구의 집에서는 19세기적 역할분담이 지속되고 있다. 그 집의 아들과 딸은 한살 정도밖에 차이나지 않는 연년생이었는데 모두 경영계 특수대학에 진학하려고 하였다. 뒤에 설명하겠지만 프랑스에서 대부분의 특수대학은 학비가 아주 저렴하지만 경영계 특수대학은 예외이다. 아버지는 가장으로서 명령하였다. 자식들을 둘다 특수대학에 보내려면 학비가 너무 많이 들기 때문에 한 명만 가야 한다. 아들은 특수대학에 가고 딸은 학비가 저렴한 일반대학에 가라고 말이다. 딸은 불만이 많았지만 어차피 어느정도 예상하던 일인 만큼 그냥 받아들일 수밖에 없었다.

# 프랑스 사람은 친구가 별로 없다

"나는 오늘날 사람들이 맺고 있는 우정의 유일한 의미를 깨달았어. 우정이란 기억력의 원활한 작용을 위해 인간에게 필요불가결한 것이야. 과거를 기억하고 그것을 항상 가지고 다니는 것은 아마도 흔히 말하듯 자아 총체성을 보존하기 위한 필수조건일 거야. 자아가 위축되지 않고 그 부피를 간직하기 위해서는 화초에 물을 주듯 추억에도 물을 주어야만 하며 이 물줄기가 과거의 증인, 말하자면 친구들과 규칙적인 접촉을 요구하는 거야. 그들은 우리의 거울이야. 우리의 기억인 셈이지. 우리가 그들에게 요구하는 것이란 우리가 자아를 비춰볼 수 있도록 그들이 이따금 거울의 윤을 내주는 것일 뿐이야." (밀란 쿤데라 『정체성』, 민음사 1998, 51면)

쿤데라의 우정에 대한 정의는 읽는 사람에 따라서 다르게 느낄 것이다. 어떤 사람은 거울의 역할을 하는 친구들과의 우정만큼 소중한 것도 없다고 생각한다. 그런데 『정체성』의 주인공은 우정이란 그보다 훨씬 강력하고 정열적인 것이어야 한다고 믿어왔는데 최근에 와서야 그 환상이 여지없이 무너진 경우이다. 나도 이 주인공처럼 친구와의 우정을 각별하게 생각한다. 그러나 강한 우정이 없더라도 거울처럼 나의 과거를 비추어줄 수 있는 친구가 있다면 위안받을 수 있을 것이다. 한국, 아프리카, 유럽, 그리고 다시 한국…… 세계를 돌아다니며 살아온 나는 원할 때 나를 들여다볼 수 있는 거울이 없어 항상 허전하다.

프랑스 사람들은 우정에 대해서 아주 각별하게 생각한다. 의리와 우정을 중요시하는 것은 한국 사람도 마찬가지지만 프랑스와 한국은 사회구조상 의리와 우정의 내용이 같을 수는 없다. 한국 사회에서는

56

우선 '친구들과의 정례적인 접촉'이 어렵다. 주중에는 일하느라 정신 없이 바쁘고 저녁때도 일을 위한 회식이다 직장동료와의 술자리다 짬을 낼 수가 없다. 주말이면 '가족봉사'를 위해 주차장으로 돌변하는 고속도로에서 매연을 들이마시며 시간을 보낸다. 과거에 아주 친했던 친구도 일년에 한두 번 동창회나 영안실 같은 데서 잠깐씩 마주칠 뿐이다.

프랑스에서는 일이 끝난 다음에 '친목도모'를 위해 직장동료들과 회식을 하거나 술자리를 같이하는 경우는 거의 없다. 기껏해야 같이 지방이나 외국으로 출장가야 함께 시간을 보낼 수 있다. 주말에는 프랑스에서도 '가족봉사'를 하지만 대개는 친구의 가족들과 함께 모이는 경우가 많다. 프랑스의 웬만한 중산층이면 시골에 별장을 하나씩 가지고 있는데(별장의 규모는 매우 다양하지만 중요한 것은 시골에 있다는 점이다), 주말이면 이곳에서 친구 가족들과 또는 가족의 친구들과 어울려 바비큐 파티를 하거나 운동을 한다.

친구와 만나서 하는 일도 한국과 프랑스는 다르다. 한국에서는 만남 그 자체보다는 만나서 하는 일이 더 중요한 것 같다. 그래서 술 친구, 골프 친구, 테니스 친구, 등산 친구, 낚시 친구 등등 친구에 붙는 수식어들이 참 많다. 프랑스 사람들은 친구와 만나 이런 이름에 걸맞은 활동을 하기도 하지만 대개는 대화하는 것을 아주 중요하게 생각한다. 특히 내면의 심정을 말할 수 있는 유일한 상대를 친구라고 생각하며 어려울 때 도움을 청할 수 있는 사람을 친구라고 말한다. 한국 사람에 비해 프랑스 사람은 친구라는 말을 그리 자주 사용하지 않는다. 친구(ami)는 그야말로 나에 대해 거의 모든 것을 알고 있는 거울과 같은 존재이다. 그래서 친구의 테두리가 아주 제한된 몇사람에 한정되어 있다. 자주 만나더라도 마음을 열어주지 않은 사람은 그저

'아는 사람'(connaissance)일 뿐이다.

프랑스에서도 가장 친한 친구는 역시 십대 때의 중고등학교 친구들이다. 앞에서 말했지만 십대는 프랑스인에게 인생의 황금기인데 이때 친구와 함께 온갖 장난과 말썽들을 피운다. 십대가 되면 더이상 부모의 명령에 따라 일찍 침대에 들어가야 하는 의무도 없어진다. 꽤 늦은 시간까지 TV를 볼 수도 있고 저녁시간의 외출도 허용된다. 초등학교까지는 부모가 사온 과자와 케이크, 아이스크림을 받아먹지만 이젠 용돈을 받아 소비의 선택을 할 수 있다.(한국과는 달리 프랑스에서는 초등학생 아이에게 절대 돈을 주지 않는다.) 그 돈으로 영화도 보고 친구들과 군것질도 한다.

선생님의 하얀 블라우스에 잉크 뿌리기, 생물 실험실에서 구린내 나는 가스 만들기, 선생님이 칠판을 보고 돌아서면 코로 빗자루 소리내기, 콘돔으로 풍선을 불어 선생님 자리에 놓고 반응 살피기, 영화관에서 안내하는 여자가 팁 달라고 손 내밀면 악수하기(프랑스에는 1980년대까지 좌석을 안내해주고 팁 받는 여자들이 있었다), 창녀한테 가서 장난으로 가격 흥정하기, 망원경으로 일광욕하는 여자 가슴 훔쳐보기(그냥 가까이 가서 볼 수도 있지만 그래도 그것은 창피한 일이다), 반에서 가장 고고한 척하는 친구네 집에 포르노 엽서 보내기 등등…… 빠리의 우등생들이 모인 루이르그랑 고등학교에서 있었던 일들이다. 나는 지금도 고등학교 친구들과 만나 그때 이야기할 때가 가장 재미있다.

당시 프랑스 친구들과 그 가족들은 아프리카에서 유학온 한국 학생인 나를 아주 친절하게 대해주었다. 주중에 같이 공부하고 놀자며 집에 초대했고, 그 집에서 나올 때면 꼭 맛있는 케이크와 음식들을 챙겨주었다. 어떤 친구는 주말에 외롭고 심심할 거라며 자기 집에서 하는 브리지게임에 정식 멤버로 끼워주었다. 친구의 부모님들 중에는 지금 고인이 되신 분도 있다. 나는 빠리에 갈 때마다 친구들을 만나면서도 그 부모님들을 만나보지 못하는 것을 항상 아쉽게 생각하고 있다.

제 2 장

# ㄴ_ㄹ 이

'앵떼레쌍'한 수다쟁이    다종다양한 레스또랑    포도주를 맛보는 직업    장보기는 달리기다    이성적이면서 정열적인 프랑스인
프랑스 TV에는 연속극이 없다    스포츠와 도박    운전은 경주하듯    운동도 개성 표현의 수단    할리우드에 대항하여 싸우는 다윗
예술은 축제다    외국인을 대상으로 하는 섹스산업

현대사회를 살아가는 대부분의 사람들에게 일과 놀이는 철저하게 구분되어 있다. 일은 생존을 위한 수단이 되었고 놀이는 여가시간에 즐기는 유희가 되었다. 이는 한국과 프랑스의 공통점이자 현대사회의 대다수 사람들이 공감하는 현실이다. 그러나 인간은 오랜 기간 동안 일과 놀이의 뚜렷한 구분 없이 살아왔다. 문명화되기 이전의 인간들은 먹이를 구하기 위해 수렵활동을 할 수밖에 없었는데, 사냥이야말로 인간의 생존을 위한 일이자 동시에 두뇌를 사용하게끔 하는 스릴 넘치는 놀이였다. 해리스(M. Harris) 같은 인류학자에 의하면 인간의 놀이에 대한 애착은 바로 이 시대의 경험에서 유래한다는 것이다.

놀이에 대한 열망은 국적이나 문화를 초월하여 인간이 보편적으로 공유하는 본능 가운데 하나다. 문화에 따라 각각 사랑하는 방식이 다르듯이 노는 방식 역시 다양하다. 이런 관점에서 본다면 프랑스 사람들은 놀이를 하나의 예술로 승화시키는 데 탁월한 재능을 가지고 있다고 할 수 있다. 이들은 놀이에 대한 열정의 표현방식에도 다양한 이성적 규칙과 절제를 도입하여 예술화하였다.

## '앵뗴레쌍'한 수다쟁이

프랑스인들은 매우 수다스럽기로 유명하다. 서양에서도 둘째 가라면 서러워할 정도로 수다쟁이들이다. 집안에서는 부부 사이에, 그리고 부모와 자식 간에 쉴새없이 수다를 떤다. 친구들이 모여도 수다고, 직장동료들 사이에도 수다다. 연인들끼리도 남자는 수다를 통해 여성의 마음을 움직이려 하고 여자는 남자의 수다를 통해 그의 지적수준을 판가름한다. 프랑스 사람들은 "물에 빠져 죽어도 입만 뜬다"는 표현이 가장 적절하게 들어맞는 인간일 것이다.

프랑스의 주변국인 영국이나 독일 사람들은 모두 프랑스인을 수다스럽다고 생각한다. 반면 프랑스 사람들은 독일 사람들이 무뚝뚝하다고 생각하고, 영국인들은 위선적이라고 생각한다. 독일 사람들은 평소엔 말이 많지 않은데 축제기간만 되면 집단적으로 만취하여 소리를 지르고 노래 부르는 민족이라고 생각하는 프랑스 사람들이 많다. 또 영국 사람들을 위선적이라고 생각하는 이유는 이들이 겉으로는 온갖 미사여구(美辭麗句)를 쓰면서 숨어서는 나쁜 짓들을 많이 한다고 보기 때문이다.

프랑스인들은 수다떨기를 정말 좋아하지만 그것은 '잘 알거나, 친해질 수 있는 사람' 테두리 안에서이다. 가족, 친구, 동료가 아닌 사람들과의 수다스런 대화는 예외적이다. 프랑스 대도시에서 엘리베이터를 타보면 사람들은 서로 대화를 나누지 않는다. 고작해야 봉주르(bonjour)나 봉쑤아르(bonsoir) 같은 인사말 정도만 주고받을 뿐이다. 엘리베이터에서 날씨나 사소한 일들에 대해 이런저런 이야기를 나누는 미국인과는 전혀 다른 모습이다.

프랑스에서 외국인이 파티에 초대받아 가면 아무도 말을 건네지 않는다. 그래서 외국인은 심심해서 칵테일잔이나 만지작거린다. 운이 좋으면 외롭게 서 있는 또다른 이방인과 대화를 나누는 정도다. 미국과 프랑스를 비교한 한 사회학자의 분석에 의하면 이것은 수다 문화의 차이점이라고 한다.

미국이나 영국, 독일, 스칸디나비아 반도의 나라에서는 상대방의 말을 끝까지 들어주는 것이 예의다. 외국어에 능숙하지 못한 한국인이라면 이런 나라의 파티에 가는 편이 훨씬 편하다. 프랑스 친구들은 당신이 이야기를 어눌하고 장황하게(어눌하기 때문에 장황해질 수밖에 없지만) 늘어놓으면 금세 자리를 뜨거나 하품을 한다. 인내심이 남보다 강한 프랑스 친구라도 자꾸 시선을 다른 곳으로 돌리면서 당신의 이야기가 재미없다는 사실을 상기시켜준다. 반면 미국인이나 독일인은 끝까지 당신의 이야기를 들어주면서, 자신의 이야기도 끝까지 들어주기를 기대하고 강요한다. 미국에서 생활하는 프랑스인이 미국인의 대화법에 대해 쓴 것을 보면 양국 사이에 어떤 차이점이 있는지 쉽게 알 수 있다.

뉴욕 사람들의 말 속에는 힘이 있어서 할 수 있다는 자신감을 북돋아주고 있는 것이 있어. 예를 들어, 자네가 "시골에 가서 자전거를 탔습니다"라고 하면 프랑스에서는 보통 "나도 해봤어요"라든가(특이한 체험을 자랑하려는 사람에게 약간의 실망을 주는 말이겠지), "건강에 좋은 일이죠"라는 말을 할걸세(다 아는 말을 하니 이런 경우에는 더이상 대화가 이어지지 않겠지). 그런데 여기 뉴욕에서는 뭐라고 하는지 아나? "어머, 그래요 You do?!"라며 의문문과 감탄문이 뒤섞인 반응을 보인다네. 이런 말을 들으면 자네는 신이

나서 한참 동안 더 설명할 수 있게 되는 거지. (장 자끄 쌍뻬 『뉴욕 스케치』, 열린책들 1998, 106면)

뉴욕 사람들은 남의 말을 듣는 데에도 적극적이라네. 이 사람들은 상대방이 어휘가 달려서 끝내는 횡설수설하게 되더라도 말끝마다 "맞아요, 맞아 I see, I see"라고 해준다네. 뿐만 아니라 자주 "아주 멋지군요 Fantastic!" 혹은 "굉장한데 Great!"하며 탄성을 지르기도 해서, 아무것도 아닌 평범한 말을 굉장한 말로 바꾸어놓곤 한다네. 이렇게 해서 모임이 끝나고 나면 뉴욕에는 또 한사람의 재미있는 사람 funny man이 탄생하는 거지. (같은 책 108면)

프랑스인들의 대화는 상대방에게 많은 시간을 할애하지 않는다. 아니, 많은 시간이 흐른 것을 모를 만큼 재미있는 이야기를 할 때만 오랜 시간 동안 들어준다. 자신이 재미없다고 생각하면 대화의 파트너를 바꾼다. 잠깐 마실 것을 가지러 간다든지, 아는 친구가 왔으니 인사하러 간다고 말하고 사라진다. 당신의 대화를 끊지 않기 위해 손짓이나 눈짓만 하고 사라질 수도 있다. 그러고는 돌아오지 않는다. 그러나 영국 사람들처럼 당신의 이야기에 관심을 가지고 들어주는 척하다가 당신이 고개를 돌린 사이 조용히 몰래 사라지지는 않는다. 프랑스 사람들은 이런 행동을 '영국인처럼 도망가기'(filer à l'Anglaise)라고 부른다.

프랑스인들은 어릴 적부터 재미있게 이야기하도록 교육되고 강요받는다. 자기 자식이 버벅대는 것을 보고 좋아하다가는 정말 바보 취급받기 십상이다. 프랑스 사람들이 자주 사용하는 단어 가운데 '흥미로운' 또는 '관심을 가질 만한'이라는 의미의 '앵떼레쌍'(intéressant)

이란 말이 있다. 어린아이가 말을 배우고 나서 처음 내뱉는 말들도 이 앵떼레쌍의 잣대에서 벗어날 수는 없다.

프랑스 가정에서 손님을 초대했을 때 아이들은 식탁에 앉을 권리가 없다. 손님을 초대하는 시간은 대체로 저녁 여덟시경인데 아이들은 늦어도 아홉시까지는 잠자리에 들어야 하기 때문이다. 따라서 아이들은 약속시간에 맞추어 찾아오는 손님들에게 인사드리고 몇마디의 대화를 나눈 뒤 침대로 쫓겨난다. 적어도 초등학생 때까지는 어른들과 대화를 나눌 능력이 없다고 판단하기 때문이다.

아이가 조금 자라 중고등학생 정도가 되면 가끔 손님들과 같이 식사를 하기도 한다. 이때도 아이가 어른들의 대화에 난데없이 끼여드는 것은 금지되어 있다. 어른들이 질문을 하는 경우에 한해서 대답하거나, 대화의 흐름을 잘 파악해서 무엇인가 '앵떼레쌍' 한 말을 해야 한다. 그렇지 못하고 떠들기 시작하면 "조용히 해!"라며 야단을 맞거나 부모의 차가운 눈총을 받는다.

부모와 어린아이가 대화를 나누는 경우에도 부모는 항상 '앵떼레쌍' 한 말과 '앵떼레쌍' 하지 못한 말을 구분해서 반응한다. 이런 습관은 어느새 아이들의 몸에 배어 친구들끼리도 '앵떼레쌍' 한 것을 따지게 된다. '앵떼레쌍' 한 주제에 대해 '앵떼레쌍' 한 방법으로 말하지 못하는 아이들은 소외당한다. 학교의 선생님도 이러한 어법을 중요시한다.

프랑스의 이같은 대화법은 미국과는 전혀 다른 것으로 보인다. 미국에서는 어린아이의 의견을 존중하고 어린아이의 말을 끝까지 들어준다. 그것은 학교에서도 마찬가지고 파티에서도 마찬가지다. 그러나 프랑스 사람들은 아이들의 이야기를 모두 진지하게 들어줄 필요성을 느끼지 못한다. 그것은 비교육적이라는 것이다. 그런 아이들은 남의 이야기에 귀를 기울일 줄 모르고 자신의 주장만 내세우는 이기적인 아이가 될 것이라고 생각한다. 이러한 프랑스인들의 행태는 어린 시절뿐 아니라 성인이 되어서도 마찬가지 모습으로 나타난다. 자신의 이야기에 상대방이 귀를 기울이는지의 여부와 상관없이 계속 떠드는 인간을 몰상식하고 이기적인 인간이라고 생각한다. 상대방에게도 말할 기회를 주어야 하기 때문이다.

프랑스인의 화법에서 재치는 매우 중요한 요소이다. 상대방의 말을 받아서 그 주제의 내용이나 범위에서 크게 벗어나지 않으면서, 자신의 독특한 의견을 개진하는 것이 바로 재치이다. 이것은 상대방의 의견을 존중하고 그 가치를 부각하면서 동시에 자신도 독특한, 다시 말해서 존중받고 가치를 부여받을 만한 의견을 가지고 있음을 보여주는 능력이다. 프랑스 사람들의 대화가 유난히 수다스러워 보이는 이유는 여러 명이 짧은 말들을 이어가기 때문일 것이다. 다른 나라 사람들은 한 사람의 기나긴 말을 듣고 있는 데 반해 프랑스에서는 한 사람의 말이 끝나기가 무섭게 다른 사람이 말을 이어서 하고, 이 사람의 말이 거의 끝나간다는 느낌이 들면 또다른 사람이 끼여들어 말을 받는다. 프랑스의 문화적 관습을 습득하지 못한 외국인이 이런 대화의 장에 참여하기란 정말 어려운 일이다.

이런 관점에서 보면 프랑스의 수다는 그 내용이 중요한 것이 아니라 수다떨고 있는 사람들끼리 서로 사회적 관계를 맺고 있다는 사실이 더욱 중요하다. 달리 말해서 같은 주제를 가지고 '훌륭한'(즉 프랑스적인) 대화방식을 유지할 수 있다는 것을 확인하는 것이다. 말하자면 공동체의식을 확인하는 일종의 의례이다. 이같은 이유로 프랑스인이 수다스러워지는 것은 자신과 비슷한 부류의 사람을 만났을 때이다. 가족 내에서 또는 친구들끼리 프랑스인들의 수다는 끝날 줄 모른다. 하지만 모르는 사람들과 만났을 때 프랑스 사람들은 그리 수다스럽지 않다. 오히려 미국 사람들에 비교하면 과묵할 정도이다. 따라서 프랑스인들이 언제나 수다스럽다고 생각하면 착각이다. 프랑스 사람들이 자신들끼리 수다스럽다고 하는 인간형은 바로 때와 장소, 상대방을 가리지 않고 쉴새없이 떠들어대는 사람들이다. 예를 들어 엘리베이터에서 처음 만났는데 다짜고짜 자기의 인생에 대해서 장황하게 늘어놓는 사람이 프랑스 사람들이 볼 때는 수다쟁이이다.

빠리에서는 노인 중에 이런 수다쟁이를 많이 만날 수 있는데 이들이 원하는 것은 자신이 아직도 대화를 나눌 만한 사람임을 사회적으로 인정받는 것이다. 이들은 사회생활을 하지 않고 수다떨 대상이 없기 때문에 아무나 붙들고 말을 거는 '주책없는' 수다쟁이가 되어버린 것이다. 사실 프랑스어에 능숙치 못한 외국인이라면 틈틈이 노인들의 말벗이 되는 것도 매우 유익한 일이다. 이들은 말벗이 되어준다는 사실만으로도 매우 기뻐하며 자신의 인생에 대해서 '앵떼레쌍'한 이야기들을 많이 들려줄 것이기 때문이다.

프랑스에서는 사람들이 모여 수다떤다는 사실을 사회적으로 높이 평가하고 있다. 말없이 한구석에서 조용히 있는 사람은 제대로 사회에 동화되지 못한 소외된 인간이라고 판단한다. 프랑스에서 시위나 파업이 벌어지면 언론은 "침묵하고 있던 사람들이 드디어 입을 열기 시작했다"며 사회적 커뮤니케이션의 채널이 열렸다고 보도한다. 실제로 시위나 파업은 목적하는 바를 달성하지 못하는 수도 있지만 참여하는 사람들에게 공동체의식을 심어주는 집단적 카타르씨스를 제공한다.

동양에서 수다를 많이 떠는 민족은 중국인인 것 같다. 일본 사람들이 매우 조용한 편인데 반해 한국 사람은 조금 더 시끄럽고, 중국 사람들은 쉴새없이 뭐라고 떠들어댄다. 동양의 수다민족 중국과 서양의 수다민족 프랑스 사이의 눈에 띄는 공통점은 두 가지이다. 첫째 프랑스와 중국의 요리가 동서양을 대표하는 요리라는 점이고, 둘째 중국과 프랑스는 각각 동서양에서 체제전환의 혁명에 성공한 나라라는 점이다. 말하는 것을 즐기고 말이 많다는 점은 혁명이 일어나기 좋은 문화적 토양이 된다. 이러한 분석은 적어도 프랑스의 경우에는 상당히 타당하다고 여겨진다. 다른 한편 수다스러운 민족은 뛰어난 감각의 혀를 가지고 있어 훌륭한 음식문화를 만들어내는 자질을 지니고 있는 것 같다. 독일인과 일본인들은 과묵하고 강인한 민족인데 그 때문인지 음식은 그다지 특출하지 못하다. 프랑스인과 중국인은 계속 떠들면서 세계 최고의 음식들을 만들어냈다.

## 다종다양한 레스또랑

우리가 잘 알고 자주 사용하는 프랑스어 가운데 하나가 레스또랑(restaurant)이다. 레스또랑은 레스또레(restaurer), 즉 무너졌던 건축물 같은 것을 '다시 세우다', 또는 폐손된 예술품을 '복원하다' 등의 의미를 가진 동사의 명사형이다. 말하자면 레스또랑이란 '재건 또는 복원하는 장소'라는 뜻이자 고픈 배를 다시 채워 삶의 활력을 되찾는 장소라는 의미이다.

프랑스는 레스또랑의 천국이다. 전국 어느 도시를 가도 여러 종류의 레스또랑들이 즐비하다. 특히 빠리에는 프랑스 요리뿐 아니라 세계 각국의 음식들이 빠리지앵의 입맛을 끌어당기고 있다. 특히 중국 식당은 서민적인 동네인 빠리 제13구에 밀집되어 빠리의 차이나타운을 형성하고 있다. 일본식당들은 일본상사 지점이 많은 오페라 부근에 모여 있다. 이딸리아 레스또랑과 아랍 레스또랑들은 빠리 전지역에 분산되어 있어 언제나 쉽게 찾아갈 수 있다.

그밖에도 빠리에서는 그리스, 스페인, 헝가리, 러시아, 인도, 멕시코, 브라질, 서인도, 베트남, 한국, 태국, 캄보디아, 아프리카 등의 별미를 즐길 수 있다. 나는 빠리에서 공부하면서 가장 저렴한 중국식당에서 꽝뚱 오리요리를, 베트남식당에서 베트남국수 포(pho)를 즐겨 먹었고, 역시 값이 싼 아랍식당에서 꾸스꾸스(couscous)라는 음식을 즐겨 먹었다. 빠리에서 판매하는 중국, 베트남, 아랍 요리는 저렴하고 맛도 상당한 수준이다. 이 세 지역에서 프랑스로 이민온 사람들이 많기 때문이다.

꽝뚱 오리요리와 볶음밥은 독자들도 익숙한 요리이기 때문에 굳이 여기서 설명할 필요는 없을 것이다. 베트남국수 '포'는 사골국물에다 채 썬 고기와 오뎅처럼 만든 고기완자(meat ball)가 들어간 쌀국수인데 국물이 시원해서 해장국으로는 그만이다. 다만 숙주를 싫어하거나 박하 같은 향신료를 꺼리는 사람들은 이런 것들을 첨가하지 않고 그냥 나오는 대로 먹으면 된다. 요즘은 서울에도 '포'집이 여러 군데 생겨나고 있다. 꾸스꾸스는 고기와 야채를 넣고 끓인 탕을 좁쌀과 비슷한 '스물'(semoule) 위에 부어먹는 요리인데 매콤한 고추장 같은 소스를 발라 먹는다. 맛도 괜찮고 양도 많기 때문에 지갑이 가벼운 관광객이나 유학생이 먹기에 적당한 음식이다. 그밖에도 빠리에서 맛볼 수 있는 훌륭한 요리들이 너무나 많은데 그것들을 모두 소개하려면 여러 권의 책이 될 것이다.

프랑스 각 지방의 요리 역시 매우 다양하다. 브르따뉴 지방의 대표적인 요리로는 '크레쁘'(crêpe)를 들 수 있다. 한국에서 전을 부치듯이 얇은 밀가루 반죽을 부쳐 안에 갖은 재료를 넣어 만든 음식인데, 대개 소시지나 햄, 고기, 치즈 등을 넣은 짠맛의 크레쁘 쌀레(salé)와 과일, 잼, 초콜릿 등을 넣은 단맛의 크레쁘 쒸크레(sucré)로 나뉜다. 간식으로는 '쒸크레'를 주로 먹지만 식사로 크레쁘를 먹을 때는 '쌀레'를 먼저 먹고 다음에 '쒸크레'를 먹는다. 크레쁘에 포도주를 마시는 것은 브르따뉴인들에 대한 모독이다. 크레쁘에는 브르따뉴산 능금주 씨드르(cidre)를 마시는 것이 정석이다. 크레쁘 전문식당은 빠리의 몽빠르나스 역 부근에 밀집해 있는데 그 이유는 브르따뉴에서 오는 기차의 종착역이 몽빠르나스 역이기 때문이다.

프랑스 남동부 싸부아 지역 요리로는 '퐁뒤'(fondue)가 있다. 퐁뒤란 '녹여서 먹는 것'이라는 뜻으로 각종 치즈를 녹인 냄비를 가운데 놓고 빵이나 고깃조각을 꼬챙이에 끼워 녹은 치즈를 묻혀 먹는 음식이다. 한국 사람들이 냄새나는 된장이나 청국장을 좋아하듯이 프랑스 사람들도 냄새가 강한 치즈를 아주 좋아한다. 파란 곰팡이가 낀 '로끄포르'(Rocquefort)와 같은 치즈를 스테이크 위에 얹어 먹기도 한다. 한국 사람들이 우리의 전통적 발효식품인 김치가 건강에 좋다고 확신하듯이, 프랑스 사람들은 치즈의 파란 곰팡이가 감기를 예방하는 식품이라고 생각한다. 이런 공통점 때문인지 프랑스에서는 한국 사람이 끓이는 된장국 냄새 때문에 이웃과 문제가 생기는 일은 거의 없다.

냄새가 고약한 치즈를 좋아하는 프랑스인들의 취향은 유럽에서도 유명하다. 프랑스에서 제일 많이 먹는 치즈 중에 하나는 '까망베르'(camembert)라는 원형의 치즈인데 프랑스인들은 까망베르를 먹기 반나절쯤 전에 냉장고에서 꺼내놓는다. 그래야만 치즈가 딱딱하지 않고 흐물흐물 녹아 고린내가 나면서 입에 찰싹 달라붙기 때문이다.

독일이나 영국 사람들은 딱딱하고 냄새가 없는 치즈를 좋아하는데 프랑스인들은 그걸 무슨 맛에 먹느냐고 비웃는다.

영국인들은 프랑스인에 대해 뿌리깊은 편견들을 가지고 있는데 특히 프랑스인의 음식 취향을 못마땅하게 생각한다. 영국인들은 프랑스 사람들을 '개구리를 잡아먹는 놈들'이라고 부르는데 실제로 프랑스인들은 개구리 뒷다리를 요리해 먹는다. 또 프랑스 요리 가운데 개구리 뒷다리만큼 유명한 것이 달팽이 요리이다. 하지만 달팽이나 개구리 뒷다리는 프랑스 사람들이 일년에 한두 번 먹을까 말까 한 별미에 속한다.

프랑스 요리의 기본재료는 역시 육류와 생선인데 그것의 종류와 부위, 익히는 정도, 그리고 그 위에 얹는 소스가 요리의 맛을 결정한다. 소고기, 양고기, 돼지고기, 말고기, 송아지고기, 토끼고기, 닭고기, 메추리고기, 꿩고기 등 먹지 않는 고기가 거의 없으며 또 먹지 못하는 부위도 거의 없다. 프랑스 사람들은 소꼬리도 요리해 먹는 드문 서양 민족 가운데 하나이다. 훌륭한 프랑스 요리로는 바닷가재와 거위간, 그리고 호도가 들어간 샐러드를 전식으로 먹고, 포도주에 익힌 닭요리(coq-au-vin)를 진한 적포도주에 곁들여 먹는 것이다.

나는 "프랑스인들은 한국인이 개고기를 먹는다는 사실에 대해서 과연 혐오하느냐"는 질문을 많이 받는다. 이런 질문의 이면에는 브리지뜨 바르도(Brigitte Bardot)라는 빛바랜 여배우의 광적인 동물보호 활동이 반영되어 있다. 물론 사철탕을 혐오하는 사람이 한국에 있듯이 프랑스에도 이런 부류의 사람들이 존재한다. 브리지뜨 바르도는 그중의 한 사람이다. 그녀는 자신이 죽지 않고 살아 있다는 것을 증명하기 위해, 그리고 자신은 육체적인 각선미뿐 아니라 정신적이고 지적인 능력도 보유하고 있다는 점을 널리 알리기 위해 여러가지 일

젊은날의 브리지뜨 바르도와 그녀의 광적인 동물보호 활동을 싫어하는 사냥꾼.

들을 벌이고 있다. 그것은 그녀의 자유이다. 하지만 그렇다고 대다수의 프랑스인들이 그녀를 지지하는 것은 아니다. 아마 브리지뜨 바르도를 싫어하는 사람은 한국보다 프랑스에 훨씬 더 많을 것이다. 그녀는 프랑스 내에서 수백년의 전통을 가지고 있는 매우 대중적인 철새 사냥이나 투우와 같은 풍습들을 없애는 데 앞장서고 있다. 그래서 프랑스의 철새 사냥꾼들과 투우 애호가들은 'BB'(브리지뜨 바르도의 이니셜) 이야기만 나오면 갖은 욕설을 퍼붓는다.

1988년 서울올림픽이 열렸을 때 나와 함께 한국에 온 프랑스 친구는 호기심이 발동하여 개고기를 맛보고 싶어하였다. 하지만 외국인들 눈치보기에 급급했던 정부가 얼마나 집중적인 캠페인을 벌이고 철저하게 단속을 하였는지 사철탕을 먹을 수 있는 식당을 찾기란 쉽지 않았다. 힘든 수소문 끝에 우리는 으슥한 골목 안에 숨어 있는 사철탕집을 찾았고 친구와 나는 그곳에서 전골을 시켜 맛있게 먹었다. 그때 기억이 좋았던지 그 친구는 우리가 프랑스로 돌아간 뒤에도 살찐 개만 보면 맛있어 보인다고 나에게 윙크하곤 했다.

프랑스 요리가 세계 최고의 요리라고 해서 누구나 그 맛을 높이 평가하는 것은 아니다. 프랑스 요리의 진수를 알기 위해서는 다년간 프랑스 요리 시식과정을 거치고 포도주도 수백병은 마셔야 기초단계를 넘어설 수 있다. 이런 준비과정 없이 빠리의 최고급 레스또랑에 가는 일은 정말 돈을 낭비하는 지름길이다. 빠리에서 전통적으로 유명한 레스또랑 '뚜르 다르장'(Tour d'Argent) 같은 곳의 한끼 식사비는 1 인당 수천 프랑(한화 수십만원)이나 한다. 좋은 포도주를 마시면 계산서는 기하급수적으로 올라간다. 이런 식당의 주요고객은 미국에서 온 비즈니스맨들이다. 레스또랑 측에서는 미국이나 일본 손님이 너무 많아 프랑스적인 분위기를 유지할 수 없다면서 외국인 손님의 비율을 낮추려 하는 것으로 알려졌다. 그만큼 빠리의 고급 레스또랑들은 일종의 기념물로 존재한다.

　프랑스 사람들은 외식을 매우 즐긴다. 친구들끼리 만나도 외식을 하고 연인들끼리 만나도 외식을 한다. 여기서 "아무데나 가자"는 말은 매우 비프랑스적이다. 아무 레스또랑에나 간다는 것은 취향이 없다는 말이고, 그것은 곧 "배나 채우자"라는 불성실한 태도나 다름없다. 친구나 애인과 만나서 좋은 시간을 갖기 위해서는 좋은 장소와 분위기, 훌륭한 음식에 대해서 고민해야 한다. 그래서 웬만큼 다급한 상황이 아니면 꼭 누군가가 한번 가보았던 레스또랑에 간다. 적어도 한번 시식해보았으니 믿을 만한 레스또랑이라는 확신을 가져야 한다. 친구나 연인과 약속을 하면서 "아, 내가 아는 레스또랑이 있는데, 가격은 좀 센 편이지만 그래도 분위기가 훈훈하고 주인이 직접 써빙을 하는데 매우 친절한 편이야. 음식은 꽤 토속적인데 모양도 괜찮고 특히 후식이 끝내주거든…… 어때, 거기 한번 가볼까" 정도는 돼야 성실한 친구나 연인으로 비춰질 수 있다.

　프랑스, 특히 빠리의 레스또랑들은 일반적으로 테이블이 작고 다닥다닥 붙어 있어 옆손님들과 매우 가깝다. 그래서 빠리 레스또랑의 인구밀도는 세계 최고의 수준이다. 수다쟁이 빠리지앵들을 이렇게 몰아놓았으니 얼마나 시끄럽겠는가. 그러나 놀랍게도 모두가 보통의 목소리로 이야기하기 때문에 전체적으로 웅웅거리는 소리만 날 뿐 대화를 나누는 데는 별 문제가 없다.

서울의 식당들은 상대적으로 넓고 테이블간의 간격도 크지만 고함을 지르는 사람들이 꼭 한두 명씩 있기 때문에 대화하기가 어려운 경우가 많다. 몸의 행동반경이 넓고 목소리가 큰 사람이 빠리 레스또랑에 간다면 모든 사람의 사나운 눈총을 받아야 할 것이다. 프랑스인들도 레스또랑에서 목소리를 높여 시끄럽게 떠드는 경우가 있는데 그것은 스무 명 이상의 사람들이 모이는 결혼식이나 동창회 같은 특별한 모임에서이다.

프랑스 사람들도 대부분의 현대인과 마찬가지로 하루에 세 끼를 먹는다. 아침은 간단하게 커피와 바게뜨(baguette, 바게뜨는 기다랗게 생긴 프랑스의 전통적인 빵을 지칭하지만 요즘에는 동양에서 도입된 젓가락도 바게뜨라고 부른다)에 버터와 잼을 발라 먹는다. 좀더 고급으로 '크루아쌍'(croissant)이나 '빵 오 쇼꼴라'(pain au chocolat)를 먹는 사람들도 있다. 아침에 마시는 커피는 연하게 타서 사발에 담아 많이 마신다. 일반적으로 아침식사 때 영국이나 미국식으로 계란이나 햄 같은 짠 음식을 먹는 사람은 많지 않다. 최근 들어서는 미국과 마찬가지로 우유와 콘플레이크를 먹는 부류도 늘어나고 있다. 그러나 역시 프랑스적인 아침식사는 일찍 일어나 빵가게에서 갓 구워낸 따끈따끈한 바게뜨와 크루아쌍을 사가지고 커피를 곁들여 침대에서 먹는 식사이다. 프랑스 남자들은 새로운 여자와 처음 잠을 잔 뒤 그 다음날 이런 아침식사로 아양을 떤다. 자신의 동거녀나 부인과 자고 난 다음날에도 그렇게 한다.

점심식사는 '깡띤느'(cantine)라고 불리는 구내식당에서 먹거나 '띠께 레스또'(ticket resto)를 사용하여 외부 레스또랑에서 먹는다. 띠께 레스또는 레스또랑 티켓이라는 뜻인데 도서상품권과 같이 가입 식당에서 사용할 수 있다. 띠께 레스또는 회사 경리과나 상조회 같은 곳에서 구입하는데 본인이 금액의 일부를 부담하고 나머지는 회사에서 부담한다. 물론 매달 허용되는 띠께 레스또 구입액수가 직급별로 정해져 있다. 대부분의 프랑스 식당에서는 띠께 레스또를 받기 때문에 거지들도 구걸할 때 "10프랑짜리 동전이나 띠께 레스또 하나 줍쇼"라고 말한다. 학생들은 '레스또 위'(resto U), 즉 대학식당에서 상대적으로 저렴한 가격에 식사를 한다.

저녁식사는 집에서 가족과 함께 하는 것이 보통이다. 주부가 있는 경우에는 진수성찬을 차리기도 하지만 맞벌이거나 혼자 사는 사람들이 점점 많아지기 때문에 인스턴트 음식이 일반화되고 있다. 최근에는 역시 미국이나 영국에서 들어온 유행으로 집에서 피자 같은 것을 시켜먹거나 맥도널드, 버거킹 같은 패스트푸드로 끼니를 때우는 사람도 늘어났다.

프랑스에 가면 쉽게 발견할 수 있지만 어린아이들이 부모와 함께 레스또랑에 가는 경우는 거의 없다. 여행하거나 바깡스 가는 경우를 제외하면 평상시에 어린이들은 식당에 가지 못한다. 그래서 프랑스는 많은 '베이비 씨터'를 필요로 한다. 부모들이 외출한 동안 아이들을 돌보아야 하기 때문이다. 빠리에 유학온 많은 외국인들은 아이들을 돌보는 아르바이트를 하고, 아이 돌보기는 프랑스 학생들에게도 중요한 수입원이다.

프랑스 아이들이 가장 싫어하는 메뉴는 수프이다. 프랑스에 맛좋은 수프가 많은데도 아이들이 싫어하는 이유를 모르겠지만, 아마도 수

프가 뜨거워 먹기 힘들기 때문인 것 같다. 반대로 프랑스 아이들이 가장 좋아하는 메뉴는 디저트이다. 초콜릿이 들어 있는 케이크나 달콤한 파이, 카라멜 향이 나는 과일을 먹기 위해 아이들은 전식과 본식은 먹는 둥 마는 둥이다. 부모들은 아이들이 디저트를 가장 좋아한다는 것을 알기 때문에 아이들에게 "디저트를 주지 않겠다"는 위협을 남발한다. 프랑스 아이들은 디저트를 먹기 위해 부모의 말을 잘 듣는다. 프랑스인들은 이처럼 어릴 적부터 먹는 것이 삶에서 얼마나 중요한지 훈련받으면서 자라난다. 혀의 기쁨을 누리기 위해서 다른 것들을 포기하는 삶을 익혀가는 것이다.

## 포도주를 맛보는 직업

프랑스 음식과 함께 식탁에 빠짐없이 등장하는 것이 포도주이다. 카톨릭 국가인 프랑스에서 국민들은 포도주를 정말 '예수님의 피'로 생각하는 듯하다. 프랑스인에게 포도주가 없는 삶은 한국인에게 김치가 빠진 것과 같다. 포도주는 프랑스 하늘과 땅의 수분을 담고 있는 민족정신의 결정체이며, 여성과 같이 예민하고 미묘한 생명체이다.

프랑스인들에게 새로운 포도주를 맛본다는 것은 새로운 연인을 만나는 것과 같이 중요하고도 신나는 일이다. 몇해 전 '맥주가 연인보다 좋은 이유'를 주제로 만든 영화가 기억난다. 포도주는 다음과 같은 점에서 맥주보다 월등한 장점을 가지고 있다. 즉, 포도주는 여럿이 함께 나눌 수 있을 뿐 아니라 종류와 산지, 생산자와 생산년도, 그리고 등급을 모두 주관적으로 고를 수 있다. 물론 고심 끝에 선택하고 거금을 들여 장만한 포도주라도 언제나 당신을 실망시킬 가능성은 존재한다. 그리고 포도주는 연인과는 달리 한번 마셔버리면 그만이다.

포도주가 프랑스인들의 삶에서 차지하는 비중은 포도주를 맛보는 직업이 존재한다는 사실에서도 드러난다. 쏘믈리에(sommelier)라고 불리는 이들은 고급 레스또랑에서 손님에게 포도주의 선택에 대한 각종 자문을 해주고 주문한 포도주의 질을 확인해주는 일을 한다. 요리를 맛보는 직업은 없어도 포도주를 맛보는 직업은 있으니 프랑스인들은 포도주를 마시기 위해 음식을 먹는다고도 할 수 있다.

프랑스의 1인당 알코올 소비량은 세계 최고의 수준이다. 나는 이러한 현상이 프랑스의 전통적인 식생활 문화에 크게 기인하고 있다고 생각한다. 그러나 또다른 중요한 원인은 개인주의 사회가 구성원에게 가하는 심리적·정신적 압박과도 연관되어 있다고 믿는다. 한국에서도 알코올의 소비량이 많은 것은 사회가 개인에게 가하는 다양한 압박이 많기 때문이다. 한국과 프랑스의 차이점은 알코올을 소비하는 방식에 있다. 한국에서는 술문화가 집단적인 폭음의 양상을 띠고 있는 데 비해 프랑스에서는 매번의 식사에 혼자서도 술을 마시는 개인적 성향이 강하다.

한국과 프랑스의 또다른 재미있는 차이점은 한국 사회가 술취한 사람들에 대해서 훨씬 관대하다는 점이다. 서울의 시청이나 신촌, 또는 강남 일대는 밤 열두시경이 되면 술에 취해 비틀거리면서 택시를 잡는 사람들로 붐빈다. 구석구석에는 '오바이트'하는 사람들도 쉽게 발견할 수 있다. 프랑스에서는 비틀거릴 정도로 술에 취한 사람들을 발견하기란 매우 어렵다. 이같은 차이는 여러가지 관점에서 설명할 수 있다.

프랑스에서는 어려서부터 부모한테서 술을 배우는 문화이다. 한국처럼 친구들과 술을 시작하기보다는 가정에서 술을 마시기 시작한다. 부모 앞에서의 술주정은 용납되지 않는 일이고 그래서 프랑스 아이들은 술을 마시고도 바른 자세를 유지하는 훈련을 받는다. 한국 사람처럼 폭음을 하는 대신 프랑스 사람은 꾸준히 마신다. 프랑스의 애주가들은 항상 일정한 알코올 농도를 유지하면서 적당한 취기를 느끼려고 하지만 머리가 어지럽고 기억이 끊길 때까지 술을 마시는 것이 목적은 아니다.

프랑스는 세계에서 신경안정제를 가장 많이 소비하는 국가이다. 물론 이같은 신경안정제의 확산에는 관대한 사회보장제도와 너무 쉽게 약을 처방해주는 의사들의 행태가 영향을 미치고 있다. 그러나 가장 근본적 원인은 술과 약을 통해 삶의 고뇌를 탈피하려는 많은 프랑스 사람들의 경향 때문이다. 그리고 음주와 약물복용은 매우 개인적으로 이루어지기 때문에 나는 프랑스에 사는 동안 직접 이같은 현상을 목격하거나 주변의 사례를 통해 접해보지는 못했다. 그러나 여러 종류의 통계들은 프랑스인들의 심리적·정신적 취약성이 술과 약물로 연결된다는 현실을 적나라하게 보여준다.

프랑스를 비롯한 서유럽 사회는 계층간·계급간의 장벽이 매우 높다. 계급상승이 어려운 상황에서 사람들은 남보다 열심히 일해서 출세하겠다는 생각보다는 주어진 환경 속에서 최대한 즐기면서 살겠다는 생각이 앞서게 마련이다. 한편으로는 자신의 신세를 한탄하면서, 다른 한편으로는 기분이라도 풀어보겠다는 생각에 술을 가까이 하다 보면 점점 의존적이 되고 중독의 덫에 걸리고 만다. 이같이 앞날이 암울할수록 사람들은 알코올이나 약물에 쉽게 중독된다.

물론 프랑스인 대부분이 병적인 알코올 중독으로 발전하는 것은 아니다. 오히려 정신의학에서는 프랑스 사람의 알코올 중독을 '현상유지형' 알코올리즘으로 구분하고 있다. 즉 매일 다량의 음주를 하고도 가족·직장·일상 생활에 커다란 비능률을 초래하지 않는 경우라는 것이다. 이런 패턴은 평생 변치 않고 유지될 수도 있지만 더 심각한 유형으로 발전하기도 한다.


## 장보기는 달리기다

한국에서는 장을 본다고 한다. 시각적인 표현이다. 아마 한국 사람들은 문화적으로 태어날 때부터 구경하는 것을 좋아하는 것 같다. 프랑스에서는 장본다는 표현을 'faire les courses'라고 말한다. 그런데 이 표현은 달리기를 한다, 즉 'faire la course'와 거의 유사하다. 달리기를 여러번 복수로 하는 것이 결국은 장본다는 의미로 변한다. 프랑스 사람들에게는 장보는 일이 시각적 욕구를 만족시키는 과정이 아니라 매우 바쁘게 여기저기 뛰어다니면서 필요한 것을 산다는 기능적 의미가 강하다.

프랑스에는 일단 여성의 취업률이 상대적으로 높기 때문에 장보기를 아주 제한된 시간에 빨리 할 수밖에 없다. 게다가 프랑스 상점들은 심야영업을 하는 경우가 드물고 저녁 일곱시만 되면 문을 닫아버린다. 왜냐하면 영업시간 경쟁을 시작하게 되면 상점에 근무하는 직원들의 노동조건이 끊임없이 악화될 수 있기 때문이다. 따라서 직장에서 여섯시 정도에 퇴근하는 여성들이 집에 돌아오면서 장볼 수 있는 시간은 그다지 많지 않다.

한국처럼 쎄일을 한다고 해서 대형 백화점 부근의 교통이 마비되거나 하는 일은 없다. 한국에는 시간적 여유가 있고 경제권을 쥐고 있는 주부들이 쎄일기간에 대거 백화점으로 몰려간다. 조금이라도 싸게, 경품 하나라도 더 얻기 위해 벌어지는 치열한 경쟁은 놀라울 정도다. 프랑스 백화점도 쎄일기간이 있다. 이 기간에는 사람이 평소보다 많은 것도 사실이다. 그러나 이때 백화점을 찾는 사람들은 점심시간에 헐레벌떡 샌드위치 하나 달랑 먹고 직장상사의 눈치 보아가면서 백화점을 찾는 사람들이다. 그래서 오래 머물면서 이 매장 저 매장을 다닐 시간이 현실적으로 부족하다.

프랑스도 백화점이나 상점들이 한국의 쎄일 때와 마찬가지로 붐비는 기간이 있다. 그것은 일년에 한번 크리스마스를 앞둔 12월이다. 크리스마스는 프랑스 사람들의 최대 연중행사이다. 대부분의 프랑스 사람들은 크리스마스를 가족과 함께 보낸다. 그리고 크리스마스 이브에는 만찬을 벌이는데 이때 파티에 참여하는 모든 사람을 위해 선물을 준비한다.

프랑스 상가가 12월에 크게 붐비는 이유는 바로 선물을 사러 다니는 인파 때문이다. 프랑스인들은 12월이 되면 휴가를 내서라도 쇼핑을 다닌다. 가족파티에 선물 없이 나타날 수는 없다. 선물의 선택도 매우 중요한 개성의 표현이기 때문에 고민에 고민을 거듭한다. 아무도 상상할 수 없었던 독특한 선물이면서 받는 사람이 정말 기뻐할 만한 선물을 고르기 위해 프랑스 사람들이 쏟는 정성은 가엾을 정도이다. 프랑스 백화점의 매상 중 60% 정도가 이 연말연시에 집중되어 있는 것을 보면 크리스마스는 정말 최대의 소비축제라고 할 만하다.

프랑스 사람들은 물건을 살 때도 백화점이나 대형매장을 그다지 좋아하지 않는다. 이들이 백화점이나 대형매장을 찾는 이유는 그 편리함 때문이지만 백화점은 너무 비싼 고급제품들이 있는 부자들의 상점이라면 대형 할인점은 서민들의 백화점이다.

한국에도 프랑스의 프랭땅(Printemps) 백화점이 도입되었다. 그러

외국에 지점을 두지 않아 프랑스에 가야만 볼 수 있는 갈르리 라파예뜨 백화점의 내부 모습.

나 프랭땅의 경쟁 백화점인 갈르리 라파예뜨(Galeries Lafayette)는 외국에 지점 설립을 거부한다. 갈르리 라파예뜨는 명성과 수준을 유지하기 위해 프랑스에 와야만 찾을 수 있는 백화점을 고집하는 것이다. 실제로 프랭땅은 한국에서 크게 성공하지 못했고, 빠리에서는 갈르리 라파예뜨가 번창하고 있다.

프랑스 사람들은 시간과 여유만 있으면 백화점이나 대형상점을 찾기보다는 소규모의 전문 부띠끄(boutique)에 돌아다니는 것을 선호한다. 프랑스인들은 시간을 절약한다는 기능적인 편리함 때문에 대형매장에 가지만 내심으로는 이런 유통구조가 미국에서 들어온 이질적인 것이라고 생각한다. 프랑스 사람들은 그래서 전통적 방식으로 만들어진 수공예품을 아주 선호하는 편이다. 프랑스의 괜찮은 집안에 가면 루이 18세 스타일의 탁자나 대혁명 시기의 의자 등을 매우 자랑스럽게 생각하면서 신주 모시듯이 다룬다. 이러한 골동품들은 아마 그 집안 대대로 내려오는 가보들일 것이다.

골동품을 좋아하는 프랑스 사람들은 벼룩시장(marché aux puces)이라는 제도를 만들어 한국에까지 그 이름을 수출하였다. 프랑스의 벼룩시장은 그야말로 다양한 골동품들을 사고 파는 시장이다. 벼룩시장에는 오래된 시계나 가구, 장식품 들을 사고 팔기도 하며, 갖은 잡동사니들도 있다. 내가 잘 아는 한 한국 사람은 벼룩시장을 방문하는 데 맛들여 훌륭한 카메라 컬렉션을 만들었다. 다양한 모양과 기능의 카메라들을 수집하였는데 그의 소장품 중에는 100여년 전에 만들어진 오래된 카메라도 있다. 벼룩시장에서는 구입자의 능력과 안목에 따라 쓰레기 속에서 진주를 발견할 수도 있고, 매우 고가의 상품을 샀는데 알고 보니 위조품인 경우도 많다. 따라서 관광객이 제대로 된 물건을 구입하기는 어렵다. 프랑스에 장기간 체류하는 사람이라면 한번쯤 벼룩시장에 관심을 가져볼 만하다.

나는 개인적으로 골동품에는 그다지 관심없었으나 고서를 다루는 헌책방에는 가끔씩 들러보곤 하였다. 하지만 유학생인 만큼 고서 구입 자체는 나에게 사치였고 단지 가죽 커버에 금색으로 장식된 고전들을 보면서 소장해보고 싶다는 생각만 할 뿐이었다. 사실 내가 헌책방에 자주 들른 이유는 아주 저렴한 가격에 비교적 근래에 출판된 중고책들을 살 수 있기 때문이었다.

프랑스 사람들이 전통적 양식에서 쉽게 벗어나지 않는 모습은 장보기에서도 여실히 드러난다. 빠리와 같은 대도시에서도 21세기를 맞는 현시점에 재래식 장이 선다. 대개 일주일에 세 번 정도 아침 일찍부터 오후 한두시까지 열리는 장에는 농어촌에서 식품들을 직송해가

빠리의 알리그르 광장에서 재래식 장이 서는 모습.

지고 온 상인들이 물건을 판다. 특히 일요일 아침 장은 빠리라는 세
계적 대도시에서 프랑스의 시골문화를 흠씬 느낄 수 있는 기회이다.
커다란 판을 벌여놓고 야채나 과일을 잔뜩 쌓아두고는 금발의 아저
씨들이 "토마토, 토마토, 싱싱한 토마토가 1킬로에 5프랑, 1킬로에 5
프랑!" 하고 외치는 소리를 들으면 일요일 아침 기분이 상쾌해진다.
사람 사는 느낌을 받기 때문일까. 슈퍼에서 야채나 과일을 봉지에 담
아 전자저울에 올려놓고는 수십종의 야채와 과일 버튼 중에서 하나
를 찾는 일처럼 고달픈 작업은 없다. 눈으로 보고 원하는 양만큼 달
라고 하는 것이 얼마나 더 편리하고 인간적인가.

프랑스 장터에서는 한국과 마찬가지로 떨이도 하고 덤으로 더 주기
도 한다. 아침 시간이 거의 지나 해가 중천에 뜨면 상인들은 떨이를
시작한다. 사실 상시적으로 열려 있는 가게도 아니고 가져온 물량은
모두 팔아야 하는 입장에서 떨이는 당연한 상술이다. 얼굴을 잘 아는
아주머니들이 오면 덤으로 한줌씩 더 주기도 한다. 그리고 장터를 기
웃거리다보면 상인들이 "이 맛있는 딸기 맛 좀 보라"며 쑥 입안에 들
이밀곤 한다.

# 이성적이면서 정열적인 프랑스인

프랑스인들은 인생을 무료하게 느낄 때가 많다. 우리와 비교해볼 때 일에 시달리는 시간이 상대적으로 적기 때문이기도 하지만 혼자 사는 사람이 많기 때문이기도 하다. 프랑스에 애완동물들이 그토록 많은 이유도 바로 이들의 무료함에서 찾아야 할 것이다.

프랑스에는 한국에 비해 애완동물을 키우는 사람이 많은데 그중에서도 고양이를 선호하는 부류가 상당수 된다. 프랑스의 사회학자들은 개를 키우는 사람들과 고양이를 키우는 사람들을 비교한 적이 있는데, 개를 좋아하는 사람들은 상대적으로 남성적이고 털털한 성격의 소유자이고 반대로 고양이를 좋아하는 사람들은 여성적이고 꼼꼼하며 섬세한 성격을 가진 경우가 많다. 따라서 지식인이나 여성들은 고양이를 선호하는 편이다. 특히 혼자 사는 독신자들은 개보다는 고양이를 키우는 편이다. 반대로 가족을 이루고 사는 사람들은 개를 선호한다. 개의 특성이 고양이보다는 사회적이기 때문이 아닐까.

나는 개나 고양이를 모두 좋아하지 않기 때문에 프랑스 가정을 방문했을 때 겪는 고통은 이만저만이 아니다. 어떤 친구네 집을 찾아가면 소름끼치게 하는 살찐 하얀 고양이가 내 무릎에 자리잡고 앉아 떠나지 않는다. 나는 친구에게 눈길을 보내 제발 살려달라는 신호를 보낸다. 또다른 친구의 별장에 가면 커다란 셰퍼드가 앞발을 치켜세우며 긴 혀를 내밀고는 반갑다고 나를 덮친다. 나는 두 손을 주머니에 넣은 채 셰퍼드를 피해 이리저리 도망다닌다. 또 어떤 친구는 개라기보다는 토끼 크기에 가까운 애완견을 키웠는데 나는 이 녀석을 밟을까봐 항상 조심해야 했다.

꽁꼬르드 광장의 모습.(사진 최영주)

　나는 친구들에게 왜 동물을 키우냐는 질문을 하곤 했는데 이들의 한결같은 대답은 "친근감이 들고 좋지 않느냐"는 것이었다. 나는 "친근감도 좋지만 제3세계의 어린이들이 기아로 굶어 죽어가고 있는데 애완동물에 그토록 정성을 들이고 투자하는 것은 사치가 아니냐"고 되묻곤 했다. 그들은 "우리가 사치하는 것이 한두 가지가 아닌데 굳이 애완동물을 문제삼을 이유는 없다"라고 했다. 실제로 우리가 먹는 음식과 입는 옷, 그리고 타고 다니는 자동차를 제3세계의 빈곤문제에서 보면 사치가 아닌 것이 없다.

　프랑스 사람들은 이성적임과 동시에 정열적이다. 어둠이 깔리기 시작하는 저녁이 오면 프랑스 사람들은 작은 규모의 원룸이나 아파트에 혼자 고독하게 틀어박혀 음악을 듣거나 독서를 한다. 또 고양이밥을 주기도 하고 텔레비전을 보기도 한다. 이들은 스스로 매우 이성적으로 생각하고 행동한다고 믿고 있으며 갖은 계산을 통해 미래를 설계하기도 한다. 예측 가능한 이성적인 국가와 사회가 있기 때문에 개인의 이성적인 미래 설계도 가능한 것이다.

그러나 이들은 짬짬이 정열적인 인간으로 돌변한다. 매년 샹젤리제에서 벌어지는 신년맞이는 이러한 정열의 대표적인 사례이다. 12월 31일이 끝나면서 새해가 밝아오는 1월 1일 자정 시계가 울리면 샹젤리제의 인파는 서로 "보나네!"(Bonne année)를 외치며 아는 사람 모르는 사람 할 것 없이 서로 볼 키스를 나눈다. 지난 2000년 연초에는 모두 50만명이 샹젤리제 거리로 몰렸다는 소식이다. 국가도 이러한 정열의 폭발을 지원하는데 샹젤리제 거리가 시작되는 개선문에서 꽁꼬르드 광장까지 2.5킬로미터의 구간에 10만개의 등불을 밝힘으로써 축제 분위기를 한층 돋운다.


## 프랑스 TV에는 연속극이 없다

현대사회에서는 많은 사람들이 무료한 시간을 보내기 위해 저렴한 놀이기구로 텔레비전을 즐겨 애용하고 있다. 텔레비전 보기는 아마 세계인들이 공통적으로 즐기는 최고의 놀이인 것 같다. 초기 투자비용을 제외하면 특별히 돈이 드는 것도 아니고, 언제나 손쉽게 시간을 절약하며(?) 즐길 수 있는 놀이이기 때문이다. 게다가 TV 보기는 마약과 같은 중독성이 있어서 화면 앞에 앉아 있다보면 시간 가는 줄 모르고 빠져들게 된다.

프랑스 사람들도 TV 보기는 세계 어느 나라 못지않을 만큼 열심이다. 특히 저소득층의 어린이나 노인들 그리고 전업주부일수록 TV 앞에서 보내는 시간이 많다. 프랑스는 새벽 시간대를 제외하고는 하루종일 방송을 한다. 여행을 못하거나 특별한 취미활동이 없는 저소득층은 집안에서의 무료한 시간을 TV와 함께 보낸다.

프랑스는 일단 만들어진 습관을 급속하게 변화시키지 않는 나라이기 때문에 라디오를 정기적으로 청취하는 사람도 상당수 된다. 특히 아침에 일어나 출근하기 전까지 커피를 끓이고 샤워를 하는 동안 라디오를 켜놓는 사람들을 쉽게 발견할 수 있다. 많은 프랑스인들은 타이머로 맞추어놓은 아침 라디오 뉴스 소리에 잠에서 깨어나곤 한다.

프랑스에서 사람들이 TV를 보거나 라디오를 듣는 시간은 한국과 별 차이 없을 것이다. 그러나 그 내용을 보면 상당한 차이점을 발견할 수 있다. 우선 프랑스 방송에는 한국과 같은 연속극이 없다. 한국의 연속 드라마는 항상 비슷한 주제와 줄거리를 가지고 전개되면서도 시대적 관심과 상황을 반영하는 아주 흥미로운 프로인데 프랑스에서는 이러한 형식의 프로를 발견하기 어렵다.

프랑스에서 이와 비슷한 역할을 하는 프로는 한번 방영되는 동안 하나의 스토리가 완전하게 전개되는 시리즈물이다. 프랑스는 미국에서 제작된 시리즈물들을 많이 방영하고 있는데, 프랑스 방송시장을 미국이 독점할까봐 우려한 프랑스 정부는 쿼터제를 적용하고 있다. 프랑스 방송은 총 40% 이상을 국내에서 제작된 방송물을 내보내야 하고 60% 이상은 프랑스 및 유럽에서 제작된 프로이다. 미국산 프로그램이 전체의 40%를 넘지 못하게 하려는 조치이다. 프랑스의 이같은 문화적 보호주의는 미국과 잦은 통상마찰의 원인이 되고 있다.

한국 TV와 비교해보았을 때 프랑스에는 토론 프로그램이 상대적으로 많다. 모든 것에 대해 문제를 제기하고 이에 대해 열렬한 논쟁을 하는 것을 좋아하는 프랑스인들의 특성이 반영되었다고 하겠다. 또 같은 토론 프로그램이라 하더라도 한국에서는 미리 정해진 순서와 내용에 따라 진행되고 그것도 녹화된 방송이기에 현장감이 떨어지는 경우가 많지만, 프랑스에서 토론 프로그램은 생방송이 주류를 이루고 있으며 사전조율은 거의 없는 편이다. 그래서 예측 못한 일도 벌어지며 생동감있게 진행된다.

내가 프랑스에 사는 동안 가장 재미있게 보았던 TV 프로는 '반박권'(Droits de réponse)이라는 제목의 프로였다. 미셸 뽈락(Michel Pollack)이라는 독특한 개성의 사회자가 진행하는 토요일 심야 프로였는데, 좋지 않은 시간대임에도 불구하고 높은 시청률을 기록하였다. 이 프로는 하나의 특정 주제에 대해 서로 상반된 의견을 가진 사람들을 초청하여 자신의 주장을 전개하도록 하는 형식이다.

예를 들어 '공무원 비리'에 대한 토론이라고 가정하자. 이 경우 방송사는 내무부 장관이나 비리 관련 부처의 장관, 야당의 정치인, 비리에 연루된 공무원, 사건을 취재했던 기자, 비리의 대가로 혜택을 입은 사업자, 비리를 폭로한 사람 등을 모두 초청한다. 물론 비리를 폭로한 사람이나 야당 정치인들은 적극적으로 방송에 참여하려고 한다. 반대로 비리 당사자나 정부 대표들은 불참하는 경우가 많다. 이럴 경우 뽈락은 어김없이 초청한 사람의 이름과 소속, 그리고 초청에 응하지 않은 이유 등을 밝힌다. 아무런 이유를 대지 않았을 경우에 "아무개 씨는 방송국 직원들과 네 차례에 걸쳐 통화를 하였으나 자신은 방송에 참여하고 싶지 않다는 의사를 밝혀왔습니다. 이처럼 사회적으로 중요한 사건에 직접적으로 연관된 아무개 씨가 자신의 의견을 밝히지 않기로 한 점에 대해 우리는 매우 안타깝게 생각합니다"라는 아쉬움을 표현한다.

생방송으로 진행되다보니 방송사고도 자주 일어나는 편이다. 너무 흥분한 방송 참여자가 폭력을 행사하려고 하는 경우도 있고, 방청석에 있던 사람이 권총을 뽑아들고 뽈락을 죽여버리겠다고 협박하는 경우도 있다. 뽈락은 이러한 위험 부담에도 불구하고 생동감있는 방송을 통해 국민의 소리를 여과없이 전달하는 것이 자신의 의무라고 생각한 특유의 언론인이었다.

1986년 프랑스에 우파 정권이 들어서면서 신정부는 뽈락이 소속된 프랑스 제1방송국(TF1)을 민영화하였다. 방송국의 소유주가 프랑스 건설업계의 대표적 기업인 부이그(Bouygues)로 바뀌었으나 높은 시청률을 보이는 뽈락의 방송은 유지되었다. 그러나 뽈락의 비판정신은 한계를 모르고 모든 부분을 샅샅이 뒤져나갔다. 그는 자신이 근무하는 방송국의 주인인 부이그 씨의 비리를 파헤쳐서 '반박권' 프로에 방영하였다. 뽈락에게 성역은 없었던 것이다. 이 사건이 일어난 뒤 뽈락의 프로는 폐지되었고 뽈락은 실업자가 되었다.

뽈락은 프랑스 방송인 중에서도 매우 독특한 사람이었고 특히 비판정신에 한계를 두어서는 안된다고 믿는 언론인이었다. 그 뒤로 뽈락만큼 독설이 뛰어난 토론방송 MC는 찾아보기 어려웠지만 생생한 논쟁이 벌어지는 프로들은 여전히 프랑스 방송의 특기이다.

프랑스 방송사에서 빼놓을 수 없는 프로가 10여년 넘게 지속된 '아뽀스트로쁘'(Apostrophes)라는 문학대담 프로그램이다. 베르나르 삐보(Bernard Pivot)라는 사회자가 진행하는 이 프로는 저녁 프라임타임에 매주 방영되었는데 프랑스 출판계에서 가장 커다란 홍보의 장이었다. 워낙 시청률이 높기 때문에 이 방송에 작가가 한번 출연하면 그 책은 바로 다음날부터 베스트셀러의 명단에 올라갈 정도였다. 몇명의 작가들을 초청하여 책에 대해서 대화를 나누는 비교적 단순한 양식의 프로인데, 때로는 작가의 정열적인 주장이 펼쳐지기도 하고, 때로는 잔잔하고 날카로운 작가의 설명이 서서히 시청자의 가슴에

베르나르 삐보(가운데)가 진행하는 TV 문학대담 프로그램 아뽀스트로쁘. 참가한 작가의 책은 곧바로
베스트셀러가 되곤 한다.

와닿기도 한다. 무엇보다도 삐보는 재치있는 질문과 농담으로 방송
을 재미있게 이끌어나갔는데 그것은 그가 매주 20여권에 가까운 책
을 읽으면서 다양한 주제에 대해 백과사전적인 지식을 소화해냈기
때문에 가능하였다.

　그는 잠자고 식사하는 시간을 제외하고는 하루종일 독서만을 하면
서 10여년을 보냈는데, 이 인기있는 프로가 중단된 이유는 그 자신이
이런 수도자적인 생활을 더이상 할 수 없다고 판단했기 때문이다. 출
판사들은 그에게 로비를 하고 싶어도 그가 파티나 모임에 전혀 나타
나지 않기 때문에 불가능했다고 한다. 1980년대의 아뽀스트로쁘는
과거의 귀족들이 즐겼던 문학살롱을 대중화하는 데 기여한 일등공신
이었다. 몇년의 휴식기간이 지나고 삐보는 다시 '문화탕(文化湯,
Bouillon de culture)'이라는 제목의 프로를 개설했는데 그 상업주의

적 성격 때문에 일부 지식인들은 초청을 거부했다고 한다. '문화탕'은 '아뽀스트로쁘'가 누리던 인기를 따라잡지 못하였다. 그러나 1964년 싸르트르가 노벨문학상을 거부했다고 해서 노벨문학상의 가치가 사라지지 않듯이 '문화탕'도 일부 지식인의 비판에도 불구하고 문화의 대중화에 크게 기여하였다. 삐보는 1980년대 사람들에게는 여전히 생생한 문화의 전도사라는 이미지로 남아 있을 것이다.

나는 한국에서 거의 텔레비전을 보지 않는다. 뉴스조차도 보기 싫어하는 편이다. 뉴스를 너무나 길게 진행하기 때문이다. 사실 프랑스에서 프라임타임 뉴스는 저녁 여덟시에 시작하는데 본 뉴스와 스포츠 뉴스, 그리고 일기예보까지 합쳐서 삼십분 이상을 넘지 않는다. 프랑스에서는 신문 볼 시간이 없을 경우 뉴스를 보지만 한국에서는 뉴스를 보는 것보다 신문을 읽는 것이 훨씬 시간을 절약할 수 있다. 자신이 원하는 분야의 뉴스만을 골라 읽을 수 있기 때문이다. 나는 국내의 사회적 사건과 비리 및 실정 폭로를 중심으로 진행되는 한국 뉴스에 하루 한 시간씩이나 할애할 수 있는 여유가 없기에 뉴스 보는 것을 피하는 편이다.

일반적으로 한국의 언론에서 해외뉴스를 접하기는 쉽지 않지만 특히 TV 뉴스는 국제정보를 전달하는 데 매우 인색하다. 그나마 간간이 다루어지는 해외뉴스도 다이애나 왕세자비의 사건이나 클린턴의 섹스 스캔들과 같은 자극적이고 말초적인 것들 중심이다. 한국 뉴스에서 해외소식이 톱뉴스로 등장하는 경우는 전쟁이 발생한 경우를 제외한다면 아주 예외적인 일이다. 나는 TV가 국민들을 교육하는 매우 중요한 역할을 한다고 생각하는데, 한국 방송을 보면 뉴스조차 국민을 교육하기보다는 국민의 가려운 곳을 긁어주는 오락으로 전락한 느낌을 받는다.

프랑스에서 내가 상대적으로 TV를 많이 보았던 가장 큰 이유는 영화를 많이 보여주기 때문이다. 보통 하루 저녁에 프랑스 공중파 TV에서 볼 수 있는 영화는 너댓 편이 된다. 나는 영화를 가장 현대적이고 가장 종합적인 예술이라고 생각해 하루 평균 한두 편 정도를 보았다. 프랑스 TV는 주로 평일 저녁에 영화를 많이 방영하는데 주말이나 공휴일이 되어야 영화를 보여주는 한국 TV와는 대조적이다. 프랑스에서는 TV가 극장의 역할을 대신하는 것을 막기 위해 일주일에 두 번, 수요일과 토요일에는 영화를 방영할 수 없다.

## 스포츠와 도박

언젠가 해외토픽에 나온 보도에 따르면 프랑스 사람들은 유럽에서 목욕을 제일 적게 한다고 한다. 실제로 비누 소비량을 보아도 프랑스 사람들은 몸을 씻는 데 인색하다. 이런 현상을 놓고 여러가지 해석이 분분한데 다음과 같은 이야기도 있다. 프랑스 사람에게는 몸을 깨끗하게 닦는 것이 중요하지 않다. 오히려 자신의 몸에서 나는 냄새는 자연스러운 것이고 개성의 일부이다. 그래서 프랑스 사람들이 향수를 쓰는 것은 냄새를 제거하기 위한 것이 아니고 신체에서 우러나오는 체취를 보완하기 위해서이다.

내가 생각하기에 프랑스 사람들이 목욕을 자주 하지 않는 이유는 그들이 게으르기 때문이다. 프랑스인들은 일반적으로 몸을 움직이는 일보다는 두뇌를 사용하는 활동에 훨씬 커다란 가치를 부여해왔다. 영국이나 미국의 중고등학교에서 체육은 매우 중요한 활동이다. 팀 워크를 익히면서 서로 협력하는 것을 배우고, 페어플레이 정신을 습득한다. 이들은 건강한 신체에서 올바른 정신이 나온다고 믿는다. 그래서 영미계의 중고등학교에서는 거의 매일 오후 시간을 운동하는데 할애한다.

그러나 프랑스 중고등학교에서 체육시간은 일주일에 두세 시간에 불과하다. 한국과는 달리 학교에 운동부도 없다. 운동은 교내에서 할 수 있는 성질의 활동이 아니다. 학교교육은 머리를 사용하여 새로운 지식을 익히는 데 충실해야 한다. 운동을 하는 것은 과외활동에 속한다. 이런 의미에서 프랑스에서의 운동은 일의 영역보다는 놀이의 영역에 속한다.

체육을 일의 영역으로 생각하는 영국에서 근대 스포츠의 상당수가 생겨난 것도 이러한 문화적인 배경에서이다. 축구, 럭비, 테니스, 골프 등 세계적으로 전파된 대부분의 운동들은 영국에서 만들어졌다. 프랑스에서 만들어진 운동이라야 쇳덩어리 공을 던지는 불르(boule) 정도가 고작인데, 불르는 남부 프랑스의 노인들이 주로 즐기는 운동이다.

이같은 척박한 상황에서 프랑스가 어떻게 1998년 월드컵과 유로 2000에서 우승을 했는지 신기하기만 하다. 하긴 남이 벌여놓은 판에서 주도권을 잡는 것은 프랑스인들의 특기 중 하나이다. 근대 올림픽을 구상하여 추진한 사람은 영국인이 아니라 프랑스의 삐에르 드 꾸베르땡(Pierre de Coubertin)이 아닌가.

물론 프랑스 사람들이 체육을 등한시한다고 해서 전혀 스포츠에 관심이 없는 것은 아니다. 특히 축구는 프랑스인들이 가장 즐기는 운동 가운데 하나이다. 프랑스의 웬만한 중소도시에는 모두 그 도시를 대표하는 프로축구팀이 있고, 그 팀의 전용구장이 있다. 전용구장을 만들고 이를 훌륭하게 유지하는 일은 그 도시의 시장이 재선되기 위해

프랑스 노인들이 주로 하는 불르 게임.

서는 필수적으로 해야 하는 과제이다. 그러지 않고는 다음 선거에서 고배를 마시기 십상이다. 그만큼 도시를 대표하는 축구팀에 시민들의 관심과 시선이 집중되어 있다.

나는 지방 출신의 친구에게 어떻게 프랑스 사람들은 그렇게 축구에 많은 관심을 가지고 전용구장 객석을 메우느냐고 물어본 적이 있다. 그의 대답은 아주 단순했다.

"인구 십만 정도의 지방도시에 산다고 생각해봐. 매주 주말이 되면 무슨 할 일이 있을 것 같니?"

"글쎄…… 영화도 보고, 음악회에도 가고, 아니면 외식하러 다닐 수도 있겠지?"

"낄낄, 너는 프랑스 지방도시 사람들을 너무 높게 평가하는 것 같

아. 우선 영화를 보고 음악회에 가려고 해도 지방도시에는 극장이나 음악관이 거의 없어. 그리고 외식은 빠리 사람들이나 즐기는 일이지 지방에서는 그렇게 일반화되어 있지 않고…… 결국 우리에게 취미란 텔레비전 보는 것과 축구장에 가는 일이 전부인 경우가 많아."

한 도시의 축구팀이 프랑스 선수권대회에서 우승을 하거나 간혹 유럽 차원에서 벌어지는 대회에서 우승을 하면 그 도시는 밤새 축제분위기에 휩싸인다. 자동차들은 클랙슨을 눌러대면서 행진을 하고 도시 전역에서는 "부어라 마셔라" 술이 넘쳐 흐른다. 온 시민이 하나가 되어 기쁨을 나누는 것이다.

프랑스 축구가 언제나 축제 분위기에 있는 것은 아니다. 때로는 열성팬들간에 폭력사태가 벌어지기도 하고, 오래된 구장의 기둥이 무너져내려 수많은 사상자를 낸 적도 있다. 특히 영국 훌리건들은 도버해협을 건너와 프랑스에서 스트레스를 풀려는 듯 호전적으로 싸움을 벌이곤 한다. 프랑스인들은 영국 훌리건을 '새처(Thatcher)의 후예들'이라고 부른다. 새처 수상의 비인간적인 경제사회 개혁이 실업자들을 양산해냈고, 삶의 나침반을 잃어버린 젊은이들은 축구에 집착하면서 폭력적으로 돌변한다는 것이다. 물론 이러한 판단 뒤에는 프랑스와 영국 간의 뿌리깊은 경쟁의식이 자리잡고 있다.

프랑스뿐 아니라 대부분의 유럽 국가에서는 축구에 대한 열기가 굉장하다. 유럽과 남미가 세계 축구의 양대 산맥을 이루고 있는 것은 우연한 일이 아니다. 그러나 축구의 열기가 과열되고 판돈이 천문학적으로 치솟으면서 게임조작이나 심판 매수와 같은 문제들이 불거져 나왔다. 축구는 단순한 놀이에서 현대사회의 거대한 산업으로 성장한 셈이다. 10여년 전부터 프랑스에는 스포츠 복권(loto sportif)이 등장했는데 말이 스포츠 복권이지 사실 축구 복권이나 다름없다. 매주 열리는 게임의 승자와 스코어를 맞추는 복권인데 정확하게 맞출 경우 판돈이 대단하다.

스포츠를 대상으로 한 도박으로는 경마를 따라갈 수가 없다. 프랑스 텔레비전의 뉴스를 보면 끝부분에 빠짐없이 나오는 소식이 경마 결과이다. 삼십분짜리 뉴스 마지막에 경마 소식이 나오는 것은 그래도 이해할 만하다. 오분 뉴스를 해도 경마 결과는 꼭 보도한다. 경마가 프랑스인들에게 얼마나 인기있는지 짐작할 수 있다.

스포츠에 대한 이야기가 나온 김에 복권에 대해서도 약간 설명을 덧붙이려 한다.(하긴 복권은 머리를 사용하는 놀이라기보다는 운동에 가깝다. 복권을 사러 가야 하고, 산 다음에는 펜으로 자신의 번호 여섯 개를 표시해야 하고, 표시하고 나면 다시 가게에 가서 확인도장을 받아야 하고, 신문이나 텔레비전에서 결과를 찾아보아야 하며, 얼마가 맞으면 가게에 다시 가서 돈을 받아야 하니 말이다.) 프랑스 복권에는 모두 1부터 50까지의 번호가 기록되어 있는 칸이 있는데 그중에서 여섯 개에 X표를 한다. 추첨결과 여섯 개 번호가 모두 맞으면 정말 돈벼락을 맞는다.

보통 당첨액수는 수백만 프랑에 달하고 당첨자가 없으면 그 돈이 계속 누적되어 수천만 프랑에 이르는 경우도 드물지 않다. 그래서 프랑스에는 매주 복권을 사는 사람들을 위해 정기복권이 있다. 3개월치, 6개월치, 또는 1년치를 한꺼번에 사는 것이다. 그리고 프랑스의 복권은 그냥 복권이지 '월드컵'이나 '기술 발전' '중소기업 발전' 같은 수식어는 붙지 않는다. 어차피 도박은 도박일 뿐이고 도박판의 돈 일부를 좋은 일에 사용한다고 해서 도박이 선행이 되는 것은 아니기 때문이다.

프랑스의 도박산업은 엄청난 규모를 자랑하고 있는데 지난 1998년의 경우 합법적인 도박산업의 매출액이 모두 합쳐 1천억 프랑(한화 15조원) 규모가 넘는다. 이 매출액은 비슷한 규모의 세 도박회사가 나누어 가지는데 첫째 경마를 주관하는 PMU라는 회사가 350억 프랑 정도의 매출액을 올렸고, 복권 사업의 프랑쎄즈 데 죄(Française des Jeux) 역시 350억 프랑, 그리고 분산된 카지노의 도박기계(Machines à sous)에서 350억 프랑의 매출을 올렸다.

## 운전은 경주하듯

거대한 산업으로 성장한 스포츠 같지 않은 스포츠가 자동차 경주이다. 나는 텔레비전에서 자동차 경주 중계하는 것을 이상하게 생각했다. 앉아서 운전하는 것이 과연 운동인가. 하긴 장시간 운전하면 피곤해지는 걸로 봐서 운동은 운동인 것 같다. 그러나 나는 카 레이서들의 훈련과정을 보고 '아, 정말 굉장한 운동이구나!' 라고 생각했다. 특히 목 근육을 단련하는 데는 자동차 경주만한 운동이 없다. 자동차 경주는 시속 200km가 넘는 속도로 써킷을 수십 바퀴 도는 게임이다. 삶과 죽음이 엇갈리는 초긴장 상태에서 계속 같은 방향으로 목을 돌려야 한다. 이렇게 수십 바퀴를 돌면서도 목에 경련이 나지 않으려면 평소에 얼마나 목운동을 해야 하는지는 독자의 상상에 맡기겠다. 게다가 초고속으로 질주하는 차를 운전하려면 팔을 자연스럽게 움직일 수 없다. 마치 로봇춤을 추듯이 양팔을 흔들어대야 하고, 기어를 바꾸는 일도 뛰어난 순발력을 요한다. 마지막으로 다른 차와 부딪치지 않기 위해서는 눈의 움직임도 날째야 한다.

자동차 경주에는 차량의 종류와 엔진의 힘에 따라 다양한 종목이 있다. 그러나 역시 프랑스에서 가장 인기를 끌고 있는 경주는 F1과 르망(Le Mans)의 24시간 경주, 그리고 빠리-다카 경주이다. F1은 만들어진 써킷을 수십 바퀴 돌아 승자를 가리는 경주이고, 르망의 24시간은 프랑스 중부 도시 르망의 써킷을 24시간 동안 도는 경주이다. 빠리-다카는 매년 겨울 빠리를 출발하여 사하라 사막을 가로질러서 아프리카 세네갈의 수도 다카까지 달리는 경주이다.

상당히 많은 수의 프랑스인들은 이런 자동차 경주에 열광한다. 자국의 자동차 회사 르노(Renault)나 뿨조(Peugeot)에서 만든 차량을 응원하기도 하고, 자국 출신의 파일럿이 운전하는 차를 응원하기도 한다. 빠리-다카 경주가 광활한 사막을 달리는 오토바이·승용차·지프·트럭의 묘기를 감상할 수 있는 기회라면, 써킷 경주로는 금속 엔진의 음악을 배경으로 최고 속도로 폭주하는 자동차의 모습을 만끽할 수 있는 것이다.

문제는 사람들이 자동차 경주를 감상하는 데 그치지 않고 실생활에서 경주하듯이 난폭운전을 할 때 생긴다. 특히 연말연시나 성탄절·부활절같이 인구 이동이 많고 음주운전이 빈번한 시기에는 대형 교통사고가 잦은 편이다. 예를 들어 1999년 1월 1일부터 3일까지의 연휴기간 프랑스 전국에서 58명이 교통사고로 사망하였다. 연휴가 아닌 기간에도 프랑스의 교통사고는 많은 희생자를 동반한다. 통계를 살펴보면 프랑스에서 매년 1백만명에 153명이 교통사고로 사망하는 데 비해 이딸리아는 122명, 독일은 116명, 네덜란드는 86명, 영국은 62명 등이다. 그렇다면 왜 프랑스에서는 교통사고로 인한 사망자가 많을까. 전문가들은 프랑스의 도로나 지리가 그 이유는 못된다고 분석한다. 프랑스의 도로 사정이 다른 유럽 국가들보다 특별히 나쁜 것도 아니고 그렇다고 프랑스의 지리가 유별나게 교통사고를 유발하는 형세도 아니다. 교통사고 중에서 사망자를 양산하는 오토바이 사고가 다른 나라보다 특이하게 많지도 않다. 프랑스에서 오토바이 사고 사망자는 전체 교통사고 사망자의 10%에 불과하다.

프랑스의 교통사고가 특별하게 살인적인 이유는 문화적 차원에서 찾아야 한다. 이미 앞에서 지적했듯이 프랑스는 알코올 소비량이 세계에서 가장 많은 나라이다. 국민들이 일반적으로 술에 매우 의존적인 상황에서 경찰의 단속기준도 상당이 느슨한 편이다.

지금 와서 생각해보면 아주 충격적이면서 동시에 술에 대한 프랑스인의 '관대함'을 보여주는 홍보 캠페인이 기억난다. 음주운전을 예방하기 위한 TV 캠페인이었는데 그 슬로건은 "한 잔은 괜찮아, 세 잔이면 왕창 깨지지!"라는 것이었다. 이처럼 술 한잔쯤 마시고 운전하는 것이 괜찮다고 음주운전 예방 캠페인을 벌이는 나라가 프랑스말고 또 있을까? 모든 캠페인이 그렇듯이 실현 가능성이 없는 슬로건을 내세우는 것은 오히려 나쁜 결과만을 초래한다. 프랑스에서 식사와 함께 반주 한잔 정도 하는 최소의 즐거움마저 국가가 박탈하려 한다면 국민들은 강력하게 반발할 것이다.

프랑스에서 음주운전과 함께 살인적 교통사고의 커다란 원인은 과속운전이다. 프랑스 사람들은 속도를 즐긴다. 빠리와 같이 길이 좁고 차선이 제대로 보이지 않는 도심지역에서도 신호대기 하다가 급출발하는 차들을 쉽게 발견할 수 있다. 도심이 아닌 국도에서 신호대기후 출발은 육상 100미터 달리기의 출발을 보는 것 같은 인상을 준다. 그러니 고속도로에서는 어떻겠는가.

한국에서는 느린 속도로 1차선이나 2차선을 달리는 차들을 쉽게 발견할 수 있다. 뒤에서 다른 차가 빠른 속도로 달려오면서 하이빔을 깜박여도 막무가내로 차선을 고수한다. 프랑스에서 그런 식으로 운전했다가는 지나가는 모든 운전자의 경멸에 찬 눈길을 받거나 욕을 얻어먹을 것이다. 고속도로의 1, 2차선은 추월하기 위한 차선인 만큼 느리게 가고 싶으면 맨 오른쪽의 차선으로 가야 한다. 그렇지 않으면 빨리 달리는 차들이 우측 차선으로 추월을 해야 하는데 그것은 교통법규 위반이 된다. 다른 사람으로 하여금 교통법규를 위반토록 하는 행위는 그야말로 이기적 발상이라는 것이 프랑스인들의 사고이다.

속도를 즐기는 프랑스인, 경찰을 싫어하는 프랑스인. 경찰의 과속 단속에 대한 프랑스 운전자들의 연대는 놀랍다. 주말이면 프랑스 전국 국도에는 경찰들이 곳곳에 자리잡고 속도위반 차량들을 적발한다. 하지만 그것은 낙타가 바늘구멍으로 들어가는 것보다 어려운 일이다. 왜냐하면 운전자들이 단속경찰을 발견하면 모두 하나같이 반대방향에서 오는 차들에게 하이빔으로 신호를 보내기 때문이다. 그렇다고 프랑스 경찰들이 한국 경찰들처럼 숨어서 함정을 만들어놓고 단속하는 경우는 거의 없다.

현대인이 속도를 좋아하는 이유는 현대사회가 그 구성원으로 하여금 적응력과 순발력을 요구하기 때문이라고 한다. 현대사회에서 순발력은 우리 모두가 획득해야 할 가치인 것으로 간주되고 있다. 시대의 변화를 빨리 이해하고, 변화에 신속하게 적응하고 순식간에 대처해야 하는 사회가 현대사회이기 때문이다.

게다가 프랑스에서는 대통령 취임식 때 교통법규 위반자에 대한 사면을 대대적으로 실시한다. 이러한 관대함의 결과는 역시 교통사고 사망의 증가이다. 일례로 1988년과 1995년 대선 직전의 6개월 동안 프랑스의 교통사고 사망자 수는 다른 기간에 비해 증가했음을 발견할 수 있다. 이는 운전자들이 사면에 대한 기대를 가지고 마구 과속의 쾌감을 즐기기 때문이다.

## 운동도 개성 표현의 수단

한국 텔레비전에서 자주 볼 수 있는 야구나 농구, 배구는 프랑스 TV에서는 쉽게 볼 수 없다. 반대로 자동차 경주는 축구와 함께 단골 메뉴 중의 하나다. 또 한국에서 보기 어려운 스포츠 종목이면서 프랑스 사람들의 인기를 끄는 것은 요트 경주이다. 요트 경주는 넓고 검푸른 바다에서 하얀 물거품을 내면서 자연의 멋을 마음껏 즐길 수 있는 게임이다.

프랑스인들이 열광하는 또다른 운동은 테니스이다. 테니스 세계의 그랜드 슬램은 미국의 플래싱 매도우, 영국의 윔블던, 호주 오픈, 그리고 프랑스의 롤랑 가로스(Roland Garros)이다. 프랑스 오픈은 흙으로 만들어진 코트에서 진행되는 유일한 대회이다. 매년 6월에 빠리 근교에서 열리는데 이때가 되면 학생들은 고민에 빠진다.

6월은 프랑스 학생들이 학기를 마치는 달이고 기말시험이 몰려 있는 기간이기 때문이다. 거의 전게임을 중계해주는 텔레비전 방송은 시험을 준비하는 학생들에게 끊임없는 유혹이다. 매년 6월이면 테니스 라켓과 공의 판매량이 치솟는 일도 반복된다. 이와 동시에 팔다리나 허리가 삔 사람들도 많이 생긴다. 세계 최고 수준의 선수들 흉내를 내다가 다치는 것이다.

테니스나 축구보다 프랑스인들이 좋아하는 전통 스포츠는 싸이클이다. 특히 뚜르 드 프랑스(Tour de France)는 프랑스 오픈 테니스 대회와 같은 연중행사라고 할 수 있다. 하지만 프랑스 오픈이 빠리 근교에서 벌어지는 부르주아 냄새가 물씬 나는 행사라면(프랑스 오픈 관람료는 매우 비싸 관객은 주로 빠리의 유명인사들인데 그들은

자전거로 전국을 일주하는 '뚜르 드 프랑스'의 1952년 포스터와 1932년 경기모습.

화려한 의상에 썬글라스를 쓴 채 폼을 잡고 관전한다), 뚜르 드 프랑스는 온 국민이 함께 하는 서민적 행사이다.

원래 뚜르 드 프랑스는 프랑스 일주라는 의미의 말인데 중세 장인들이 프랑스 전국을 돌며 기술을 연마하고 익히는 것을 가리키는 표현이었다. 산업화가 진행되면서 대량생산 공장들이 설립되고 장인들이 사회에서 서서히 사라지자, 뚜르 드 프랑스는 자전거 대회의 명칭으로 남아 있게 되었다. 프랑스의 지방인들은 매년 뚜르 드 프랑스의 코스가 자기 마을 옆을 지나가기를 희망하고 이를 위해 로비한다. 자신의 마을을 프랑스 전국에 소개할 수 있는 절호의 기회이며, 대규모 선수단과 그 보조원들, 그리고 기자단이 모두 뚜르 드 프랑스의 진행에 따라 이동하므로 특수를 누릴 수 있기 때문이다. 애향심과 상술의 절묘한 조화이다.

근대 올림픽을 주도적으로 창안해낸 프랑스에서 올림픽에 대한 관심은 상대적으로 낮은 편이다. 몇년도 월드컵에서 어떤 두 나라가 홀

룽한 승부를 겨루었다는 것을 기억하는 프랑스인들은 많아도 올림픽에 대해서는 그리 깊은 인상을 받지 못한다. 아마 그것은 프랑스가 올림픽에서 그다지 좋은 성과를 거두지 못하기 때문인지도 모른다. 프랑스가 그나마 괜찮은 성적을 올리는 까닭은 특정 종목에서 많은 메달을 따기 때문이다. 프랑스는 소위 '귀족운동'이라고 할 수 있는 승마, 펜싱이나 요트 같은 종목에서 메달을 휩쓴다. 프랑스는 또 유도 같은 종목에서도 상당한 강세를 보인다. 우리는 여기서도 개성적이려고 노력하는 프랑스인들의 면모를 엿볼 수 있다.

승마, 펜싱이나 요트는 누구나 할 수 있는 대중적 스포츠가 아니다. 주말에 승마나 펜싱을 하러 간다거나 방학 때 요트를 타러 가는 것은 매우 품격있고 개성있는 취미생활이다. 조깅이나 수영처럼 누구나 할 수 있는 운동과는 질적으로 다르다. 동양에서 세계적 스포츠로 성장시키는 데 성공한 유도도 매우 독특한 취미라고 할 수 있다. 사람들은 독특하기 때문에 유도를 배운다. 그 때문인지 유도의 종주국 일본과 그 이웃나라 한국을 제외하고는 유럽 국가들이 유도대국으로 성장하였다. 자금이 집중되어 있는 미식축구·농구·야구·권투 등에 우수한 운동선수들이 몰리는 미국과는 상이한 점이다.

이런 점에서 미국이나 한국 사회는 프랑스에 비해 훨씬 대중적이다. 모두가 하는 운동을 해야 하고, 모두가 관심있는 운동을 보아야 한다. 그렇지 않고는 일상생활이나 대화에서 소외되는데, 사람들은 소외되는 것을 두려워한다. 서로 다른 취미를 가지고 있다는 사실이 대화의 내용이 되는 프랑스와는 대조적이다. '취향의 다양성'이 지배하는 사회와 '취향의 대중성'이 군림하는 사회의 차이점이다.

미국 사회의 대중성에 대해서는 추측밖에 할 수 없지만 적어도 한국의 경우에 이러한 대중성은 언론에 의해 조작되는 측면이 강하다.

나는 프랑스에서 살면서 신문이나 방송을 상당히 자세히 들여다보는 편이었는데 미국 내의 여러 경기 결과에 대해 언론이 한국과 같이 떠드는 것을 본 적이 없다. 미국과 프랑스는 같은 서양인이고 크게 봐서 같은 문화권에 속한다고 하는데도 말이다.

반대로 '민족의 정론'을 자임하면서 민족주의적 선동을 일삼는 한국의 언론에서 미국 내의 골프, 농구, 야구, 미식축구 등의 결과가 스포츠 면의 톱기사로 자주 등장하는 것은 언뜻 이해하기 어려운 현상이다. 물론 전혀 설명이 되지 않는 것은 아니다. 미국에 유학하거나 미국에서 살다온 사람들이 한국 사회에 상당수이고 이들은 이러한 기사의 수요층을 형성하고 있다. 세계 언론에서 주요 통신사들을 장악하고 있는 미국 회사들은 당연히 이런 뉴스를 다량 공급하고 있다. 그리고 언론사에서는 특정 수요층을 겨냥하여 통신사가 제공하는 뉴스들을 번역하고 편집한다.

마지막으로 프랑스에서 골프는 그다지 인기있는 취미활동이 아니다. 물론 상당수의 사람들이 골프를 취미로 하고 있지만 한국과 같이 골프 친다는 사실 자체가 사회적 지위의 상징이 되지는 않는다. 프랑스에서도 골프는 시간과 돈의 여유를 가진 사람들만이 누릴 수 있는 취미지만 그렇다고 시간도 있고 돈도 넉넉하며 그래서 골프를 칠 만큼 사회적으로 중요한 사람이라는 것을 보여주기 위해 골프를 치지는 않는다.

프랑스는 이처럼 체육 부문에서도 매우 다양한 모습을 보여주고 있다. 프랑스 사회에서 하나의 운동을 가지고 붐을 일으키기란 지극히 어려운 일이다. 프랑스 사람은 골프를 치다가도 골프가 대중화되면 그만둘 정도로 차별화를 중요시한다. 일 부문에서는 할 수 없이 남들과 비슷하게 살 수밖에 없다고 할지라도 취미는 남들을 모방하지 않고 자신만의 독특함을 표현할 수 있는 것을 찾기 때문이다.

## 할리우드에 대항하여 싸우는 다윗

프랑스는 전반적으로 예술의 각 분야에서 뛰어난 소양과 수준을 자랑하고 있다. 그 가운데 영화는 현대 프랑스에서 가장 인기있는 대중 예술이다. 사실 프랑스는 세계 최초로 뤼미에르 형제가 영화를 만든 영화의 조국이다. 그만큼 영화에 대한 자부심이 강하고 현재 미국의 영화시장 지배에 대해 커다란 거부감을 가지고 있다. 상업영화의 본고장 할리우드가 세계 영화계의 골리앗이라면 프랑스 영화계와 정부는 다윗의 역할을 떠맡고 있다고 볼 수 있다.

프랑스는 미국 영화에 대해 저항을 하고 있는 선두주자이다. 지난 1998년 프랑스에서 흥행에 성공한 영화 48편 중에서 미국 영화가 38편이었고 프랑스 영화가 10편이었다. 이 수치만 본다면 프랑스는 이미 미국 영화에 무릎을 꿇은 상태이다. 그러나 영국이나 독일에 비교하면 그래도 프랑스의 형편은 나은 상황이다. 같은 해 영국에서 흥행 성공작 46편 중에서 미국 영화는 41편이었고, 기타 외국 영화가 2편, 그리고 영국 영화는 3편에 불과했다. 독일에서도 최고 흥행작 49편 중에서 미국 영화 45편, 기타 외국 영화 2편을 제외하면 독일 영화는 2편뿐이었다.

프랑스는 이미 1953년에 스크린 쿼터제를 도입하여 프랑스 영화를 장려하기 시작하였다. 그럼에도 불구하고 미국 영화가 계속 확산되자 프랑스는 직접적인 영화산업 지원정책을 채택하였다. 프랑스에서는 영화표를 구입하면 그중 일정액수가 영화진흥기금으로 적립되고 이는 프랑스 영화의 지원금으로 사용된다. 프랑스 영화가 미국의 물량 공세에도 불구하고 그나마 명맥을 유지할 수 있는 것은 바로 이러한 제도적 뒷받침이 있기 때문이다.

프랑스 사람들은 또 전세계의 영화시장을 미국이 독점하는 것을 매우 우려한다. 취향의 다양성을 최고 가치로 생각하는 사람들의 입장에서는 할리우드라는 거대한 공룡이 영화 제작을 독점하는 것은 획일성으로의 후퇴이기 때문이다. 한국에서 영화인들이 스크린 쿼터제 사수를 위해 시위를 할 때 프랑스 영화인과 지식인들이 예외적으로 지지성명을 발표한 것도 바로 이런 맥락에서 이해할 수 있다.

프랑스에도 할리우드 식의 통쾌하고 손에 땀을 쥐게 하는 오락영화를 좋아하는 대중이 대부분이지만, 좀더 예술성 있는 작품을 선호하는 영화광들도 두꺼운 층을 형성하고 있다. 간단한 사례로 「펄프 픽션」(Pulp fiction)이나 우디 알렌(Woody Allen)의 영화들은 미국에서보다 빠리에서 더 많은 관객들을 모은다는 사실이다. 미국의 독립제작사들에 가장 커다란 정신적이고 재정적인 지주는 프랑스의 관객들인 셈이다.

프랑스, 특히 빠리는 영화의 천국이다. 빠리에는 모두 수백개의 영화관이 있는데 이들은 최근에 제작된 영화들만 상영하는 것이 아니라 오래된 명화들도 상영한다. 그만큼 선택의 폭이 넓고 과거의 명화도 극장의 대형 스크린을 통해 볼 수 있는 기회가 많다. 이런 이유로 프랑스의 극장들은 상대적으로 작은 편이다. 특히 오래된 옛날 영화들을 상영하는 극장은 작은 강의실 정도의 규모인 경우가 많다.

영화광을 위한 소규모 극장은 쿠폰제로 운영하면서 다섯번 영화를 보면 여섯째는 무료로 입장할 수 있다. 실제로 쿠폰제는 매우 효과적인 듯하다. 이런 극장의 창구에서는 표를 구입하는 관객들이 어김

없이 도장을 받으려고 쿠폰을 들이미는 모습을 볼 수 있기 때문이다.

　프랑스 정부와 영화계는 영화의 저변 확대를 위해 매년 영화축제를 연다. 주로 초여름에 열리는 이 영화축제일에는 한번 영화표를 구입하면 하루종일 영화를 볼 수 있다. 한 극장에서 다른 극장으로 옮겨 가도 시간만 잘 맞추면 된다. 한 영화관의 표만 있으면 어디를 가도 무료로 영화를 볼 수 있는 신나는 날이다. 나는 고등학교 시절 영화축제일이 되면 친구들과 빠리 시내를 누비고 다니면서 최고 여섯 편까지 영화를 본 적이 있다. 특히 경제적 여유가 없는 학생들에게 영화축제는 주린 배를 채울 수 있는 포식의 날이다. 그리고 이러한 축제를 통해 영화에 별 관심이 없던 청소년들은 영화광으로 돌변한다.

　프랑스 정부는 영화의 중요성을 인식해 다양한 정책적 지원을 하고 있으며 가장 최근에 취해진 선진적 조치 중 하나는 최고의 영화인들을 양성하기 위한 라 페미스(La FEMIS)라는 그랑제꼴을 설립한 것이다. 이 학교는 프랑스뿐 아니라 유럽을 대표할 수 있는 영화인을 양성해낼 목적으로 만들어졌다. 소수 정예의 학생만을 선발하여 집중적인 투자를 통해 영화계의 인재를 양성하는 학교이다.

　라 페미스에는 시나리오·제작·연출·조명·음향 등 다양한 전공이 있는데 각 전공마다 소수의 학생만을 선발한다. 이들은 교육과정이 무료인 것은 물론 고액의 장학금을 받고 있으며 영화 제작에 드는 막대한 자금을 지원받는다. 내 고등학교 동창 중 두 명이 이 학교를 졸업하였는데 이들은 제작을 전공하였다. 이 친구들은 나름대로 나에게 그 동기를 설명해주었다.

　"너는 프랑스 영화가 왜 미국 영화에 밀리는지 알겠니? 우리가 보기엔 프랑스 영화인들이 괜히 예술적인 영화를 만든다면서 사실은 자기 혼자만 이해할 수 있는 '작품'만을 만들어내기 때문이야. 우리가 생각하기에 영화는 사람들과의 커뮤니케이션이 되어야 해. 다른 사람들의 관심과 호기심을 유발할 수 있는 영화만이 그 커뮤니케이션의 기능을 할 수 있지. 쉽게 말해서 재미없는 작품이 꼭 예술적인 것도 아니고, 재미있다고 해서 꼭 상업적인 것은 아니라는 말이야. 그리고 프랑스 영화인들은 재정적 문제나 행정적 문제에 너무 문외한이기 때문에 좋은 영화를 만들 수 없는 거야. 바로 이런 이유로 우리는 제작에서부터 영화를 배워나가는 것이 중요하다고 생각해. 연출은 나중에 우리가 야심을 가지고 도전할 수 있는 최종목표라고나 할까."

이 친구들은 학교를 졸업하고 둘이 동업하여 일종의 영화 컨설팅 회사를 차렸다. 둘이 제작사를 차릴 만큼 재정적인 여유가 없었기 때문이다. 내가 빠리에 들렀을 때 이들의 회사(?)에 가 보았는데 직원은 하나도 없고 작은 원룸에 책상과 자료들이 여기저기 널려 있었다. 당시 이들은 대형 제작사의 시나리오를 만드는 작업에 참여하고 있었으며, 재정적 지원을 받아 데뷔 영화를 제작할 구상을 하고 있었다. 이들은 열악한 환경에서 프랑스 영화를 이끌어나가야 하는 짐을 지고 있지만 작품구상을 이야기할 때는 자신감이 넘쳐 보였다.

## 예술은 축제다

영화에 영화축제가 있듯이 미술에는 박물관 축제, 그리고 음악에는 음악축제가 있다. 박물관 축제가 열리면 프랑스 전역의 모든 박물관들이 관객들에게 무료로 개방된다. 평소에 박물관과는 거리를 두고 살던 사람들도 이날이 되면 산책하듯이 박물관에 자유롭게 들어가 미술품이나 조각, 그리고 역사의 숨결이 살아 있는 다양한 유물들을 만날 수 있다.

프랑스인들은 아무래도 음악보다는 미술 분야에서 인재들을 많이 배출했다. 실제로 유명한 음악가는 프랑스보다는 독일이나 이딸리아 출신들이 훨씬 많다. 반면 미술 분야에서는 프랑스가 단연 두각을 나타내고 있으며 프랑스 전국의 박물관에는 세계적 명작들이 자리잡고 있다.

프랑스에는 루브르 박물관이나 오르쎄 박물관이 단연 최고의 명성을 자랑하고 있다. 나는 대학생 시절 학교가 이 두 박물관과 가까운 거리에 있었기 때문에 자주 박물관에 들르곤 하였다. 루브르 박물관은 베르싸이유 궁이 만들어지기 전에 왕궁이 자리했던 곳이다. 그 입구에는 상당히 현대적인 유리 피라미드가 있는데 이는 많은 논쟁의 대상이 되었던 작품이다.

이 유리 피라미드는 사회당 정부 시절 루브르 박물관을 개조하면서 중국 출신 건축가 페이가 설계하여 만들었다. 당시 우파나 보수적 지식인들은 이러한 유리 피라미드가 루브르의 역사적 건축물이나 전통과 어울리지 않는 '무국적'의 조형물이라고 비난하였다. 그러나 좌파와 진보적 지식인들은 박물관이란 무덤과 같은 곳이 되어서는 안되며 살아 있는 것이 되어야 한다면서, 초현대적인 재질로 만들어진 피라미드야말로 현재와 과거의 징검다리를 상징하는 데 매우 적절하다고 하였다.

만들어졌을 당시에는 많은 사람들의 반발을 불러일으켰지만 결과적으로 빠리의 명물이 되어버린 조형물들은 상당히 많다. 가장 대표적인 사례가 에펠탑이다. 1889년 프랑스대혁명 100주년을 기념하는 만국박람회를 위해서 설립된 에펠탑은 흉측한 조형물이라는 이유로

최고의 명성을 자랑하는 루브르 박물관과 무국적 조형물이라고 비난받은 유리 피라미드.(사진 최영주)

보수적 부르주아들의 반발에 부딪쳤다. 이들은 강력한 캠페인을 벌인 끝에 1913년 에펠탑을 철거한다는 결의를 의회로부터 얻어냈다. 다행히도(?) 1914년 제1차 세계대전이 발발하여 에펠탑 철거계획을 실현할 수가 없었고 이 덕분에 에펠탑은 살아남아 이제 빠리의 상징이 되었다.

또다른 사례는 빠리의 중앙에 위치한 뽕삐두 센터이다. 빠리 시내를 장식하고 있는 고색창연하고 클래식한 분위기의 건물들과는 달리 뽕삐두 센터는 1970년대 만들어진 초현대식 건축물이다. 아주 자극적인 빨간색과 파란색, 노란색 등 원색들을 사용하여 파스텔 분위기의 빠리에서는 금방 눈에 띄는 건축물이고 빠리에서 많이 볼 수 있는 석조나 벽돌 건물이 아니라 철강과 유리로 만들어졌다. 사람들은 처음에 이 건물이 흉측하다고 비판하였으나 이제는 빠리의 명소 중 하나로 부상하였다. 뽕삐두 센터에는 도서관과 현대미술관, 씨네마떼

파격적인 건축물이 얼마나 추한가를 보여주려 했으나 의도와 달리 빠리의 명소가 된 뽕삐두 문화센터.

끄라고 불리는 영화관, 음악관 등이 자리잡고 있어 각종 예술의 현대
적 버전을 경험할 수 있는 종합예술센터이다. 게다가 뽕삐두 센터 앞
마당에는 항상 마임을 하는 사람들이나 각종 퍼포먼스를 벌이는 사
람들로 붐빈다. 일종의 아방가르드(avant-garde)의 전당이라고 할 수
있는데 뽕삐두 센터의 설립 배경에는 재미있는 일화가 있다.

원래 뽕삐두 대통령은 문화적 소양이 아주 높고 예술품을 각별히
사랑하는 정치인으로 유명하다. 그는 소득이 많지 않던 젊은 시절부
터 그림이나 조각을 수집하는 취미를 가지고 있었다. 그런데 뽕삐두
의 취향은 현대적이라기보다는 상당히 고전적이었고 뽕삐두는 현대
예술의 변화와 흐름을 그다지 높이 평가하지 않았다고 한다. 이런 시
각에서 뽕삐두 센터의 건축양식은 대통령의 취향에 그다지 어울리는
것이 아니었다. 그럼에도 불구하고 그가 뽕삐두 센터의 건설을 허락

한 것은 가장 전위적인 건축물을 빠리 중심에 세움으로써 현대예술의 장점을 강변했던 사람들에게 너무 파격적인 건축양식이 얼마나 추할 수 있는가를 보여주고자 했던 까닭이다. 세상에는 사람들이 의도했던 대로 진행되지 않는 일도 있다. 즉, 처음에 의도했던 것과는 전혀 다른 방향으로 사건이 전개되는 경우이다. 뽕삐두 센터는 바로 이런 현상의 대표적인 사례가 되었다. 전위적 건축물의 추한 모습을 보이기 위해 만들어진 뽕삐두 센터가 만인이 즐겨 찾는 예술의 명소가 되었으니 말이다.

프랑스 사람들은 자국이 위대한 국가라고 생각하고 그 위대함을 상징할 수 있는 건축물들을 만드는 데 대단히 적극적이다. 에펠탑, 뽕삐두 센터 이외에 최근에 만들어진 건축물로는 라데팡스 지역의 신개선문과 프랑스 국립도서관 빌딩을 들 수 있다. 라데팡스는 빠리 서부에 위치한 신도시이다. 미떼랑 정부는 프랑스대혁명 2백주년 기념행사에 맞추어 이 신도시에 새로운 개선문을 건설하였다. 빠리에 있는 원래 개선문이 그야말로 개선군을 맞이하는 대규모의 문이라고 한다면 라데팡스의 신개선문은 개선문의 모양을 본뜬 건물이다. 따라서 원래의 개선문보다 그 규모가 훨씬 웅장하고 위압적이다. 재미있는 발상은 빠리 중심에서 개선문을 바라보면 그 바로 뒤에 신개선문이 원래의 개선문을 감싸고 있는 듯이 보이게 만들었다는 점이다.

다른 한편 프랑스 국립도서관도 역시 미떼랑 대통령 시절 프랑스의 문화적 위상에 걸맞은 현대적 도서관을 만들겠다는 야심의 결과이다. 거대한 현대 빌딩 안에는 수백년 전부터 내려오는 프랑스의 문자화된 문화적 유산들이 현대 전자정보기술에 의해 관리되고 보관되고 있다. 미떼랑은 실제로 엄청난 양의 책을 읽는 독서광이었고 개인적으로 역사에 심취해 살았던 사람으로서 국립도서관 건설에 매우 적

매년 5, 6월경에 열리는 음악축제일에는 빠리 시내 곳곳에서 음악의 향연이 펼쳐진다. (사진 김자디)

극적이었다.

영화축제와 박물관 축제 못지않게 프랑스인들의 사랑을 받는 축제가 음악축제이다. 역시 5, 6월경에 열리는 음악축제일에는 다양한 종류의 음악에 종사하는 사람들이 프랑스 전역에서 무료공연을 하는 날이다. 빠리 시내의 광장 곳곳에는 가설무대가 세워지고 고전음악과 현대음악이 어우러져 여기저기 음악의 향연을 펼친다. 음악축제일에 빠리를 산책하면 각종 음악을 모두 접해볼 수 있다. 그리고 직업적 음악가가 아니더라도 골목 한구석에서 자신이 원하는 악기를 연주하거나 노래를 부르면서 음악계에 데뷔할 수도 있다.

이처럼 프랑스에서 특이하게 나타나는 현상은 문화의 대중적 보급, 다시 말해서 문화적 민주화에 국가가 세심한 배려를 하고 있다는 점이다. 그 이유는 역시 공화국 정신에 입각해서 전국민이 골고루 문화적 능력을 양성해야 한다는 인식이 널리 공유되고 있기 때문이다. 그래서 프랑스에서는 사설 미술학원이나 음악학원은 찾아보기 어렵다. 반면 유치원이나 초등학교와 같은 공교육 과정에서 미술이나 음악에 눈을 뜰 수 있는 활동들이 중요한 위치를 차지하고 있다. 예술 분야에 있어서도 공화국 정신에 따라 탁월한 재능을 지닌 청소년들은 국립 꽁쎄르바뚜아르(Conservatoire)에서 무료로 자신의 재능을 계발할 수 있다.

## 외국인을 대상으로 하는 섹스산업

수많은 외국인들이 프랑스에 살거나 프랑스를 여행한다. 프랑스는 그만큼 국제화된 사회이다. 이러한 프랑스의 국제화는 때로 프랑스를 여행하는 사람들을 바보로 만들기도 한다. 특히 빠리를 찾는 관광객들의 고정 순례지 중 하나인 카바레가 그렇다.

빠리에는 외국인을 위한 유명 카바레가 많이 있다. 그중에서 대표적인 것들로는 리도나 크레이지 호스와 물랭루주 등을 들 수 있다. 특히 물랭루주는 아마 프랑스 국민들보다 한국 사람들에게 더욱 친근하게 다가오는 이름일지도 모른다. 이들 카바레에는 손님의 70%가 외국인이다.

그러나 더욱 놀라운 사실은 무희 대다수가 영미계 또는 영어권 출신의 아가씨들이고, 최근에는 동구 아가씨들이 대거 진출하였다는 점이다. 달리 말해서 빠리의 카바레는 영미권이나 동구권의 아가씨들이 외국 관광객들을 대상으로 춤을 추고, 프랑스 사업가들이 이득을 취하는 신기한 구조이다. 이것은 빠리라는 명성이 가져오는 대표적 수익사업이라고 할 만하다.

춤을 추는 무희라고 모두 같은 처지에 있는 것은 아니다. 실력과 능력에 따라 여러 종류가 있다. 말하자면 젖가슴을 드러내놓고 춤을 추는 아가씨들은 하급 무희이고 반대로 프랑스 특유의 깡깡을 추는 아가씨들은 고급 무희라고 할 수 있다. 깡깡춤은 몸매가 뛰어나다고 출 수 있는 것이 아니라 상당한 훈련이 필요한 퍼포먼스이다. 빠리 카바레에서 일하는 모든 무희들은 정식 무용수업을 받았다고 한다.

보통 빠리 카바레에서 만찬을 하면서 샴페인을 마시고 식사 후에 약간의 춤도 즐긴 뒤 반라의 여인들이 등장하는 쇼를 관람하는 데 소용되는 비용은 770~980프랑(한화 약 11~16만원) 정도이다. 이 정도의 돈을 받으니 아무나 무대에 올릴 수는 없을 것이다. 누가 보아도 아름답다고 생각되는 늘씬하고 환상적 여성들을 보여주어야 한다. 그래서 무희는 체중에 대한 조항이 있는 고용계약서에 서명해야 한다. 몸무게가 늘어나건 줄어들건 2kg 이상의 변화가 있을 경우에는 카바레 측에서 언제나 해고할 수 있다는 조항이다.

1968년 프랑스 여성해방 운동가들은 이러한 카바레들이 여성을 상품화하고 모독하는 쇼를 한다며 크레이지 호스를 점령한 적이 있었다. 그러나 이러한 공격은 오래 가지 못했고 지금까지도 이같은 카바레는 호황을 누리고 있다. 물론 모두 외국인 관광객들 덕분이다. 그리고 이러한 카바레 무희들은 여성해방주의자들이 너무 편협한 시각을 가지고 있다고 반박한다.

카바레 무희들이 모두 몸매만 빼어났지 지적 능력이 모자란다고 생각하면 큰 오산이다. 과거 카바레 무희 중에는 나중에 수의사가 된 사람도 있고 에어프랑스의 조종사가 된 사람도 있다. 지적인 방면에서는 사서도 배출하였고 현재 빠리 법과대학 대학원에서 임마누엘 칸트에 대한 박사학위 논문을 작성중인 무희도 있다.

빠리에는 이러한 소프트한 반라쇼를 보여주는 카바레들도 있지만, 남녀가 직접 무대에서 성관계를 가지는 하드 포르노쇼를 보여주는

'붉은 풍차'란 뜻인 물랭루주 및 크레이지 호스. 몽마르트르 언덕 부근의 카바레들은 주로 외국인을 상대로 한다.

곳도 여러 군데 있다. 몽마르트르 언덕 부근의 삐갈이나 레알 부근의 쌩드니 가(街)는 섹스산업이 집중되어 있는 곳으로 포르노 극장이나 섹스숍들이 밀집되어 있는 지역이다. 섹스숍에 들어가면 각종 포르노 비디오와 섹스 기구들이 전시되어 있다.

그러나 이런 쇼나 비디오, 또는 기구들을 보고 프랑스 사람들이 모두 변태적인 성관계 또는 프리섹스를 한다고 생각하면 커다란 오해이다. 이미 앞에서 설명한 바 있지만 이런 산업은 프랑스의 극소수 사람들을 위해서 존재하는 것이고 특히 외국인 관광객들을 대상으로 성업중이다. 자국에서 이러한 것들을 접하기 어렵거나 외국의 섹스 제품에 대해 호기심이 발동한 일본인과 중국인, 한국인 들은 이들의 주요고객이다. 이런 가게나 쇼룸 앞을 지나갈 때면 은근한 미소를 띠고 '오하이오' '아리가또' '니하우' '안뇽세요' '감샴니다' 등을 외치며 호객행위를 하는 사람들을 발견할 수 있다.

외국인 관광객들이 가장 골탕먹는 동네가 이런 섹스숍 밀집지역이다. 처음에 아주 저렴한 가격에 나체쇼를 볼 수 있다고 해서 들어가면 웨이터가 은근히 아가씨를 소개시켜준다고 말한다. 술김에 아가씨들을 소개받지만 이들은 그리 미녀도 아니고 프랑스 여성인 경우는 거의 없다. 그래도 갖은 아양을 떨면서 샴페인 한잔 사달라고 한다. 옆에 앉아 은밀한 눈길을 보내는 여인의 부탁을 거절할 수 없어 샴페인을 시켜준다. 샴페인 한병은 기껏해야 네다섯 사람이 한잔씩 돌리고 나면 바닥난다. 그리고 나중에 계산서를 보고 값이 수천 프랑인 것을 알고 당황한다. 관광객은 그제서야 자신의 실수를 깨닫고 경찰을 부르겠다, 너무 비싸 계산할 수 없다, 여러가지 방법을 써보지만 결국 대가를 톡톡히 지불해야 한다.

빠리에 처음 가는 사람이고 프랑스어를 못하는 사람이라면 이런 동네에는 얼씬거리지 않는 것이 좋다. 이곳은 빠리의 명물도 아니고 프랑스 문화의 본질을 보여주는 곳은 더더욱 아니다. 프랑스인들은 절대 이런 곳에서 술을 마시지 않는다. 주변을 둘러보면 바보 같은 얼굴의 동양인들이나 특별히 멍청한 독일·미국 관광객들이 있을 뿐이다. 프랑스인들은 나이트클럽이나 디스코텍, 또는 독특한 음악이 흐르는 바에 모여서 술잔을 기울인다. 이러한 빠리지앵들의 밤생활을 주도하는 장소에는 섹스쇼나 나체쇼 같은 것은 찾아볼 수 없다. 프랑스 사람들은 공개적으로 이런 쇼를 즐기는 것을 그다지 좋아하지 않는다.

프랑스의 창녀들도 아주 조심해야 하는 대상이다. 프랑스를 관광하는 사람들이 여행중에 객기를 부려 창녀를 찾는 경우가 있는데, 프랑스에는 네덜란드나 독일과 달리 공창이 없다. 프랑스 창녀들은 비공개적인 조직을 통해 소개를 받거나 거리에서 만나는 것이 보통이다. 프랑스 경찰청 자료에 의하면 전국에 1만5천명에서 3만명 정도의 직업적 매춘부가 있으며 '아마추어' 매춘부는 6만명에 이른다고 한다. 직업적 창녀들은 평균적으로 매달 3만8천 프랑(한화 600만원 정도)을 번다는 통계도 있다. 외국인 관광객은 시간도 네트워크도 없기 때문에 기껏해야 거리에서 창녀를 찾게 된다. 우선 빠리 창녀의 대부분은 에이즈에 감염되었다고 생각하면 틀리지 않다. 그래도 목숨을 걸고 프랑스 여자와 자보겠다는 일념으로 모험을 하다간 여자가 아니라 남자와 자게 되는 경우가 많을 것이다. 거리에서 호객행위를 하는 창녀 중에는 사실 남자인데 성전환 수술을 받아 여자 행세를 하는 부류가 상당수이기 때문이다.

프랑스에서는 호감이 가고 애정을 느끼는 남녀간에 성관계를 가지는 일이 다른 나라보다 흔하고 수월하기 때문에 상대적으로 매춘산업은 발달되어 있지 않다. 프랑스에는 술집 접대부도 찾아보기 어렵고 이미 알고 있는 여성과 같이 외출하거나 술집에 가서 그곳에 온 여자손님을 유혹하는 길밖에는 도리가 없다. 이것은 빠리가 노골적인 환락도시가 아니고 여전히 신비로운 도시로 남아 있는 커다란 이유 중의 하나이다.

프랑스인은 저속하거나 노골적이고 열정적인 습관들에 이성적인 룰과 정신을 불어넣어 하나의 예술로 승화시키는 데 탁월한 재능이 있다. 과거 장터에서 대중을 대상으로 춤과 노래를 부르고 말장난하던 '광대 패거리'들을 왕궁에 들여 오페라나 발레, 특히 연극이라는 예술로 승화시키는 데 프랑스는 선진적 역할을 수행하였다.

만화를 하나의 예술장르로 발전시킨 것도 다름아닌 프랑스이다. 프랑스의 만화책들은 하드커버에 화려한 컬러로 만들어져 있으며, 오랫동안 소장하면서 대대로 물려주는 작품들이다. 만화가들은 이미 오래 전부터 대중적 인기를 누리는 예술인으로 성장하였고 앙굴렘(Angoulême)이라는 프랑스 지방도시에서는 매년 국제적으로 명성 있는 만화 페스티벌이 열린다.

20세기 들어 프랑스가 저속한 관습을 예술로 발전시킨 대표적인 사례는 바로 탱고이다. 원래 탱고는 19세기 말 아르헨띠나 창녀촌에서 유행한 저속한 춤이었다고 한다. 당시 아르헨띠나 정부는 탱고를 금지하였다. 그러나 프랑스로 수출된 탱고는 빠리에서 규칙과 정신이 담긴 하나의 무도(舞蹈)로 발전하게 되었고 아르헨띠나로 역수출되는 과정을 거친다.

이처럼 프랑스인들은 노골적이고 직설적인 것을 싫어한다. 그것은 이성에 의해 길들여지지 않은 야만적 열정 그 자체일 경우가 많기 때문이다. 정열을 부정하거나 억압하지 않되 순화하고 길들이는 것이 프랑스 문화의 특징이라고 생각한다.

# 일

프랑스인들의 일에 대한 집착은 한국인들보다 훨씬 강해 보인다. 많은 한국인들에게 일은 생존을 위한 수단이다. 하기 싫어도 할 수밖에 없는 것이 일이다. 하지만 일확천금을 얻게 되면 당장이라도 직장을 그만두고 자유롭게 여생을 보내려고 하는 사람들이 많다. 그러나 프랑스에서는 직업이 있다는 그 자체가 사회의 일원이 되는 첫번째 조건이라는 인식이 강하다. 프랑스 여성에게서 직업을 갖는다는 것은 남성과 동등한 자격에 도달하기 위한 중요한 수단이다. 3백만이 넘는 실업자군이 있는 나라에서 직업은 정말 사회적으로 시민의 자격을 보장하는 증명서와 같은 것이다.

# 학력이 모든 것을 결정한다

프랑스에서 민주화가 진행되면서 세습적인 특권과 부에 대한 비판이 거세졌고 이에 따라 부르주아와 노동자들 간에 이루어진 새로운 합의는 능력위주사회(méritocratie)였다. 이 능력위주사회에서 '능력'의 기준은 곧 학력이다. 프랑스 사회 역시 한국 사회처럼 학력은 개인의 사회적 지위 획득에 결정적 역할을 한다. 두 사회 모두 개인의 성취를 학력으로 평가하여 공부 잘한 사람을 대접하는 사회이다. 한국과 프랑스의 다른 점이 있다면 한국은 지연이나 혈연, 성별 등이 학력에 우선할 여지가 있는 반면, 프랑스는 학벌사회가 일찌감치 전공분야별로 전문화·서열화되어 있다는 점이다. 학연은 양국 사회에서 엘리뜨 네트워킹의 주요 기제가 된다.

현대 프랑스에서 엘리뜨의 특권은 우리가 상상하기 어려울 정도로 엄청나다. 프랑스 주간지를 보면 엘리뜨를 배출하는 학교는 등수가 정해져 있고, 그 등수는 연봉액을 결정한다. 프랑스 이공계 최고의 명문 에꼴 뽈리떼끄니끄(Ecole Polytechnique) 출신 학생의 첫해 연봉이 22만 프랑(한화 3300만원 정도)이면 지방 이공계 고등공업대학 출신의 연봉은 17만 프랑(한화 2600만원 정도)이다.

프랑스 상경계 최고의 명문 고등상과대학(HEC, Hautes Etudes Commerciales) 졸업자의 초봉이 20만 프랑(한화 3000만원 정도)이면 지방 뚤루즈상과대학 졸업자의 초봉은 14만 프랑(한화 2100만원 정도)에 불과하다.

프랑스 대학제도에서 에꼴 뽈리떼끄니끄, 고등상과대학, 그리고 그르노블 화공대학과 보르도 상과대학은 모두 수준의 차이는 있지만 엘리뜨를 양성하는 그랑제꼴(Grandes Ecoles)들이다. 그랑제꼴은 말 그대로 큰 또는 위대한 학교라는 뜻인데 이는 우리가 알고 있는 대학 (Universités)과 구분된다. 나는 프랑스의 교육제도를 소개할 때 그랑 제꼴은 특수대학으로, 그리고 Universités는 일반대학으로 구분하여 번역한다.

특수대학은 특정한 분야에서 전문지식을 가진 엘리뜨를 배출하기 위한 고등교육기관이고, 일반대학은 종합적인 학문의 전당으로서 양식있는 중산층을 양성하기 위한 교육기관이다. 아무리 좋은 일반대학의 박사학위를 받더라도 노동시장에 나가거나 프랑스에서 사회생활을 하려면 그랑제꼴의 졸업장보다는 못하다.

나는 사회계의 명문이라 일컬어지는 빠리정치대학(Institut d'Etudes Politiques de Paris)을 졸업하고 같은 학교에서 박사학위를 받았다. 내가 학자의 길을 택하지 않고 프랑스에서 취직하여 사회생활을 한다면 정치학 박사라는 사실보다는 빠리정치대학 졸업생이라는 사실을 먼저 밝혔을 것이다.

프랑스 그랑제꼴은 대부분 공식명칭이 너무 길다. 그래서 엘리뜨들만이 서로 알 수 있는 은어처럼 짧은 별칭들을 즐겨 사용하는데, 예를 들면 빠리정치대학의 별칭은 씨앙스 뽀(Sciences Po)이다. 에꼴 뽈리떼끄니끄의 별칭은 익스(X)이고 인문계 최고의 명문 고등사범대학(Ecole Normale Supérieure)은 노르말 쒸쁘(Normale Sup)라고 부른다.

내가 빠리정치대학 행정일을 볼 때 교내에서 커다란 논쟁이 벌어졌는데, 그것은 일반대학에서 석사를 마치고 빠리정치대학에 와서 박사학위를 받은 사람들에게 빠리정치대학 출신이라는 자격을 부여할 것인가 말 것인가 여부였다. 그때까지 동창생의 개념은 학부 졸업생만을 지칭하는 것이었다. 결국 이들에게도 동창생의 개념을 확대한다는 결정이 내려졌는데, 그 때문인지 학부 졸업생들은 과거에는 빠리정치대학 출신이라고만 밝혀오던 것을 굳이 빠리정치대학 졸업생이라고 밝히기 시작했다. 학부 이후에 들어온 학생들과의 차별성을 갖기 위함일 것이다.

이러한 현상은 고등사범대학이나 에꼴 뽈리떼끄니끄 출신들에게는 하등 문제가 되지 않는다. 고등사범대학 졸업자들은 노르말리앵(Normalien)이라는 명칭이 일반화되어 있고, 에꼴 뽈리떼끄니끄 출신들은 뽈리떼끄니시앵(Polytechnicien)이라고 불린다. 프랑스 정치행정 엘리뜨의 산실이라 할 수 있는 국립행정대학(ENA, Ecole Nationale d'Administration) 출신들은 에나르끄(Enarque)라는 명칭이 따라붙는다.

프랑스의 대학질서는 한국과 마찬가지로 서열이 있지만 그것은 그랑제꼴이라고 하는 소수에 한정된 것이지 대중적인 고등교육의 기능을 가지고 있는 일반대학에는 크게 적용되지 않는다. 빠리에 있는 일반대학들의 수준이 지방대학보다 조금 높다고 수준차가 크게 나는 것은 아니다. 일반대학에 진학하는 대부분의 학생들은 출신 지역의 대학에 간다.

프랑스인들은 또 교육제도에 대해 전폭적으로 신뢰를 한다. 학교수업에 믿음을 가지고 있기 때문에 과외나 학원 같은 사교육에 따로 돈을 투자할 필요도 없다. 프랑스에서 사교육은 정말 학교공부를 따라잡기 어려운 부잣집 문제아들을 가르치기 위한 수단이지, 한국처럼 공교육을 믿을 수 없어 제대로 배우게 하기 위한 방편이 아니다.

## 그랑제꼴 출신으로 이루어진 관료집단

프랑스인들이 교육제도에 대해서 어떻게 신뢰하게 되었는가는 프랑스 교육제도의 역사를 살펴보면 쉽게 이해할 수 있다. 프랑스의 그랑제꼴들은 대부분 대혁명 이후 18세기 말과 19세기에 세워졌다. 이들 특수대학의 목적은 국가가 필요로 하는 인재를 등용하는 것이었고 이런 점에서 한국의 과거제도와 비슷하다.

한국의 과거제도와 프랑스의 그랑제꼴 제도에 차이가 있다면 한국에서는 일단 시험에 합격하면 바로 관료로 임명되어 임무를 수행하는 데 반해 프랑스에서는 합격 이후에 수년간의 교육과정이 있다는 점이다. 그랑제꼴을 설립한 혁명세력들의 생각은 훌륭한 인재들을 선발하여 국가의 필요에 따라 적절한 엘리뜨 교육을 시킨다는 것이었다.

예를 들어 에꼴 뽈리떼끄니끄는 말 그대로 해석하면 '기술대학'인데 실제로는 프랑스의 기술계 장교들을 배출하기 위해 만들어진 특수 사관학교이다. 에꼴 뽈리떼끄니끄에 입학하면 바로 준위로 임명되어 군복을 입고 교육을 받는다. 그리고 이미 국가공무원의 신분을 획득하는 것이기 때문에 국가로부터 매달 봉급을 받는다. 이 학교의 전과정은 3년인데 최근에 군복무제도가 폐지되기 전까지는 3년 중 1년을 군복무에 할애하였다.

에꼴 뽈리떼끄니끄와 비슷한 체제를 가진 최고로 손꼽히는 그랑제꼴은 다음과 같다. 토목공과대학인 '뽕 제 쇼쎄'(Ponts et Chaussées)나 광산대학인 '민느'(Mines), 통신공과대학인 '뗄레꼼'(Télécom), 항공공과대학인 '쒸빠에로'(Sup Aéro) 등을 들 수 있다. 원래 토목공과대학의 공식명칭은 국립고등토목공과대학(Ecole Nationale Supérieure des Ponts et Chaussées)이며 광산대학의 공식명칭은 국립고등광산대학(Ecole Nationale Supérieure des Mines)이다. 프랑스 일반인들에게 '뽕 제 쇼쎄'라는 표현을 사용하면 그들은 학교보다는 '다리와 거리'를 연상할 것이고, '민느'라고 말하면 그저 석탄을 캐내는 '광산'을 생각할 것이다. 그만큼 이런 학교들은 일반인들에게는 잘 알려져 있지 않다. 그러나 이 학교 졸업생들은 실제로 프랑스 최고의 엘리뜨들이다. 광산대학을 졸업했다고 해서 광산에서 일하는 것이 아니라 대부분 정부 동력자원 담당 부처의 고급관료로 임명된다. 또 토목공과대학 졸업생들은 다리를 건설하거나 도로를 만들기보다는 국토개발이나 건설교통 담당 부처의 고급공무원으로 일한다. 마찬가지로 통신공과대학과 항공공과대학 출신들은 각각 통신부나 산업부의 관료로 임명되어 정책을 입안하는 역할을 담당한다.

프랑스 행정부의 흥미로운 현상은 이들 졸업생들이 각각 하나의 특수 관료집단을 형성한다는 점이다. 꼬르(Corps)라고 불리는 이 특수 관료집단은 출신학교에 따라 결정되고 평생을 좌우하는 명함이 된다. 토목공대 출신은 민간 부문에서 일하지 않고 국가공무원의 길을 선택할 경우 '토목공과 특수 관료집단'에 배정되고 이 사람은 평생 이 집단에 소속된다. 각 특수 관료집단은 고유의 호봉체제와 승진 규정들을 가지고 있다. 따라서 해당 학교를 졸업하지 못한 사람이 특수 관료집단에 편입될 수 없음은 자명한 일이다.

토목공과 특수 관료집단은 건설관련 정부부처에서 요직을 독차지하고 있으며, 이와 마찬가지로 각기 다른 특수 관료집단들 역시 해당 부처에서 요직을 거의 독점하고 있다. 게다가 관료생활을 상당 기간 하다가 공기업의 간부나 민간기업의 간부로 발탁되기도 하는데 이를 프랑스에서는 '빵뚜플라주'(pantouflage)라고 부른다. 원래 프랑스어에서 '빵뚜플르'(pantoufle)는 집안에서 신는 편안하고 포근한 실내화를 의미한다. 말하자면 빵뚜플라주는 '실내화 신기'라는 뜻인데 정부 공무원으로 박봉과 과다한 업무에 시달리다가 고소득이 보장되는 편안한 자리로 옮긴다는 의미이다.

이공계 학생들이 매우 특수한 분야의 관료집단을 형성한다면 국립행정대학, 즉 에나(ENA) 출신들은 좀더 다양한 분야의 관료로 임명된다. 에나는 제2차 세계대전 이후 당시 드골 수상이 프랑스의 행정인재를 발굴하여 훈련시킨다는 취지로 만든 일종의 공무원 연수기관이다. 따라서 에나에 합격하는 학생은 에꼴 뽈리떼끄니끄와 마찬가지로 그날로 국가공무원의 신분을 획득하게 된다. 중요한 사실은 이들이 2년 동안의 집중교육을 받는데 그 성적에 따라 발령부처가 달라진다는 것이다. 그래서 훌륭한 명성의 부처에 배속되고 출세가도를 달리기 위해서는 2년의 교육기간이 결정적으로 중요하다. 재무부나 국가행정원, 또는 외무부 등이 선호하는 부처인데 이런 부처에 진입하기 위해서는 최고의 성적을 얻어야만 한다. 이들은 임명되는 부처의 특수 관료집단인 꼬르를 형성하면서 상당한 독점체제를 만들어낸다. 예를 들어 재무부로 임명된 에나 출신들로 구성되는 재무감사 특수 관료집단(Inspection des finances)은 재무부의 핵심부서들을 독차지한다. 외무부에는 에나 출신들이 외교관 특수 관료집단(Corps diplomatique)을 형성하여 요직들을 차지하며, 국가행정원도 특수 관료집단이 주도한다.

에나 교육과정 2년 동안은 학생들간의 경쟁이 얼마나 치열한지 도서관의 책들이 뜯겨 있는 경우가 많다고 한다. 다른 학생들이 보지 못하게 중요한 부분을 뜯어내버리기 때문이다. 에나에 입학하는 대부분의 학생들은 빠리정치대학의 행정학과 출신들로 이들은 이미 빠리정치대학 시절부터 상당한 출세욕을 드러내는 학생들이다. 벌써 넥타이와 양복을 일상 복장으로 하고 깨끗한 외모를 자랑하면서 언제나 TV에 나오는 정치인들처럼 신중하고 설득력있게 이야기하려고 노력한다.

국가권력이 강력한 중앙집권화된 프랑스에서는 관료의 힘이 막강하기 때문에 바로 앞에서 설명한 다양한 그랑제꼴 출신들이 공화국 엘리뜨를 형성한다. 이러한 공화국 엘리뜨들은 이미 스무살을 전후해 인생이 결정된다. 에나나 뽈리떼끄니끄 같은 학교에 진학하게 되면 특수관료로서의 평생을 보장받으며 해당 부처의 요직을 거쳐 정치권과 연결되어 장관이 되거나 재계와 관계를 맺어 대기업의 사장이 될 가능성이 높다.

그렇다면 프랑스 국민들은 권력과 명예를 장기간 독점하는 그랑제꼴 출신의 특수 관료집단을 왜 인정하는 것일까. 프랑스인 대부분은 공화국 정신에 따라 평등한 기회가 주어진 조건에서 이들이 훌륭한 능력을 보인 결과라고 생각하기 때문이다. 즉, 선발된 인재가 사회를 이끌어나가는 것이 지당하다는 인식이다.

공화국 정신이 프랑스 교육제도에 본격적으로 반영되기 시작한 것은 19세기 후반이다. 프랑스가 대혁명 이후 여러가지 정치적·제도적 혼란을 겪다가 본격적으로 민주체제가 정착된 것은 1870년대에 수립된 제3공화국에서였다. 민주화가 진행되면서 당시 쥘르 페리(Jules Ferry) 교육부 장관은 초등교육의 의무화정책을 추진하였다. 페리 법안으로 불리는 교육법은 프랑스 공화국 정신에 따라 무료교육, 의무교육, 종교적으로 중립적인 교육이라는 세 가지 원칙을 세웠다. 국민들을 일깨우기 위해서는 의무교육이 필요하였고, 모든 국민들에게 평등한 교육을 제공하기 위해서는 무료교육의 원칙이 필요했던 것이다. 그리고 국민의 세금으로 무료로 베푸는 교육은 어떤 특정 종파의 이익을 대변해서는 안된다는 것이었다. 초등교육에 대해서 페리가 세운 세 가지 원칙은 점차적으로 중등교육과 고등교육으로 확대되었다. 그래서 오늘날 프랑스 아이들은 공립 유아원에서 우유를 먹고 자라다가, 공립 유치원에서 놀이하는 것을 배우고, 공립 초등학교에서 글자와 숫자를 배우며, 공립 중학교 및 고등학교에서 교육받고, 일부는 국립대학교에서 학문을 익힌다. 이 모든 과정은 당연히 무료이다.

이와같이 '기회의 평등'이 보장되는 교육제도는 메리또크라씨의 기반이 된다. 집안이 가난해서, 노동자의 자식이기 때문에, 또는 이민자의 자식이기 때문에 공부할 기회를 박탈당했다는 것은 프랑스에서 통하지 않는다. 실제로 많은 사람들이 공화국 정신에 기초한 교육제도의 혜택을 입었다. 자신이 능력만 있으면 훌륭한 엔지니어도 될 수 있고, 교수나 고급공무원, 의사나 변호사도 될 수 있다. 이런 기회는 누구에게나 평등하게 열려 있고 공정한 절차를 거쳐 진행된다. 바로 이러한 이유로 프랑스 사람들은 메리또크라씨를 지지하는 것이다.

『국가 사회학』(Sociologie de l'Etat)이라는 저서로 세계 정치사회학계에 잘 알려진 프랑스의 석학 비른봄(P. Birnbaum)은 자신이 프랑스 공화국 메리또크라씨의 수혜자라면서 자전적 설명을 다음과 같이 덧붙였다.

나는 사회적 배경이나 문화적 유산이라는 측면에서 모두 사회의 주변부에 있었다. 나의 부모들은 중하류층의 유태인이었는데 필쥐드스키의 폴란드에서 독일로, 그리고 다시 히틀러의 독일에서 프랑스로 온 이민자들이었다 (…) 나의 가치관은 1789년 프랑스대혁명의 가치관이었는데, 그것은 해방과 인간의 평등, 그리고 보편주의에 기초한 공화국 전통의 교육과정을 통해 얻은 것이다 (…) 내 삶에서 닫힌 문을 열어주고, 사회적 신분상승을 가능케 하였으며, 공공영역에 참여할 수 있도록 해준 것은 바로 메리또크라씨의 공화국이다. 나의 사회화는 공화국 이데올로기로부터 커다란 영향을 받았다. 1950년대의 공립학교는 쥘르 페리 식의 공립학교였다. 나는 빠리 중심의 가난한 이민자들이 모여 사는 동네에서 교육자로서 절제하고 노력하는 모습을 보여주는 열성적 선생님들을 만날 수 있었다. 그런 선생님 중 한 분은 제3공화국 선생님의 전형적인 표본이었는데 내가 고등학교에 진학할 수 있도록 도와주었다. 그때부터나는 인간의 육체와 정신을 해방시켜주는 공화국에 믿음을 갖게 되었다. 이같은 해방적 공화국을 나는 후에 정치사회학적으로 강성국가(Etat fort)로 표현하였다.(Pierre Birnbaum, "Encounter with power" in Hans Daalder ed., *Comparative European Politics : The Story of a Profession*, London : Pinter 1997, 178~79면)


## 엘리뜨는 시험으로 선발한다

프랑스에는 여러가지 시험이 많다. 모든 국민에게 동등한 기회를주고 국민들의 반발을 없애기 위해서는 엘리뜨를 선발하는 절차가공정해야 한다. 프랑스 시험에는 크게 두 종류가 있는데 하나는 에그자맹(examen)이고 다른 하나는 꽁꾸르(concours)이다. 에그자맹은일정한 점수 이상이면 자격을 인정해주는 시험이다. 반대로 꽁꾸르는 인원을 정해놓고 응시자간에 경쟁을 벌여 소수 정원만을 선발하는 시험이다.

대표적인 에그자맹으로는 고등학교를 졸업하면서 치르는 바깔로레아(baccalauréat)가 있다. 프랑스에는 고등학교 졸업장이 따로 없다. 졸업식 같은 의식도 거행하지 않는다. 단지 대학에 진학하고 싶은 사람은 바깔로레아라는 자격시험을 치러야 한다. 프랑스는 거의 예외 없이 20점 만점의 채점제도를 적용하는데 평균점수 10점만 넘으면 에그자맹에 합격한다.

매년 치러지는 바깔로레아에서는 응시자의 평균 60% 정도가 합격한다. 시험에 합격한 학생에게는 일반대학에 진학할 수 있는 자격이 주어진다. 그러나 바깔로레아에는 여러 종류가 있다. 수학이나 물리학의 비중이 높은 이과 바깔로레아와 문학이나 어학의 비중이 높은 문과 바깔로레아가 있다. 재미있는 현상은 이과 바깔로레아로는 자신이 원하는 학과에 쉽게 진학할 수 있다는 점이다. 반면 문과 바깔로레아로 공대나 자연대, 의대 등에 진학하기는 거의 불가능하다. 이처럼 프랑스 교육제도에서 수학은 가장 중요한 선발기준이 된다.

고등학교를 졸업하는 학생 중에서 우수생들은 바깔로레아가 기초단계에 불과하다. 이들은 바깔로레아에 합격한 다음 그랑제꼴에 입학하기 위해 고등학교에 계속 남아 준비반을 거쳐야 한다. 이과 준비반은 고등수학, 특수수학 과정으로 각각 1년간의 교육을 통해 그랑제꼴 진학을 준비한다. 문과 준비반은 고등문학, 특수문학 과정에서 2년간 실력을 연마한다. 그리고 나서 그랑제꼴의 꽁꾸르에 응시하게 된다.

정원이 제한된 그랑제꼴 꽁꾸르는 경쟁이 매우 치열한 시험인데 에꼴 뽈리떼끄니끄의 꽁꾸르에는 수만명이 응시하지만 3백여명만이 선발된다. 따라서 고등수학, 특수수학 준비반을 거친 학생들은 여러 곳의 그랑제꼴 꽁꾸르에 응시해서 자신이 합격한 학교 중 가장 우수한 학교를 선택한다. 한국에서 일류대학을 가기 위해 재수, 삼수를 하는 것과 마찬가지로 프랑스에서도 명문 그랑제꼴에 들어가기 위해 특수 수학이나 특수문학 준비반에서 재수, 삼수하는 경우가 많다.

그리고 준비반 과정을 거치고 난 뒤 어느 그랑제꼴에도 입학하지 못하면 대부분 일반대학 3학년으로 쉽게 편입할 수 있다. 이는 일반 대학 측에서 준비반 출신들의 실력을 인정하기 때문이다.

프랑스의 시험은 대학이나 그랑제꼴 입학시험에서 끝나는 것이 아니다. 전문직종에 종사하기 위해서는 또 시험을 치러야 한다. 의사나 변호사가 되기 위해서도 국가시험을 치러야 하고, 초·중등학교의 교사가 되기 위해서도 국가고시를 치러야 한다. 그중 가장 재미있는 시험은 대학교수 시험이다.

프랑스에는 크게 두 등급의 대학교수가 있다. 다른 나라의 조교수급에 해당하는 교수(maître de conférence)가 있고 정교수급에 해당하는 교수(professeur)가 있다. 그러나 다른 나라와의 차이점은 조교수가 승진과정을 거쳐 부교수가 되고 또 정교수가 되는 것이 아니다. 프랑스에서는 조교수 집단과 정교수 집단이 별개로 운영된다. 따라서 조교수 시험만 통과되면 평생을 조교수로 지내게 되고, 정교수 시험에 합격하면 역시 일생을 정교수로 종사하는 것이다.

누구나 쉽게 상상할 수 있듯이 정교수 시험은 조교수 시험보다 어렵고 경쟁적이다. 우선 정교수 시험에 응시하려면 자신의 박사학위 논문과 기타 연구논문들을 제출해야 한다. 이 과정에서 제출한 논문들이 일차로 상당한 수준임을 인정받아야 본선에 오를 수 있다. 제한된 후보들만이 참여하는 본선에는 여러 종류의 시험이 있다. 그중 하나는 자신이 발표한 논문들에 대해 심사위원들 앞에서 설명하고 질의응답하는 과정이 있다. 그러나 교수 선발시험에서 가장 어려운 관문은 강의시험이다. 후보자는 제비뽑기를 통해 하나의 주제를 지정받게 되고 정해진 시간 동안 그 주제에 대한 강의를 준비한다. 그리고 한 시간 동안 강의를 하고는 심사위원들로부터 질문을 받는다. 이러한 강의시험에는 두 종류가 있는데 하나는 8시간 동안 자료가 없는 상태에서 강의를 준비할 수 있는 시험이고, 다른 하나는 24시간 동안 자유롭게 자료를 검토하면서 강의를 준비할 수 있는 시험이다. 전자는 후보의 전공영역에서 주제가 주어지고, 후자는 전공 밖의 다른 영역에서 주제가 제공된다.

이같은 여러 종류의 관문을 통해 각각의 후보자에게 점수가 매겨지고 최종적으로 성적과 등수가 정해진다. 여기서도 아주 재미있는 관행이 있는데, 그것은 꽁꾸르의 수석은 본인이 원하는 대학을 선택할 수 있다는 것이다. 사실 정교수 시험은 프랑스 전국에 있는 공석의 대학교수 자리를 놓고 치러진다. 따라서 시험에서 수석을 한 사람은 대개 빠리나 그 근교의 대학을 선택한다. 상위권의 합격자들은 빠리와 교통이 좋은 도시들을 선택하고, 꼴찌로 간신히 합격하면 주변부 소도시의 대학교수 자리밖에 없다. 최악의 경우 서인도제도의 대학으로 유배(?)당할 수도 있다.

프랑스에서 시험이란 모든 사람이 공정하게 참여하는 의식에 해당한다. 그러나 이러한 원칙이 너무 체계적이고 기계적으로 진행될 경우 상당한 혼란이 오는 것도 사실이다. 의대생들이 대학을 졸업하고 전문의 과정에 돌입하기 위해 치르는 꽁꾸르의 사례를 보자. 프랑스 전국에서 이 시험에 응시하는 의대생들은 수천명에 달한다. 이들에게 이 시험은 에나 졸업생들의 성적만큼이나 중요하다. 바로 이 시험의 결과에 따라 신경외과 전문의가 되기도 하고 정신과 전문의가 되기도 한다.

국가는 모든 응시생들에게 똑같은 조건에서 시험을 치르도록 한다. 프랑스에서 이러한 똑같은 조건은 말 그대로 똑같은 조건이다. 그래서 전국의 의대생 수천명을 같은 건물, 같은 공간에 수용하여 같은 시간에 일초의 차이도 없이 시험지를 배부한다. 시작 명령이 떨어지기 전에는 펜을 들 수가 없다. 그리고 한꺼번에 펜을 놓은 다음에야 시험지를 걷는다. 또한 객관식 시험이 아니고 주관식 시험이기 때문에 문제에 대한 학생들의 질문에 공동으로 답하기 위해 시험장의 바로 위층이나 아래층에는 문제를 출제한 수십명의 의대 교수들이 대기하고 있다. 혹시 시험문제에 문제점이 발견될 경우 출제위원회가 즉각 공통된 해석이나 수정과정을 거쳐 이러한 내용을 수천명의 학생들에게 동시에 전달하기 위함이다. 프랑스 꽁꾸르 시험에는 객관식 문제가 거의 없다. 주관식 시험이 프랑스의 전통이다. 그런데 주관식 시험은 채점과정에서도 주관이 개입될 수 있는 위험을 안고 있다. 실제로 같은 논술에 대해 주관적으로 채점되는 경우들이 상당히 있는데도 이에 대한 반발이나 공정성에 의심을 제기하는 사람들은 많지 않다. 물론 제도적으로 채점의 공정성을 제기할 경우 다른 심사위원들의 재채점 과정을 거칠 수 있다. 만일 한국에서 프랑스와 같이 주관식 문제들을 중심으로 이같은 꽁꾸르들을 실시한다면 상당한 불만과 반발이 있을 것이다. 그만큼 한국 국민들은 제도의 공정성에 대해 신뢰하지 않는다.


## 월반과 낙제의 나라

프랑스 학교에서는 월반과 낙제가 상당히 일반화되어 있다. 한국과 같이 나이나 학번 같은 것을 중요시하지 않고 개성을 중요시하는 사회에서는 월반과 낙제를 당연한 제도로 받아들이는지 모르겠다. 프랑스인들이 월반과 낙제에 대해서 가지고 있는 일반적인 생각은 아이들의 능력에 따라 빨리 배우는 아이는 일찍 진급하고 늦게 배우는 아이는 한번 더 배울 기회를 주어야 한다는 것이다. 물론 월반하는 아이의 부모가 낙제하는 아이의 부모보다 조금 더 만족스러워하겠지만 한국과 같이 낙제를 수치로 생각하지는 않는다.

월반은 대부분의 경우 학교의 권고사항이다. 초등학교나 중고등학교 선생님이 보기에 학생의 실력이 너무 뛰어나 수업시간을 지루해한다고 판단하면 부모를 만나 월반하는 것이 어떻겠느냐고 묻는다. 부모가 생각하기에도 아이가 학업 이외의 심리적·정신적 측면에서 충분히 성숙하기 때문에 월반을 해도 잘 적응할 것이라고 판단하면 월반이 이루어진다. 그러나 부모가 반대하면 아이는 계속 정해진 학년의 순서를 밟는다.

월반이 권고사항이라면 낙제는 학교와 선생님의 결정사항이다. 학부모가 반대하더라도 아이가 제대로 학업을 따라가지 못한다고 판단하면 낙제를 결정한다. 물론 프랑스어에서는 이러한 상황을 두고 르두블레(redoubler)라는 동사를 사용하는데 그것은 다시 공부한다, 즉 재수한다는 의미이다.

월반은 주로 초등학교 저학년에서 빈번하게 일어나는 현상이고 경우에 따라 초등학교 고학년이나 중학교에서도 가끔 일어난다. 고등학교에서 월반하는 경우는 아주 드물지만 2학년까지만 다니고 바깔로레아를 보는 학생들도 있다. 참고로 프랑스는 초등학교 5년, 중학교 4년, 고등학교 3년제를 택하고 있다. 프랑스어로 초등학교는 에꼴 엘레망떼르(école élémentaire), 중학교는 꼴레주(collège), 그리고 고등학교는 리쎄(lycée)라고 부른다.

낙제는 초등학교보다는 중고등학교에서 많이 나타나는 현상이다. 중학생 학부모는 아이를 낙제시켜야 하는 상황에서 하나의 선택권을 갖게 된다. 아이가 일반계 고등학교로 진학하려면 낙제를 감수해야 하지만, 실업계 고등학교에서 직업교육 받기를 선택하면 낙제하지 않고 바로 기술고등학교로 진학할 수 있기 때문이다.

고등학교에서도 낙제는 자주 일어나는데 여기서도 학생과 학부모는 선택의 기로에 서게 된다. 대학의 모든 학과에 진학할 수 있는 이과로 진학하기 위해 낙제를 하느냐, 아니면 낙제를 피하고 그냥 문과로 진학하느냐 하는 점이다. 물론 성적이 아주 모자라는 경우에는 이러한 선택권도 주어지지 않는다.

이같은 월반과 낙제 제도로 인해 프랑스에는 고등학교만 들어가도 학생들의 나이가 들쑥날쑥이다. 나는 평균적으로 다른 고등학교 동창들에 비해 나이가 한살 더 많았다. 한번도 낙제를 한 적은 없지만 한국에서 초등학교 6학년을 다니다 프랑스식 5년제 초등학교의 5학년으로 편입되었기 때문이다. 내 동창들은 대부분 나이가 나보다 한살씩 어렸지만 두살이나 세살까지 어린 친구들도 있었다. 이들은 한두 번씩 월반을 경험한 영특한 학생들이었다.

한국처럼 같은 나이에 초등학교에 입학하여 12년 뒤 역시 같은 나이에 고등학교를 졸업하고 대학에 진학하는 패턴과는 사뭇 다르다. 나이를 중요시하는 한국 사회에서 이러한 현상은 당연한 것인지 모른다. 그래서 학번은 나이를 상당히 정확하게 대변해주는 지표가 되었고 나이를 묻고 싶을 때 학번을 물어보는 관습이 생겼을 것이다.

프랑스는 나이와 학번이라는 측면에서도 획일적인 패턴보다는 다양성의 문을 열어놓는다. 대학에 진학하게 되면 월반은 사라지고 낙제만이 남는다. 한국식으로 굳이 따지자면 프랑스 대학은 3년제이다. 바깔로레아에 합격하여 대학에 진학한 뒤 3년의 과정을 거치면 리쌍스(licence), 즉 학사학위를 받을 수 있기 때문이다. 그러나 이런 이해는 한국적인 방식으로 프랑스 사회를 바라보는 것이다. 프랑스의 대학제도를 이끌어가는 원칙은 약간 특이하다.

프랑스에서는 대학교육을 3개의 과정으로 구분하고 있다. 제1과정(Premier cycle)은 2년간 지속되는데 학문의 기초 소양을 쌓는 기간이다. 일반대학의 제1과정을 마치면 일반대학학위(DEUG)를 받는다. 우리가 이해하기 쉽게 번역한다면 준학사쯤 될 것이다. 이과나 문과의 그랑제꼴 준비반 과정 2년을 마친 학생들은 일반대학학위를 인정받는다. 또 한국의 전문대학과 비슷한 학교에서 직업교육을 받는 학생들은 2년 만에 졸업을 하는데 이때 기술자학위(BTS)를 받는다. 일반대학의 제1과정에서는 한국의 학부제와 비슷하게 분야별로 세밀한 학과는 존재하지 않고 학문별로 대강의 구분만 되어 있다. 예를 들면 역사학, 철학, 문학, 법학, 사회학, 수학, 물리학, 생물학 등이 그것이다.

제2과정 역시 2년 동안 지속되는데 그 첫해에는 학사학위를 준비하고, 둘째해에는 메트리즈(maître)라고 불리는 석사학위를 준비한다. 제2과정에 들어가면 세밀한 전공학과들이 생긴다. 역사학이나 문학은 근대사학·중세사학·현대문학·중세문학·고대문학 등으로 나뉜다. 법학도 공법학·민법학·형법학 등으로 분류한다. 수학이나 물리학, 생물학 전공학생들은 전자공학·기계공학·핵공학·생명공학 등 공과계통이나 대수학·기하학·물리학·화학 등 순수과학으로 나뉜다. 제2과정은 전문적인 학문을 습득하는 과정이다.

제3과정은 평균적으로 5년의 과정이라고 보면 된다. 이 과정은 학

자의 길로 나가는 사람들을 위한 전문과정인데 그 첫해에는 고급연구학위(DEA)를 준비한다. 이 학위는 다른 나라의 박사과정이라고 생각하면 이해하기 쉽다. 그동안 습득한 학문적 능력을 바탕으로 이 과정에서는 자신의 연구능력을 키워가면서 학술적 업적을 쌓을 수 있도록 준비하는 과정이다. DEA 학위를 받으면 박사학위 논문을 쓸 수 있는 자격이 주어지고 박사논문은 원칙적으로 2~4년 이내에 완성해야 한다.

이런 대학교육 1, 2, 3의 전과정을 모두 합하면 대학에 입학하여 가장 빨리 박사학위까지 마칠 경우 7년이 걸린다. 그러나 현실적으로 낙제를 한번도 하지 않고 이런 과정을 마치는 경우는 드물다. 일반적으로 대학에 입학한 학생 중 4년 뒤에 석사학위를 받는 학생은 25% 정도에 불과하다. 나머지는 DEUG나 학사과정까지만 마쳤거나 중간에 한두 번씩 낙제를 경험한다. 제3과정에서도 많은 학생들은 5년 만에 박사논문을 완성하지 못해 1~2년씩 연기하는 경우가 빈번하다.

프랑스의 교육제도는 정말 실을 따라가도 쉽사리 길을 잃어버리는 미로와 같다. 대부분의 나라처럼 대학과 대학원이 명백하게 있는 것도 아니고 학사·석사·박사라는 학위만 있는 것도 아니다. 자기들만의 독특한 제1, 2, 3과정을 만들어놓은 것도 부족해서 이상한 명칭의 학위들이 수도 없이 많다. 그러나 문제는 여기서 그치지 않는다.

그랑제꼴은 일반적으로 3년의 학제를 가지고 있다. 그랑제꼴은 학자를 양성하는 상아탑이라기보다는 사회를 주도해나갈 전문인을 키워내는 기관이다. 그래서 그랑제꼴에서 3년의 기간은 한 학문을 가르치기보다는 여러 종류의 다양한 학문에 눈을 뜨도록 해준다. 일례로 명성이 드높은 이공계 그랑제꼴에서는 경제학 강의가 필수과목이다. 엔지니어가 되더라도 대기업의 간부로 활동하기 위해서는 경제학의 이해가 필수적이기 때문이다. 빠리정치대학이나 국립행정대학원에서는 법학·행정학·정치학·사회학·경제학 등 사회과학의 필수 과목은 물론 역사와 철학, 문학과 인류학 등의 인문과학 과목도 개설해놓고 배우도록 하고 있다.

일반대학의 학제와 비교해보았을 때 그랑제꼴 학생들은 2년간의 준비과정을 거쳐 3년을 공부한 셈이 되고 그것은 박사과정(DEA)을 이수한 것과 마찬가지이다. 이와같이 프랑스의 학제가 복잡하기 때문에 프랑스 사람들조차 이해를 돕기 위해 Bac+2, Bac+3, Bac+4, Bac+5 등의 표현을 사용한다. Bac는 바깔로레아의 준말이고 뒤에 덧붙여지는 숫자는 바깔로레아에 합격한 뒤 성공적으로 공부한 햇수를 뜻한다.

프랑스의 교육제도는 매우 복잡한 양상을 띠지만 그것은 정리되지 않은 혼잡과는 다르다. 프랑스에서는 교육제도 역시 베르싸이유 정원처럼 기하학적으로 구분되어 있다. 모든 제도는 합리성에 기초하여 구상되었고 여러 개의 합리성 사이에는 명확하게 규정된 연결고리들이 존재하고 있다. 프랑스 제도는 복잡하지만 수학적 복합성을 표현하고 있는 것이지 유연성이나 혼란과는 거리가 멀다. 프랑스인들 특유의 논리적 사고체계의 결과라고 할 수 있다.


## 세계 최고의 엔지니어


각 사회마다 국민들이 선망하는 직업이 있다. 프랑스 사회에서 교수는 사회적 지위와 명예를 보장받지만 소득은 다른 직종에 비해 형편없이 낮다. 학자의 길을 가는 사람들은 그래서 일종의 사명감을 가져야 한다. 반대로 기업가들은 높은 소득을 올릴 수는 있지만 사회적인 지위나 명예는 그다지 높지 않다. 최근에 이런 현상이 조금씩 변하고 있지만 그래도 미국과 같은 사회에서 사업가(entrepreneur)가 누리는 명망에는 미치지 못한다. 프랑스처럼 사회주의 운동의 전통이 뿌리깊은 나라에서 사업가나 기업가는 아직도 대중을 수탈하는 자본가라는 인식이 강하게 남아 있기 때문이다.

　프랑스에서 상당한 사회적 지위와 명예, 그리고 부를 동시에 누릴 수 있는 이상적인 직업은 엔지니어이다. 프랑스어로는 앵제니외르(ingénieur)라고 일컫는데 이 타이틀은 제도적으로 명확하게 규정되어 있다. 단순히 일반대학 공과대학에서 학사나 석사, 또는 공학박사 학위를 받았다고 해서 앵제니외르가 되는 것은 아니다. 프랑스에서 앵제니외르란 준비반 과정을 거쳐 이공계의 그랑제꼴에서 학위를 받은 사람을 지칭한다. 이들은 앵제니외르 명칭이 남용되는 것을 막기 위해서 자체적으로 협회를 구성하여 앵제니외르 학위를 부여할 수 있는 그랑제꼴들을 관리하고 심사한다. 따라서 프랑스에서 앵제니외르가 되기 위해서는 중고등학교에서 최고의 우수한 성적을 바탕으로 준비반에 진학하고, 여기서 다시 경쟁이 심한 꽁꾸르의 장벽을 넘어야만 한다. 이와 같은 이유로 많은 프랑스 국민들은 자녀들이 앵제니외르가 되는 것을 바란다. 그래서 앵제니외르는 가장 선망의 대상이되는 직종이다. 앵제니외르가 되면 평생 동안 직장 걱정 없이 살 수 있을 뿐만 아니라 봉급생활자 중 가장 높은 수준의 소득을 올릴 수 있기 때문이다. 앵제니외르는 안정성과 고소득의 이점을 모두 누릴 수 있기에 여자들이 신랑감으로 가장 선망하는 자리이기도 하다. 물론 최근에는 여성 앵제니외르들도 많이 배출되고 있지만 다른 분야에 비하면 여성의 비중이 가장 낮다.

프랑스에서는 엘리뜨 중의 엘리뜨들이 앵제니외르로 되기 때문에 이들은 세계 최고의 엔지니어라는 자부심을 가지고 있다. 유럽 내에서 프랑스는 전통적으로 훌륭한 엔지니어를 많이 배출하는 것으로 유명하고, 테크니션 즉 기술자는 독일 기술자를 가장 높이 평가한다. 이에 비해 이딸리아는 좀더 창조적인 기질을 요구하는 장인의 나라이다. 이런 점에서 보더라도 프랑스는 두뇌가 지배하는 국가이다. 훌륭한 앵제니외르의 아이디어와 설계에 따라 기술자와 노동자는 실행만 하면 된다는 생각이 지배한다. 반면 독일 같은 곳에서는 아이디어의 구상이나 설계의 치밀함보다는 상대적으로 생산과정에서 기술자의 역할이 강조된다. 머리보다는 허리가 지배하는 나라라고 할 수 있는 것이다.

에펠이라는 이름의 앵제니외르는 우리에게 에펠탑으로 유명하지만 파나마 운하를 건설하는 데 결정적으로 기여한 인물이다. 수에즈 운하 역시 프랑스 앵제니외르들이 구상하고 설계한 것이다. 프랑스 앵제니외르들의 우수성은 전후 프랑스가 이룩한 몇가지 획기적인 발전에서도 확인할 수 있다.

우선 프랑스는 독립적으로 원자력 산업을 발전시켰다. 미국으로부터 자율성을 확보하기 위해 원자폭탄을 독자적으로 개발해내는 데 성공했을 뿐 아니라 전력 생산을 위한 민간 핵기술에 있어서도 세계 첨단을 달리고 있다. 한국이 핵에너지를 개발하는 과정에서도 프랑스는 적지 않은 역할을 담당하였다. 프랑스는 미국과 구소련 다음으로 무기 생산과 수출이 많은 국가이다. 세계 평화를 고려한다면 결코 긍정적인 사실로 받아들이기는 어렵지만 프랑스 경제의 수출이라는 차원에서 본다면 기여도가 아주 큰 부분이다. 프랑스는 핵잠수함은 물론, 각종의 미사일과 전투기 개발로도 유명하다. 에그조쎗 미사일

세계 민간항공기 시장의 50% 가까이 차지하는 에어버스.

과 라팔 전투기는 세계 첨단무기 시장에서도 명성을 떨치고 있다. 이는 국방 분야 앵제니외르의 역할이 돋보이는 부분이자 프랑스의 최고 인재들이 에꼴 뽈리떼끄니끄에 진학한 결과이다.

프랑스는 방위산업에서 개발한 기술을 민간산업에 적용하여 성공한 나라로서 프랑스의 위성발사 산업과 항공기 산업이 그 대표적 사례이다. 프랑스는 아리안 로켓을 통해 세계 인공위성 발사 시장의 반정도를 차지하고 있다. 한국의 통신방송 위성들도 일부 아리안 로켓을 통해 띄워졌다.

프랑스는 항공산업 부문에서 영국, 독일, 스페인과 합작하여 미국의 독주를 견제하고 있다. 에어버스 컨소시엄에는 프랑스 아에로스빠씨알사와 독일의 다사(DASA)가 각각 37.9%의 지분을 보유하고 있고, 영국의 브리티시 에어로스페이스 20%, 그리고 스페인의 까사(CASA)가 4.2%의 지분을 가지고 있다. 특히 지난 1998년에는 에어버스 항공기를 556대 판매하여 총 390억 달러의 매출을 기록하였다. 이는 세계 민간항공기 시장의 50% 가까이 된다는 말인데, 에어버스가 보잉과는 달리 점보급 여객기를 생산하지 않는다는 사실을 감안하면 획기적인 시장점유율이다. 에어버스의 성공사례는 사실 과거

영·불 합작의 꽁꼬르드 실패 사례의 교훈 위에서 가능했다. 영국과 프랑스는 초음속기 꽁꼬르드를 제작하는 데 성공하여 산업기술의 선진성을 전세계에 선전했지만 비행기 운영비와 관리비가 워낙 비싸 상업적으로는 성공하지 못하였다. 어떤 항공사도 수지타산이 맞지 않는 항공기를 구입하려고 하지 않았다. 사실 빠리와 뉴욕을 여행하는 데 보통요금의 서너 배를 주면서까지 몇시간 빨리 가려는 사람은 많지 않았다. 결국 꽁꼬르드기는 에어프랑스와 브리티시 에어웨이즈만이 대서양 노선에 운영하고 있다. 경영학이나 정치경제학에서 꽁꼬르드 사례는 일명 '하얀 코끼리' 사례로 불리며 기술적 쾌거가 꼭 상업적 성공으로 이어지지는 않는 사례로 인용되고 있다.

프랑스 앵제니외르의 우수성이 성공적으로 발전한 다른 분야로는 통신부문이나 철도부문을 들 수 있다. 특히 철도부문에서 프랑스의 고속열차 떼제베(TGV)는 유럽 내에서 스페인 같은 나라에, 그리고 미국의 텍사스주에 수출하여 그 성능을 인정받고 있다.

프랑스에서는 오래 전부터 앵제니외르들이 대기업의 최고간부로 성장해왔다. 많은 우수한 앵제니외르들은 고급공무원의 신분으로 기술개발과 연구에 몰두하여 전략산업 육성을 위한 국가정책에 지대한 영향을 끼쳐왔다. 다른 한편으로는 프랑스의 기업구조는 공기업 중심으로 형성되어 있어 앵제니외르들이 이들 기업에서 핵심적인 주역을 담당한다.


## 비즈니스 매니저의 부상

프랑스 기업에서 전후 반세기 동안 경영학을 전공한 사람들이 앵제니외르의 아성을 점진적으로 무너뜨리기 시작하였다. 경영계의 그랑제꼴들은 다른 분야와는 달리 국립학교가 아니고 각 도시의 상공회의소가 중심이 되어 설립한 사립학교이다. 이들 경영계 그랑제꼴은 프랑스 교육체계에서 예외적으로 높은 학비를 받고 있다. 빠리의 3대 경영계 그랑제꼴로는 고등상과대학(HEC), 상경대학(ESSEC), 빠리고등상대(ESCP) 세 학교가 있고 빠리정치대학의 경제재정학과가 그 다음 수준으로 인정받고 있다. 이들 경영계 그랑제꼴의 준비반 과정은 문과나 이과 준비반과는 달리 1년 과정으로 비교적 짧다.

일단 꽁꾸르를 통과한 공과 그랑제꼴의 학생들이 3년간 열심히 과학기술의 노하우를 연마한다면, 빠리정치대학 학생들은 토론하는 데 많은 시간을 할애한다. 경영계 그랑제꼴 학생들은 공부나 토론보다는 사교를 중요시한다. 경영계 그랑제꼴에서는 매주 파티가 열려 빠리 내에 있는 그랑제꼴 학생들간의 사교를 가능하게 한다. 고등학교나 준비반의 학연으로 연결된 엘리뜨들이 모여 춤을 추면서 새로운 인간관계를 형성한다. 다른 이공계 그랑제꼴이나 씨앙스 뽀도 이런 파티를 열기는 하지만 그것은 한 학기에 한번 정도가 고작이다. 그러나 경영계 그랑제꼴들은 매주 정기적으로 파티를 연다.

이런 파티에서는 남자와 여자가 어울려 로큰롤 춤을 추는데 우리나라에서 '지루박'이나 볼룸 댄스로 알려진 춤과 비슷하다. 대개 빠르고 리드미컬한 음악에 맞추어 추는 이 로큰롤 춤은 원래 미국에서 도입된 춤인데 빠리의 엘리뜨 파티에서는 조금 다른 스타일로 변형되어 있다. 미국의 원조 로큰롤은 왈츠를 출 때와 같이 연결동작이 부드럽고 자연스러운 반면 빠리의 로큰롤은 연결동작이 딱딱 끊어지는 느낌을 주면서 더욱 리드미컬하다. 왈츠보다는 탱고 스타일에 가깝다. 이러한 스타일의 로큰롤을 빠리에서는 베르싸이유 스타일의 로

큰롤이라고 부른다. 빠리 근교 최고의 부촌인 베르싸이유의 젊은이들 사이에서 이 스타일의 근원을 찾을 수 있기 때문이다.

중하류층 집안 출신의 수재들이 모인 이공계 그랑제꼴에서 이런 춤은 별로 유행하지 않는다. 이들은 오히려 남녀가 자유롭게 각각 제멋대로 춤추는 펑크나 하우스, 테크노풍의 음악을 좋아한다. 이들은 부르주아 자녀들이 많은 씨앙스 뽀나 경영계 그랑제꼴 파티에 가면 어리둥절해한다. 모두 보도 듣도 못한 베르싸이유 로큰롤을 추기 때문이다. 이런 파티는 새로운 친구들을 만나거나 특히 새로운 이성친구를 사귀는 데는 안성맞춤이다.

춤추는 파티에서 많은 사람들과 안면을 익히고, 수업시간에는 회계학이나 경영 케이스 스터디를 배우면서 3년을 보낸 경영계 그랑제꼴 졸업생들은 대부분 민간기업에 취직을 한다. 일반대학을 졸업한 학생들이 지속되는 불경기 때문에 실업에 시달릴 때도 이들 경영계 그랑제꼴 졸업생들은 여러 곳으로부터 취직 제안을 받는다. 그리고 자신이 원하는 기업을 골라 취직을 한다. 이들이 가장 선호하는 분야는 컨설팅 회사이다. 주로 미국계 회사인 아서 앤더슨, 매킨지, KPMG 등은 경영계 그랑제꼴 출신의 졸업생을 가장 많이 채용하는 회사들이다. 컨설팅 분야는 가장 높은 봉급을 주는 것으로 유명하지만 가장 일을 많이 하는 분야이기도 하다. 이런 회사에서 주로 하는 일이란 컨설팅을 요청한 기업에 일정 기간 파견되어 경영 진단을 하는 것인데 밤 늦게까지 야근하는 것은 물론 주말에도 근무하는 경우가 허다하다.

컨설팅 분야에서는 근무여건이 혹독한 만큼 고속승진의 기회도 많은 편이다. 경쟁에서 우수한 자질을 보이고 남들보다 뛰어날 경우 회사에 입사한 지 10년 만에 이사급 파트너로 발탁될 수 있다. 달리 말

146

해서 이 분야에서는 삼십대 중반 정도에 최고경영진으로 진입할 수 있는 기회가 열려 있는 것이다.

컨설팅과 함께 프랑스의 젊은 비즈니스 매니저들에게 인기있는 분야는 마케팅이다. 마케팅의 존재이유는 에스키모에게 아이스크림을 파는 것이다. 예를 들어 시각장애인이 구걸을 해야 하는 상황에선 "배가 고프니 한푼만 줍쇼"라고 푯말을 쓰는 것보다는 "봄이 오는 것을 느끼는데도 신록을 볼 수가 없습니다"라고 호소하는 것이다. 새로운 아이디어를 만들어내고 창조적인 작업을 좋아하는 프랑스 젊은이들이 마케팅을 선호하는 것은 당연한 일인지도 모른다.

마케팅과 컨설팅을 공부한 젊은 비즈니스 매니저들은 회사 내에서 앵제니외르들과 번번이 충돌을 일으킨다. 앵제니외르들은 거대한 프로젝트를 좋아하고 완벽하게 만들어진 제품을 중요시한다. 반면 비즈니스 매니저들은 아무리 좋은 물건이라도 팔려야 회사가 생존할 수 있다고 주장하면서 불필요한 인력과 지출 요인의 제거에 앞장선다. 프랑스 회사 내의 파워게임에서 앵제니외르들은 자신이 독점하던 경영주도권을 이제 비즈니스 매니저들과 공유해야 하는 입장이다. 이런 변화는 미국의 경영기법이 프랑스에 도입되어 점차 확산되고 있음을 의미한다. 한국에서도 IMF 관리체제 이후 미국의 컨설팅 회사들이 대거 진출한 것과 마찬가지로 프랑스에서도 미국의 경영방식이 기존의 경영전통을 누르면서 일반화되고 있는 것이다.

특히 1980년대부터 미국의 레이건 대통령이나 영국의 새처 수상이 주도한 일명 '신자유주의 혁명'의 바람이 불어닥치기 시작하면서 프랑스 경제는 구조적인 변혁을 맞게 되었다. 당시 프랑스의 기업구조는 공기업 중심이었다. 예를 들어 프랑스의 금융체제는 거의 100% 국영은행이나 국영 보험회사, 국영 금융회사로 구성되어 있었고 대기업의 상당수가 국영기업이었다. 그러나 공기업은 저효율과 고비용의 상징이라며 민영화 바람이 불기 시작하였다. 앵제니외르보다는 비즈니스 매니저들이 더 핵심적인 역할을 수행하는 체제변화가 본격적으로 시작된 것이다.

민영화가 진행되는 동시에 금융시장의 자유화가 추진되었다. 금융시장의 자유화는 국가가 공공금융체제를 통하여 경제를 통제하고 관리할 수 있는 시대가 끝나가고 있음을 의미했다. 주식과 채권시장의 규모가 확대되면서 기업들은 이제 은행에서 돈을 빌려 사업을 하던 패턴에서 벗어나 증권시장에서 직접 자금을 조달해야 했다. 국가가 과거와 같이 전략적으로 특정사업을 장기간 지원할 수 있는 능력을 상실한 것이다. 프랑스 기업들도 이제 미국이나 영국의 기업들처럼 단기적인 이윤을 창출할 필요에 직면하게 되었다.

게다가 자본구조가 취약한 프랑스 기업들은 적대적 인수 합병의 위협에 노출되었고, 이런 과정에서 비즈니스 매니저들의 역할은 더욱 부각되었다. 프랑스 기업들은 이제 더이상 기술혁신과 보수적인 경영기법에만 의존할 수 없는 상황이 되었다. 이제는 기업의 장기적인 발전계획보다는 주주들의 단기적인 이익을 충족시키는 방향으로 경영철학 자체가 바뀌어야 하고, 경영권을 노리는 적대적 세력들로 부터 회사를 지키는 일이 중요한 과제가 되었다.


## 기업 내의 불평등한 구조

프랑스 기업은 한국 기업과 상당히 다른 편인데 그중에서도 특히 인사관리에서 그 차이점이 두드러진다. 세계 대부분의 기업들과 마찬가지로 한국과 프랑스의 기업들도 사무직과 기술노동직을 구분한다. 프랑스에서 기술노동직에는 일반적으로 연공서열제가 적용된다. 오래 근무한 사람일수록 높은 임금과 지위를 보장받는다. 이러한 연공서열제는 기술노동직뿐 아니라 사무직에도 어느정도 적용된다.

그러나 간부직에는 연공서열제가 아닌 철저하게 능력 중심의 인사관리가 적용된다. 이 글을 읽는 독자는 이러한 제도가 한국과 비슷하다고 생각할지도 모른다. 그러나 이미 앞에서 지적했듯이 간부 중에서도 상급간부 깟쒸쁘와 중간직 그리고 사무원은 전혀 다른 세계를 형성한다.

사무원은 보통 고등학교를 졸업하고 바깔로레아 학위를 획득한 사람들이 담당하고 있다. 이들은 대부분 창구업무를 담당하거나 단순한 행정업무를 담당하는 계층이며, 판매직·영업직·비서직 등을 포함하고 있다. 프랑스에서는 이들을 '앙쁠루아예'(employé)라고 부르는데, 공부를 따로 하여 새로운 학력을 취득하지 않으면 승진의 기회가 거의 주어지지 않는다.

중간직(cadre moyen)은 일반대학에서 제1과정이나 2과정을 마친 사람들이다. 한국으로 치면 전문대학이나 대학을 졸업한 사람들이 여기에 해당된다. 이들은 사무원들을 관리하면서 약간의 의사결정권을 보유하고 있다. 그러나 이들 역시 상급간부로 승진될 가능성은 거의 없다. 평생을 중간직으로 보내는 경우가 대부분이며 아주 예외적으로 뛰어난 경우에만 승진을 할 수 있다.

그랑제꼴 졸업자들이나 일반대학의 제3과정을 거친 사람들은 처음부터 상급간부(cadre supérieur)로 편입된다. 이들은 입사하면서부터 상당한 의사결정권과 영향력을 갖는 임무를 맡게 되며 중간직의 사무원들을 통솔한다. 이같은 의사결정권과 영향력에는 당연히 책임이 따른다. 이들의 이직률은 낮은 직책의 직원들보다 훨씬 높다. 뛰어난 사람은 다른 회사로 발탁되어 가고, 뒤떨어지는 사람은 회사에서 해고된다.

프랑스에서는 이러한 조직과 인사관리의 특성 때문에 이십대의 젊은 상급간부가 사십대의 중간직과 오십대의 비서를 거느리는 경우가 허다하다. 한국에서 이런 상황은 받아들이기가 매우 힘든 상황이라고 할 수 있을 텐데 프랑스에서는 지극히 당연한 것으로 생각한다. 각자가 자신이 맡은 업무와 기능에 충실하면 된다는 생각이다.

한국에서는 학력에 따라 다른 대우를 받는 것에 대해서 매우 저항적이다. 적어도 명분상으로 모든 직원은 똑같은 대우를 받아야 한다는 인식이 일반적이다. 어떤 기업은 인재를 중요시한다면서 학력을 불문하고 사람을 뽑는 광고를 할 정도이다. 한국이 안고 있는 문제점은 항상 내세우는 이상이나 명분과 현실 사이에는 엄청난 괴리가 있다는 점이다.

다른 한편 한국에서는 대기업들이 공개채용 형식으로 직원을 선발한다. 어찌 보면 국가공무원의 선출방식을 민간부문에도 그대로 적용한 것이라 할 수 있다. 프랑스에서는 이런 관점에서 국가기관과 민간부문의 차이점이 확연하게 드러난다.

국가공무원을 선발할 때는 그 상하를 막론하고 공개과정을 통해 공정한 절차를 통해 선발한다. 이들은 각각의 수준에서 연공서열제에 따라 승진한다. 그러나 민간부문에서의 직원 채용은 순전히 개인적 접근을 바탕으로 이루어진다. 프랑스 기업에는 한국 기업에서처럼 입사동기 같은 것은 존재하지 않는다. 철저히 개인의 능력에 따라 승진하며 결과에 따라 다른 대우를 받는다.

이런 차원에서 프랑스가 한국과 가장 다른 점은 프랑스 사람들이 사회적 불평등을 상당히 인정한다는 점이다. 자신의 능력이 남들보다 못할 경우 능력이 뛰어난 사람이 성별이나 인종, 나이를 불문하고 자신에게 명령을 내리는 위치에 있는 것은 당연하다고 생각하는 것이다. 왜냐하면 공화국 교육제도는 능력있는 사람을 분별하게 해주는 제도이며, 공정한 경쟁과정에서 자신의 위치가 결정되면 이에 승복하기 때문이다. 달리 말해서 교육제도의 공정성에 대한 신뢰와 게임의 규칙에 승복하는 페어플레이 정신이 프랑스의 불평등한 사회구조를 유지시켜주는 기제라고 하겠다.

물론 프랑스에서도 이런 원칙에 대해 꾸준히 비판을 제기하는 사람들이 있다. 비판적인 사회과학자들은 공화국 교육제도라는 것이 형식적으로만 평등할 따름으로 상류층의 자녀들은 처음부터 언어구사력이나 추상적 사고력을 향상시킬 수 있는 환경에 있다고 말한다. 결국 교육제도 내에서의 경쟁이란 상류층 자녀는 엘리베이터를 타고 가고 하류층 자녀는 계단으로 걸어올라가는 불평등하고 불공정한 게임에 불과하다는 것이다.

한국과 프랑스의 또다른 차이점은 사회 불평등의 현실적 문제가 제기될 경우 나타나는 양상이다. 한국에서는 사회구조로 인해 제기되는 문제를 개인적으로 해결하려고 한다. 공교육에 대한 신뢰가 없으면 공교육제도의 개선을 위해 공동으로 노력하기보다는 자기 자식만 과외를 시켜 문제점을 해결하려고 한다. 회사 내에서 불공정한 행위가 일어나면 다른 피해자들과 연대하기보다는 아는 사람을 통해 사장이나 간부의 개입을 요청한다. 프랑스는 다양한 개인적 문제를 공동으로 또는 정치적으로 해결하려고 한다. 대표적인 경우가 노동자들의 연대를 통한 사회개혁운동이고 자영업자들의 조세저항운동이나 여성·호모와 같은 소수집단의 지위개선운동이다. 요컨대 프랑스

기업 내 조직구조는 매우 불평등하지만 사회 전체의 공정성과 균형을 통해 상당부분 보완되고 있는 것이다.

## 인류애가 강한 의사, 인기없는 변호사

미국 사회는 프랑스에 비해서 개인적이고 독립적인 경제활동에 더 큰 가치를 부여한다. 그 때문인지 미국 사회에서 의사와 변호사는 가장 선망의 대상이 되는 직업이다. 물론 프랑스에서도 의사와 변호사는 전통적으로 상류층의 중요한 기둥을 형성하고 지방의 유지로 통하며 많은 정치인들을 배출한다. 그러나 미국에 비교한다면 프랑스 의사와 변호사의 모습은 초라할 정도이다.

프랑스에는 일단 의사가 넘쳐난다. 인구비례로 보았을 때 프랑스는 세계에서 가장 많은 의사를 보유하고 있는 국가이다. 그래서 의사집단은 의대생 수를 제한하는 정책을 적극적으로 지지하고 있다. 그러나 프랑스 교육제도의 원칙상 바깔로레아, 특히 이과 바깔로레아를 마친 학생들은 자신이 원하는 대학에 진출할 수 있다. 그래서 의대로 몰리는 학생들이 많고 이들의 입학을 제한할 수 있는 명분이나 원칙이 없다. 바깔로레아는 자신이 원하는 일반대학에 진학할 수 있는 권리이기 때문이다.

의대에 입학하는 사람이 많아도 의사로 배출되는 사람의 수를 줄이기 위해 운영되는 제도가 정원제이다. 원하는 사람은 모두 받아들이되 경쟁을 통과한 제한된 수의 사람만이 의사가 될 수 있다. 그리고 이 제도는 의대 1학년에서 2학년으로 진학하는 과정에서 적용된다. 보통 의대 1학년생 중 10% 정도만이 2학년으로 진학하고 나머지는 재수하거나 다른 계열로 이동한다.

2학년으로 진학한 학생들은 대부분 의사가 되는데 이들이 예과 2년, 본과 4년을 마치고 나면 일반의(한국의 경우 가정의에 해당한다)와 전문의 과정으로 나뉜다. 한국에서는 인턴과 레지던트가 차례로 통과하는 과정인데 반해 프랑스에서는 일반의 수련과정을 레지던트 과정, 그리고 전문의 수련과정을 인턴 과정이라고 부른다.

프랑스는 미국과는 달리 의료보험제도가 잘 발전되어 있기 때문에 의사가 자유롭게 의료비를 결정하지 못한다. 왜냐하면 의료비를 지불하는 것은 환자 개개인이 아니라 의료보험기관이기 때문이다. 따라서 프랑스에서는 매년 공공 의료보험기관과 의사 대표들 사이에 의료비를 결정하기 위한 협상이 진행된다. 의사들은 당연히 의료비를 높이려고 하고 보험기관은 낮추려고 하는데 국가의 정책과 개입이 상당한 영향력을 미친다.

미국과 비교해보았을 때 프랑스는 국가에서 지출하는 의료비의 비중은 훨씬 낮은 편이다. 미국이 국내 총생산의 12%에 달하는 비용을 의료비로 지출하는 데 반해 프랑스에서는 6~7%에 불과하다. 결국 미국에서는 더 나은 의료써비스를 받기 위한 소비자들의 고비용으로 의사들이 고소득을 누린다면, 프랑스에서는 동등한 의료혜택을 훨씬 저렴한 가격에 누리고 있는 것이다. 물론 이 과정에서 프랑스 의사들은 미국 의사에 비해 가난하게 살 수밖에 없지만 말이다. 그래도 프랑스 의사들의 사정은 영국 의사들보다는 나은 편이다. 영국은 의료보험제도가 프랑스보다 훨씬 사회주의적이기 때문에 의사 대부분이 공무원 신분을 가지고 있다. 이들은 박봉에 시달리고 있으며 환자들도 국립병원에서 오랜 시간을 기다리는 불편함을 감수해야 한다. 새처가 부자들의 편의를 위해 민간 의료시설을 활성화하였지만 영국은 아직도 국가의료제도(NHS)가 지배하는 사회이다. 적어도 의료제도의 차원에서 프랑스는 공공이익과 써비스의 질을 적절하게 혼합한 제도를 채택하고 있다.

전세계에서 인술을 펼치고 있는 '국경 없는 의사들'(MSF, Médecins Sans Frontières)이라는 NGO가 프랑스에서 생겨난 것도 우연은 아니다. 프랑스에서는 의사의 길을 택하는 것 자체가 상당한 인류애적 선택이다. 돈을 많이 벌기 원하는 이기심이 강한 학생은 의사가 되기보다는 앵제니외르나 비즈니스 매니저가 될 것이고 권력을 원하는 학생은 씨앙스 뽀나 에나에 갈 것이기 때문이다.

다른 한편 변호사란 직업도 프랑스에서는 한국이나 미국만큼 선망의 대상이 아니다. 프랑스에서 변호사가 되려면 일반대학 법학과 제2과정을 마치고, 즉 법학 석사학위를 취득한 다음 국가에서 시행하는 변호사시험에 합격해야 한다. 프랑스에서 판사나 검사가 되기 위해서는 국립법과대학원(Ecole Nationale de la Magistrature)이라는 그랑제꼴에 입학하여 3년간의 교육과정을 이수해야 한다. 사실 이런 코스는 프랑스 최고의 인재들이 선호하는 길이 아니다.

프랑스의 인재들은 왜 법조계로 몰리지 않을까? 프랑스 사회는 정치적 영향력이 강한 특성을 가지고 있다. 영미법의 전통은 판례가 중요한 역할을 한다. 그러나 프랑스에서는 의회에서 새로 법을 제정하여 과거의 법을 언제든지 수정하거나 뒤집어버릴 수 있다. 국민의 정통성을 부여받은 의회에서 언제나 새로운 법을 만들어낼 수 있기 때문에 프랑스는 정치가 지배하는 국가이다. 이런 상황에서는 법관이나 변호사보다는 정치인이 훨씬 중요한 주도세력이 된다. 전통적으로 변호사들이 정치가의 길을 택하는 것도 이런 이유 때문일 것이다.

프랑스는 또한 중앙집권화된 국가가 사회를 지배하는 나라이다. 영국이나 미국에서 민간인들 사이의 분쟁이 많기 때문에 민법이 발전하였다면, 프랑스에서의 분쟁은 민간과 국가 사이에 빈번하게 발생한다. 이는 국가가 경제나 사회 등 다양한 분야에 개입을 하고 있기 때문이다. 이런 나라에서는 민법보다는 공법과 특히 행정법이 중요한 역할을 한다. 그래서 법관이나 변호사보다는 공무원의 역할이 더욱 중요하다고 할 수 있다.

프랑스에서 각종 법안을 심의하고 행정소송을 최종적으로 결정하는 기관은 국가행정원이다. 국가행정원의 참사관은 변호사나 국립법과대학원 출신들이 아니고 국립행정대학원 출신들이 독점하고 있다. 게다가 프랑스의 헌법재판소 역시 판검사 출신들보다는 풍부한 법적 지식을 가진 에나 출신의 정치인들로 구성되어 있다. 결국 프랑스에서 중요한 법적 판결은 고급공무원 코스를 밟은 사람들이 맡고 있고, 최고의 법관직들도 이들이 독차지하고 있다. 결국 전통 법관이나 변호사들에게 남는 것은 형사사건과 작은 규모의 민사사건들뿐이라 할 수 있다.

프랑스의 변호사나 법관의 입지를 더욱 좁힌 것은 전후 반세기 동안 정치인들의 충원과정에서 고급공무원 출신들이 전통적으로 지역유지인 변호사나 법관을 젖히고 선두주자로 등장했다는 사실이다. 과거에는 지역여론을 주도하는 의사나 변호사와 같은 유지들이 쉽게 당선되었다. 그러나 국가의 경제적 역할이 강화되면서 중앙정부 요직에서 근무한 경험이 있고 전국적인 인적 관계를 형성하고 있는 고급관료 출신들이 지역이익을 더욱 효율적으로 대변할 것이라는 생각이 국민들에게 확산된 것이다.

# 프랑스 여자들은 왜 일을 하는가

한국에서는 선진국의 여성들이 일하는 이유에 대해서 상당히 환상을 가지고 있는 것 같다. 사회적으로 여러가지 환경과 여건이 마련되어 있어 여자도 남자와 똑같이 자아를 실현하고 발전시킬 수 있다고 생각한다. 그런데 한국에서도 자아실현과 자기발전을 위해 일하는 남자는 극소수에 불과하다. 이는 프랑스의 남자나 여자도 마찬가지이다. 특히 프랑스의 여자들은 생계의 필요에 의해 일할 수밖에 없다. 1991년 현재 프랑스의 노동인구 2200여만명 가운데 여성은 1070만명을 차지하고 있다.

여성들이 일하는 이유를 통계를 통해 살펴보자. 프랑스에서 여자들이 일하는 첫번째 이유는 가장이기 때문이다. 일하는 여성 중 42%가 가계를 책임져야 하기 때문에 일한다고 답하였다. 둘째로 생활수준을 향상시키기 위해 일한다는 여성은 19%였다. 비슷한 이유인데 남편의 봉급이 생활을 꾸려가는 데 부족해서 일한다는 대답은 18%였다. 여성의 독립성을 확보하기 위해서 일하는 여성은 8%에 불과했고, 아파트 구입과 같은 일시적인 경제적 필요에 의해 일하는 여성은 7% 정도였다. 결국 대다수의 여성들은 생계유지와 같은 경제적 이유 때문에 일하는 것이다.

20세기 초에 이미 프랑스 여성의 35%가 생산활동에 참여하고 있었지만 당시 여성의 일이라는 것은 대부분 농사일에서 보조역할이나 가정부와 같은 전통적 의미의 여성 영역에 속하는 일이었다. 20세기 말 프랑스 여성들은 다양한 영역에 진출하여 이제 남성만의 직업이나 금녀의 영역은 거의 존재하지 않는다. 경찰이나 군대와 같은 전형적 남성 영역에도 여성들이 진출하기 시작했으니 말이다. 경찰직의 경우 성폭력 문제가 사회적 쟁점으로 부상하면서 여성 피해자들이 남자보다는 여자 경찰들에게 더 쉽게 고발하고 상황을 설명한다는 점에서 많은 여성을 채용하게 되었다.

대학사회에서도 이공계 그랑제꼴에는 아직 남학생들이 다수를 차지하고 있지만 인문사회계열에는 여성의 비중이 절반 가량을 차지한다. 권력이 가장 집중되는 정치행정분야의 사례를 보자. 씨앙스 뽀의 여학생 비율은 절반이 넘고 국립행정대학원 에나에는 33%가 여학생이다.

1995년 프랑스에서 대통령 선거가 있었다. 당시 사회당에서는 자끄 들로르를 후보로 내세우기 위해 들로르에게 의사를 물었다. 들로르는 프랑스 사회주의 세력 내에서 오래 전부터 국가중심적인 경제 운영보다는 시장의 기제를 활용해야 한다고 주장해왔던 실용주의적 노선의 대표주자였다. 1980년대부터 10여년간 유럽공동체의 집행위원장으로 활동하며 유럽통합을 주도하여 강력한 국제적 지도자로 부상한 들로르는 대통령 후보로 거론되기에 충분했다. 그러나 국민들로부터 상당히 두터운 신임을 받고 있던 들로르는 대통령 후보직을 사양하였다.

프랑스의 정통한 정계 소식통들에 의하면 그가 후보직을 마다한 가장 커다란 이유는 자신의 딸이 향후 대통령 후보로 성장할 수 있는 길을 막지 않기 위해서였다고 한다. 그의 딸은 노동시간 단축법안에 자신의 이름을 남겼고 사회당 정부의 사회부 장관을 최근까지 역임한 마르띤느 오브리(Martine Aubry)이다. 그녀는 빠리정치대학과 에나를 거친 최고의 행정엘리뜨이며 조스뺑 내각에서 서열 2위인 사회부 장관직을 맡을 정도로 정치적 비중이 큰 여성지도자이다.

군이 마르띤느 오브리가 아니더라도 사회당의 엘리자베뜨 기구 (Elisabeth Guigou) 법무부 장관(최근 마르띤느 오브리의 후임으로 사회부 장관이 되었다)이나 쎄골렌느 루아얄(Ségolène Royal) 장관, 녹색당 출신의 환경부 장관 등은 모두 향후 대통령 후보로 점쳐지는 여성 정치지도자들이다. 기구나 루아얄은 모두 씨앙스 뽀와 에나를 거친 정치·행정 엘리뜨 출신이며 41세의 도미니끄 부아네(Dominique Voynet)는 원래 마취과 의사였으나 환경운동을 통해 정치에 입문한 경우이다.

프랑스 여성의 사회진출은 자녀양육에 대한 사회적 지원으로 인해 다른 유럽 국가에 비해 용이한 편이다. 프랑스는 여성이 일과 가정의 행복을 동시에 누릴 수 있는 제도적 기반이 가장 잘된 나라이다. 프랑스에서는 신생아가 3개월이 되면 이를 책임지고 키워주는 유아원 (crèche)제도가 있다. 아이들은 다시 만 세살 정도가 되면 유치원 (maternelle)에 들어가고 여섯살 정도에 학교(école)에 들어간다. 물론 의무교육은 초등학교에서 시작하지만 많은 유아원과 유치원도 국가에서 운영하기 때문에 상대적으로 저렴하고 공인된 기관에 아기들을 맡길 수 있다.

반면 같은 유럽이라도 독일 같은 경우는 이같은 공립 유아원이나 유치원이 상대적으로 덜 발달되어 있어 여성들은 육아와 일 중에서 하나를 선택해야 하는 경우가 많다. 또한 영국과 독일에서는 육아에 대한 생각이 프랑스와는 상당히 다르다. 영국과 독일에서는 아이들은 대여섯살이 될 때까지 어머니 손에서 키워져야 한다는 생각이 강하다. 반면 프랑스나 이딸리아에서는 아이들은 어릴 적부터 다른 아이들과 어울려 사회성을 키워야 한다는 생각이 지배적이다.

영국이나 독일의 여성들은 일하면서 아이를 낳아 길러야 하기에 치러야 할 대가가 매우 높은 편이다. 따라서 영국과 독일에서는 아이 낳기를 주저하는 여성이 많아서 인구가 급속히 감소하고 있다. 반면 프랑스도 인구감소의 문제를 안고 있기는 하지만 영국이나 독일에 비하면 나은 편이다.

프랑스에서 일하는 여성들은 여러 종류의 제도적 혜택을 누린다. 우선 아이를 유아원이나 유치원에 보낼 때 전업주부에 비해 우선권을 가지고 있다. 혼자 살면서 가장 역할까지 하는 여성은 우선권을 더 가진다. 일부 보수적인 사람들은 "무책임한 미혼모나 이혼녀들이 혜택을 누려야 하고, 정상적인 가정을 이루고 있는 사람들은 불이익을 당해야 하느냐"고 반발하지만 프랑스 정부는 "필요한 사람이 우선권을 갖는다"는 사회주의적 전통에 따라 육아기관을 운영한다.

프랑스 여성들은 경제적 필요에 의해 직장을 찾아나섰으며 처음에는 제한된 영역에서만 활동이 가능했다가 점진적으로 활동영역이 확대되었다. 1950년대 일하는 여성상이란 포도밭에서 포도를 수확하거나 비서로 타자치는 모습 등이었다. 또는 가정부나 파출부로 부잣집의 살림이나 아이들을 보살피는 일이었다. 그러나 1990년대 여성은 거의 모든 분야에서 남성과 동등하게 일하는 모습으로 보여주었다. 이같은 변화의 이면에는 여성들의 의지와 노력 못지않게 사회부대시설의 확충과 제도적 지원이 커다란 기여를 하였다.

20세기에 이루어진 일의 영역에서 여성의 부상은 확실히 획기적인 사회변화라고 할 수 있다. 그러나 프랑스 사회에서조차 완벽한 남녀평등은 아직 이루어지지 않았음도 상기해야 할 것이다. 여성들은 여전히 남성에 비해 취약한 상황에 놓여 있다. 예를 들어 시간제로 일하는 사람 중 여성의 비율은 71%나 된다. 그중에는 자녀양육과 직장생활에 대한 시간을 균형적으로 배분하기 위해 시간제를 선호하는 사람도 있겠지만, 대부분은 여성이기 때문에 '정식' 직업을 갖는 데 실패하고 시간제에 만족해야 하는 경우이다. 게다가 임금의 남녀평등은 법적으로는 보장되어 있지만 현실에서는 아직 요원한 형편이다. 똑같은 일을 하더라도 여성의 임금은 남성보다 평균적으로 낮은 수준이다. 또한 여성은 남성보다 직장에서 성폭력이나 성희롱에 더욱 노출되어 있고 경찰이나 군인, 정치 등 일부 직종에서는 여전히 남성중심의 문화로 인해 피해를 보고 있다.


## 농촌이 사막화되어간다

프랑스에서 농촌문화란 한국에서만큼이나 중요한 정신적 지주 역할을 하고 있다. 프랑스는 유럽에서 러시아 다음으로 광활한 영토를 보유하고 있는 나라로 다양한 기후와 비옥한 땅에서 풍요로운 농산물을 생산해왔다. 프랑스와 비교해보았을 때 상대적으로 척박한 자연환경을 가지고 있는 영국·독일·스페인·이딸리아인들은 프랑스인들이 축복받은 국민이라고 생각하고 있다.

프랑스 사람들은 자신이 태어난 고장과 특산물, 지역문화에 대한 자부심이 강하다. 이러한 특성은 그들이 토지에 대해 가지고 있는 집착을 잘 설명해준다. 토지가 유일한 부의 원천이고 토지에서 생산해내는 농산물이 진정한 부라고 주장했던 중농주의 경제사상이 프랑스에서 꽃필 수 있었던 것도 우연이 아니다. 산업혁명이 일어난 뒤 프랑스에도 상업이나 공업으로 부를 축적한 부르주아들이 등장했지만, 이들은 여전히 과거 귀족들의 전유물이었던 성(城)과 토지를 소유해야만 상류층에 진입한다고 생각하였다.

프랑스에서 농민은 매우 오랜 기간 프랑스인을 대표하였다. 20세기 초반까지만 하더라도 농민은 프랑스 국민의 대다수를 차지하였다. 프랑스는 영국에 이어 두번째로 산업혁명이 일어났지만 산업화나 도시화는 상당히 느린 속도로 진행되었다. 20세기 초반에는 후발국가인 독일의 산업화·도시화가 오히려 프랑스를 앞질렀다. 1929년 미국에서 시작한 대공황의 여파가 다른 유럽 국가에 비해 프랑스에 더 늦게, 그리고 더 약하게 미친 이유 중 하나가 바로 프랑스의 농업 의존적인 경제구조에 있다고 역사가들은 해석하고 있다.

제2차 세계대전 후 경제재건이 완료된 1954년이 되어서도 프랑스의 농촌인구는 여전히 전체의 41%나 되었다. 프랑스의 농촌문화는 우리가 잘 모르는, 또는 알려고도 하지 않는 프랑스의 또다른 일면이다. 대부분의 나라에서 전통문화는 농촌문화라고 할 수 있다. 그런데 프랑스의 경우 전세계에 널리 알려진 문화가 빠리를 중심으로 형성된 도시의 고급문화이기 때문에 상대적으로 농촌문화가 가려져 있었다고 하겠다.

내가 대학을 다닐 당시 학교에는 빠리 출신의 학생들과 지방 출신, 그리고 외국 학생들이 어우러져 있었다. 그러나 지방 출신 학생들도 대개 지방도시에서 올라왔고 진정한 의미의 농촌 출신은 찾아보기 어려웠다. 다행히도 나의 프랑스 사회탐방에서 중요한 가이드가 되어줄 만한 '농부의 딸'이 한명 있었다. 이 친구는 빠리 사람들에 대해 이렇게 평가했다.

"빠리 사람들은 모든 것을 인위적으로 한단 말이야. 인사할 때도 진심에서 우러나와서 하는 것 같지 않고 세련된 미소만 짓고, 대화를 해도 다른 사람 이야기에는 귀를 기울이지 않고…… 항상 일과 출세에 미친 사람들처럼 바쁘게 뛰어다니는 꼴이 정말 우스꽝스러워. 무엇보다 너무 개인주의적이고 깍쟁이들이라고 할 수 있지. 생각할 여유도 없이 생활하고 언제나 꼴불견을 피우며 예의를 차린다고 하는 모습이 가엾게 느껴진다니까. 나는 이런 빠리생활이 너무 힘들어 방학 때 고향에 내려가지 않으면 숨이 막힐 정도야."

실제로 빠리를 방문하는 많은 외국인들이 느끼는 것들이다. 빠리 사람들은 매우 냉정하고 차가운 신경질쟁이인 반면에 지방에 내려가면 훨씬 친절하고 다정다감한 사람들을 만나볼 수 있다. 프랑스에 처음 가는 외국인이라면 농촌에서 가장 친절한 대우를 받을 수 있을 것이다. 그 다음이 지방도시이고 빠리는 가혹하리만큼 외국인에 대해 불친절하다.

농부는 땀흘려 고향의 땅을 일구는 성실한 일꾼이자 독실한 카톨릭 신자이다. 마음을 터놓고 솔직하게 대화하고 행동한다. 어려움에 처한 사람을 보고 그냥 지나치지 못하고 도와주는 아량을 품고 있다. 마을사람들과 어울려 좋은 일과 어려운 일을 함께 나누는 공동체 정신을 가지고 있다. 이러한 농부들이 모여 사는 농촌의 마을은 평화와 안정감의 상징이었다.

사회당과 공산당 세력을 대표하여 1981년 대선에 나선 미떼랑 후보는 자신이 좌파 진보진영을 대표하는 정치인임에도 불구하고 포스터에는 이러한 전통적 농촌마을의 풍경을 배경에 그려놓음으로써 불안해하는 유권자들에게 안정감을 심어주려 하였다. 미떼랑의 이같은 양면전략은 그가 대선에서 승리하는 데 어느정도 기여한 것으로 평가받고 있다. 그러나 현실 속에서 이러한 착한 농부나 평화로운 농촌마을은 점점 찾아보기 어렵게 되었다. 우선 수적으로 프랑스에서 농촌인구는 1954년의 41%에서 현재 25% 정도로 낮아졌다. 전후 경제성장기에 프랑스에서는 대규모의 이농현상이 발생했고 농촌은 가장 활발한 청소년층을 도시와 근대화의 제단에 바쳐야 했다. 사회학자들은 이 대규모 이농현상으로 프랑스의 농촌이 사막화되었다고 표현하였다. 농촌에는 이제 생산활동에 종사하는 노인들만 남게 되었다.

자연과 함께 하면서 토지를 일구는 농부도 이제는 찾아보기 어렵게 되었다. 전통문화를 간직하고 있던 농부는 20세기 후반에 접어들면서 사라져버리고, 새로운 농업사업가(agriculteur)들이 등장한 것이다. 현대 프랑스의 농업사업가들은 자연과 더불어 땀흘려 일하는 일꾼이라기보다는 토지와 자본을 적절히 투자하여 이윤을 높이는 경영자들이다. 이들은 과거 자신의 아버지나 할아버지와는 달리 학교에 다니면서 공부를 하였고, 텔레비전을 통해 도시와 호흡을 같이하며, 주변도시에서 쇼핑을 하면서 산다. 농부가 사라지고 농업사업가가 등장하면서 농업에 종사하는 인구는 1975년 210만명에서 1996년 120만명으로 줄어들었다. 프랑스에서 전통적인 농촌문화는 이제 프랑스인들의 상상 속에서나 존재하게 된 것이다.

다른 한편 1970년대부터는 새로운 현상이 나타나기 시작했는데 그것은 도시인의 귀농현상이다. 도시의 환경문제가 심각하게 대두하고 동시에 자동차의 보급이 일반화되면서 상당수의 도시인들이 농촌의 빈집을 구입하여 별장으로 만들거나 아예 농촌에 살면서 인근 도시로 출퇴근하였다. 결국 새로운 형태의 농촌인구가 생겨난 셈인데 그 덕분에 프랑스 농촌인구의 감소현상은 둔화되었다.

농업사업가로 돌변한 신세대 농민들은 강력한 압력집단을 형성하고 있다. 과거의 농부보다 높은 교육으로 무장하고 농업근대화에 앞장선 이들은 전국적인 조직망을 연결하여 새로운 기술에 대한 정보를 교환하는 한편 정부정책을 세밀하게 감시한다. 농민집단은 주로 우파 보수진영의 지지세력을 형성하고 있으며 한때는 전국농민연맹

1979년 영국으로부터 양을 수입하는 것에 반대하는 농업사업가의 시위 장면.

(FNSEA)이라는 전국 조직의 총재가 우파정부의 농업부 장관으로 임명되기까지 했다. 이들은 정부정책이 자신들에게 불이익을 줄 경우 매우 폭력적인 시위도 서슴지 않는다. 지방의 도청건물에 방화하여 불태워버리거나 고속도로나 철도에 감자를 잔뜩 퍼부어 교통을 두절시키기도 한다.

게릴라 형식으로 진행되는 농민시위의 폭력성과 야만성으로 인해 프랑스인들이 가지고 있는 착한 농부의 이미지는 점차 흐려지고 이제 도시인들은 농민의 무지와 이기주의를 비난하기에 이르렀다. 특

164

히 도시빈민들에게 농민들은 국가의 엄청난 지원금을 독차지하고 있는 특혜집단으로 비춰지고 있다. 결국 이러한 폭력적 시위는 농민들의 생존권 확보보다는 특혜와 기득권의 수호를 위한 이기적 운동이라는 생각을 갖게 한다.

## 끈끈한 정으로 뭉쳐진 프랑스 노동자

자본주의 발전과정을 거치는 대부분의 국가에서 노동자는 하나의 독자적인 세력을 구축하지 않는 이상 자본가로부터 수탈당하고 국가에 의해 탄압을 받게 마련이다. 노동세력이 형성되는 과정에서 특히 이러한 수탈과 탄압은 강하다. 프랑스도 이같은 법칙에서 예외는 아니며 어찌 보면 프랑스 노동자만큼 국가와 자본의 체계적 탄압의 대상이 되었던 경우도 드물다.

프랑스의 노동자들은 1789년 대혁명부터 시작하여 1830년, 1848년, 1870~71년 등 프랑스 정치사에 커다란 획을 긋는 모든 혁명에 적극적으로 참여하였다. 그러나 매번 왕과 귀족과 부르주아 간의 세력 균형이 뒤바뀐 뒤에는 탄압의 대상이 되었고 결국 상류층간에 벌어지는 정치게임의 희생양이 되었다. 특히 1871년 빠리꼬뮌의 일시적 성공과 이에 뒤따른 노동자 탄압과 학살은 역사적으로 찾아보기 어려운 사례이다. 빠리꼬뮌이란 프랑스가 보불전쟁에 패해 프러시아 군에 점령당해 있던 상황에서 노동자들을 중심으로 들고 일어나 빠리 지역에 해방구를 설립하고 혁명정권을 수립했던 경험을 말한다. 당시 프랑스의 보수적 부르주아 세력은 빠리꼬뮌의 정권을 붕괴시키고 무자비한 탄압과 학살을 자행했는데, 이로 인해 수만명의 노동자

1871년 빠리꼬뮌 당시의 모습.

들이 학살당했으며 수천명의 노동운동 지도자들은 남태평양과 같은
오지로 추방, 감금당하였다.

19세기 내내 프랑스 노동운동은 제도적 한계를 가지고 있었다.
1789년 대혁명 직후 일명 르 샤뻴리에 법안이 통과되었는데 이는 과
거 같은 직종에 종사하던 장인(匠人)들의 조합(corporation)을 해체
하고 금지하는 내용이었다. 그 이후 프랑스의 노동자들은 어떠한 형
태의 결사체도 형성하기 어렵게 되었다. 이후 19세기 프랑스의 노동
운동은 노동자들간의 상부상조를 강조하는 협동조합(coopérative 또
는 mutuelle)을 중심으로 발전하게 되었다.

노동자들이 프랑스에서 정치세력으로 성장한 것은 19세기 후반과
20세기 초반이다. 제3공화국이 들어서고 정치제도가 민주화되는 과
정에서 노동자들은 사회주의의 기치 아래 하나의 세력으로 결집하여
영향력을 발휘할 수 있는 계기가 마련되었다. 외국으로 망명했거나

추방당했던 노동운동 지도자들이 하나둘씩 귀국하면서 프랑스 노동운동은 재구성되었고, 1884년에는 노동조합을 합법화하는 법안이 통과됨으로써 세력화의 제도적 발판이 마련되었다.

이때부터 프랑스 사회주의 운동은 두 갈래로 나뉘게 되는데, 첫째는 부르주아 민주주의 하에서 정당활동을 거부하고 노동자들의 총파업으로 혁명과업을 달성하려고 하는 혁명적 노동조합주의(syndicalisme révolutionnaire)이고, 둘째는 부르주아 민주주의를 활용하여 정치 및 정당활동에 적극적으로 참여하려고 하는 정치적 사회주의(socialisme politique) 운동이다.

혁명적 노동조합주의 세력은 1902년 전국노동연맹(CGT)이라는 조직을 형성하여 직접적인 노동자 투쟁과 총파업을 통한 혁명을 추진하게 된다. 1906년 아미앵 전국총회에서 CGT는 정치적 활동을 하는 사회주의 세력과는 구분되는 독자적 노동운동의 원칙을 채택한다. 반면 정치적 사회주의 세력은 1905년 사회주의 인터내셔널 프랑스 지부(SFIO)라는 명칭으로 프랑스의 사회당을 형성하여 정당활동에 참여하기 시작하였고 1914년 선거에서는 국회 하원에 104명의 의원을 당선시킬 만큼 중요한 정치세력으로 성장하였다.

19세기 말 프랑스의 노동자들은 대부분 농촌출신이었다. 일터를 찾아 고향을 떠나 도시로 옮겨온 노동자들에게 도시생활은 무척 외로운 것이었다. 농촌에서는 가족과 함께 보내는 시간이 많았고 마을 사람들을 잘 알고 지냈다. 농촌사회에서 이들은 힘겨운 노동을 했지만 그래도 정서적으로는 안정된 환경에서 생활을 영위했던 것이다. 그러나 도시에 와서 혼자 생활하게 되면서 적대적 환경과 고독함이 엄습해왔다. 주변에는 아는 사람도 별로 없고 공장의 노동강도는 농촌과는 비할 바가 아니었다. 화장실 갈 시간도 없이 기계에 종속되어

하루종일 땀을 흘리고 나서 집으로 돌아오면 지저분하고 냄새나는 침상이 공허히 기다리고 있을 뿐이었다. 병이 나도 돌봐주는 사람이 없었고 주말이 되어도 직장동료들과 싸구려 포도주를 마시는 일이 고작이었다. 이런 소외된 노동자들에게 삶의 의미를 되찾게 해준 것이 바로 사회주의 운동이었다. 여기서 사회주의 운동이란 어떤 정치적이고 사상적인 거창한 역사적 의미의 운동이라기보다는 바로 노동자들의 일상생활과 직결된 외로움을 극복할 수 있는 소박한 방안으로서의 운동이다. 당시 노동자들은 사회주의 운동을 통해 도시생활에서 삶의 의미를 찾았던 것이다. 운동에 동참함으로써 동지들이 생기고 동지들 사이에서 훈훈한 인간미를 느낄 수 있었다. 정치적인 토론과 투쟁도 중요했지만 많은 노동자들이 필요로 했던 것은 병이 나면 찾아오는 동지들의 정이었고, 생일이 되면 잔치를 열어주는 동지들의 사랑이었다. 나는 프랑스에서 노동세력의 성장이 바로 이런 것을 통해 뿌리내리게 되었다고 생각한다.

제1차 세계대전과 러시아에서 볼셰비끼 혁명의 성공이라는 소용돌이를 거치면서 프랑스의 사회주의 운동은 사회주의와 공산주의로 양분된다. 1920년 SFIO 뚜르 전당대회에서 소련 공산당의 노선을 지지하는 다수 세력이 공산당을 형성하였고, 프랑스 사회주의 운동의 독립성을 유지하고자 했던 소수 그룹이 SFIO를 계속 지키기로 한 것이다. 정치적 사회주의의 분열에 이어 1922년에는 전국노동연맹(CGT) 역시 개량주의적 노선의 잔류파와 공산계에 가까운 혁명적 노선의 통일전국노동연맹(CGTU)으로 나뉘게 된다. 파시즘의 위협이 피부에 와닿을 때까지 프랑스의 사회당과 공산당은 마치 카인과 아벨처럼 같은 부모로부터 태어났지만 철천지 원수 같은 형제관계였다. 그러나 1930년대 이딸리아와 독일로부터 파시즘의 위협이 가해지고,

프랑스 국내에서도 파시스트 세력이 성장하자 사회당과 공산당은 '인민전선'이라는 연합전략을 추진하게 되고 1936~38년에는 드디어 집권하는 데 성공한다.

제2차 세계대전 전후 프랑스 공산당의 세력은 막강했다. 그것은 공산주의자들이 1941년 독일이 소련을 공격한 이후부터 가장 적극적으로 독일에 대한 레지스땅스에 동참했기 때문이다. 사실 반나찌 레지스땅스를 통해 프랑스 공산당은 자신의 애국심을 증명할 수 있었고 그로부터 확실한 정통성을 확보할 수 있었다.

바로 이 시기에 공산당은 노동자들의 지지를 바탕으로 프랑스 사회 내부에 또다른 세력을 형성하는 데 성공하였다. 이 공산주의 사회에는 구성원들의 삶을 전체적으로 지배하는 세계관이 있었고, 물질적인 연대가 존재했다. 게다가 가족들이 거의 모두 공산당원인 경우가 많았다. 또한 지식인 중에서도 공산당을 지지하는 부류가 크게 확산되었다. 싸르트르와 씨몬느 드 보부아르는 대표적으로 공산당원이 아니면서 공산당을 지지한 지식인들이다.

일단 공산당원이 되면 노동자의 생활은 공산주의 세계라고 부를 수 있는 공간 속에서 충족된다. 공산당원은 당의 하부조직인 세포(cellule)의 일원이 되고 대부분 세포의 다른 공산당원이나 그 친척과 결혼을 한다. 아이를 낳으면 세포의 당원들이 몰려와서 축하해주고 잔치를 벌인다. 파업을 해서 봉급이 끊어지면 세포에서 생활비가 지급되고 병이 나면 세포에서 의사를 대준다. 부모상을 당하면 세포에서 장례를 치를 수 있게 지원해준다. 게다가 공산당원은 공산당에서 발행하는 『인류신문』(L'Humanité)을 읽고 함께 그 신문과 같이 생각한다.

사회당에도 이런 전통이 있기는 하지만 공산당처럼 치밀하게 당원의 모든 생활을 지배하지는 않는다. 그리고 사회당 지부에는 노동자뿐 아니라 사무원이나 교사와 같이 다양한 직업의 사람들이 소속돼 있다. 공산당 세포에서 느낄 수 있는 동질감과는 거리가 멀다.

프랑스 노동세력의 성장은 바로 이러한 일상생활 영역의 결합을 통해 가능했던 것이지 어떤 특정 이데올로기나 정치적 활동의 결과가 아니었다. 이데올로기나 정치적 의미는 이들이 일단 끈끈한 정으로 결집한 이후에 도입된 깃발에 불과하다. 프랑스 노동자들은 맑스의 '프롤레타리아 혁명'을 외쳤지만 그들을 움직였던 원동력은 맑시즘의 이데올로기라기보다는 자신들을 탄압하는 자본가와 경찰들에 대한 증오였다.


## 파업과 시위, 신성한 권리

지금까지 살펴본 프랑스 노동운동의 성장에는 여러가지 특징이 있다. 우선 프랑스는 다른 유럽 국가들과는 달리 통일된 노동운동을 형성하지 못했다. 초기에는 혁명적 노동조합주의와 정치적 사회주의 사이의 분열이 있었고 그 뒤에는 공산주의와 사회주의 간의 분열이 있었다. 지금까지도 정치권에는 공산당과 사회당이 분열되어 있는 상황이며, 노동조합 차원에서도 전국노동연맹(CGT)과 개량주의 노선의 FO, 기독교 민주주의 계열의 CFDT 등으로 힘이 분산되어 있다. 이러한 현실은 영국이나 독일과 비교해보았을 때 노동세력이 전략적인 약세를 만회하기 어려운 구조를 보여준다.

세력의 분열뿐만 아니라 프랑스 노동운동은 수적인 열세에 시달리고 있다. 프랑스 노동자 중에서 노동조합이나 좌파정당에 가입하고 있는 사람은 극소수에 불과하다. 프랑스는 역사적으로 유럽에서 가장 낮은 노동조합 가입률을 보이고 있는 나라이다. 공산당이 1930～40년대 상당히 많은 당원을 보유하고 있었지만 영국의 노동당이나 독일의 사회민주당의 당원수에 비교하면 여전히 낮은 수준이었다. 따라서 프랑스 노동운동은 조직적으로 동원할 수 있는 조합원이나 당원의 수가 소수에 불과하다.

프랑스 노동운동은 이론적인 차원에서도 열세를 만회하지 못하고 있다. 1914년 이전 프랑스에는 맑시즘이 뿌리를 내렸다고 보기 어려운 상황이며, 그 이후에도 맑스의 '과학적 사회주의'가 전파되었다기보다는 프랑스 공산당을 통해 레닌주의와 스딸린주의가 전파되었다고 보는 것이 정확하다. 물론 프랑스에도 앙리 르페브르(Henri Lefebvre), 조르주 뽈리체르(Georges Politzer)와 같은 훌륭한 맑시스트들이 있었지만 그람시나 루카치와 같은 이론가는 없었으며, 오스트리아 고유의 오스트로 맑시즘이 있었듯이 프랑스만의 프랑코 맑시즘은 존재하지 않았다. 그후에는 루이 알뛰쎄르(Louis Althusser)나 뽈란차스(Poulantzas)가 뛰어난 이론가로 등장하였으나 이들은 노동운동 차원의 이론을 제기했다기보다는 학술적 차원에서 이론을 제기해 논의의 대상이 되었다.

마지막으로 프랑스는 맑시즘에 기초한 사회주의 운동보다는 고유의 혁명전통의 사회주의 운동이 이미 19세기에 뿌리를 내리고 있었다. 따라서 프랑스에서 맑스가 주장했던 프롤레타리아 혁명은 단지 구호에 불과했을 뿐이다. 오히려 프랑스 사회주의의 최종적 목표는 1789년의 대혁명을 완수하는 것이었고, 대혁명의 완수는 민중을 위한 사회적 공화국을 수립하는 것이었다.

이러한 한계와 특징에도 불구하고 지금까지 프랑스의 노동세력이 상당한 영향력을 발휘하는 것은 200여년 가까이 노동자들이 투쟁해온 결과이고, 사회주의와 공산주의 정치세력들을 지지해온 결과이다. 프랑스 노동자들은 인간적인 삶을 영위하기 위해 노동시간 단축과 유급휴가 쟁취투쟁을 꾸준히 전개하였다. 그 결과 1936년에 처음 사회당 레옹 블룸의 좌파 '인민전선' 정권이 수립되면서 2주간의 유급휴가와 주당 44시간이라는 노동시간 단축을 얻어냈다.

당시 2주간의 유급휴가라는 것은 엄청난 사회적 변화를 불러왔다. 많은 프랑스인들은 바깡스라는 전혀 새로운 개념을 접하게 되었고 일하지 않고도 유급으로 휴식을 취할 수 있게 되었다. 그리고 이러한 바깡스가 인간으로서 가져야 하는 권리임을 깨닫게 되었다. 그때 대부분의 프랑스 노동자들은 생전 처음 바다를 보게 되었고, 처음으로 알프스나 삐레네 산맥을 구경하게 되었다. 광산의 암흑과 제철소의 열기에서 벗어나 땀에 젖은 육체를 쉬게 하고 자연을 마음껏 즐길 수 있는 시간을 얻은 것이다.

적어도 노동자들에게 1936년의 '인민전선'은 새로운 삶의 길이 열리는 전환점이었고 지금까지도 생생한 공동기억으로 남아 있다. 그리고 그 이후 좌파정권이 들어설 때마다 노동시간은 단축되었고 유급휴가는 계속 늘어나 현재는 5주간의 유급휴가와 주당 35시간이라는 노동시간 단축을 확보했다. 자본주의적 시각에서 보면 일을 적게 하고 놀려고만 하는 게으른 노동자들의 억지이고, 제3세계의 눈에는 풍족한 선진국의 사치로 비춰질 수 있다. 그러나 프랑스 노동자의 입장에서 보면 이는 오랜 시간 피흘려 얻어낸 투쟁의 결과이고 인간적인 삶을 영위하기 위한 최소한의 권리에 해당한다.

프랑스 노동세력이 오랜 역사를 통해 구축한 정통성과 명분은 프랑스 헌법에도 명시되어 있다. 프랑스는 '민주적인 공화국'임과 동시에

'사회적 공화국'이라는 점이다. 프랑스에서 파업과 시위의 권리는 신성한 것이다. 그 때문에 국민들은 파업으로 고통을 겪을 때에도 파업권 자체에 문제를 제기하지 않는다. 자신이 속해 있는 집단이 파업을 단행할 때 남들이 이해해주기를 바라는 마음이 있기 때문이다.

프랑스가 사회적 공화국이라는 것은 파업이 발생했을 때 언론들의 보도자세를 보면 너무나 확연하게 드러난다. 한국에서 특정 산업에서 파업이 벌어지면 신문이나 방송은 파업으로 인한 생산차질로 얼마만큼의 손해가 발생하는가를 보도하는 데 열중이다. 그리고 '수출전선 비상' '경제성장의 암초' '경쟁 일본기업 급부상' 등 한결같이 파업의 부정적 결과만을 지적하는 데 여념이 없다.

프랑스에서 파업에 대한 보도는 부정적 결과보다는 그 파업이 일어날 수밖에 없었던 원인과 과정을 집중 보도한다. 아직 발생하지도 않은 부정적 결과에 대해 손익계산을 하는 것은 언론의 역할에서 벗어난 편파적 인식의 표현이라는 것이다. 그보다는 왜 노동자들이 파업이라는 극단적인 투쟁수단을 선택할 수밖에 없었는가에 대한 보도가 다수를 이루고 있다. 심지어는 영국이나 미국의 언론들조차 프랑스인들이 파업에 대해 가지고 있는 관대함을 놀랍게 보고 있다. 다른 국가라면 즉각 경찰을 투입하여 강제로라도 파업을 중단시키는 상황에서 프랑스 정부는 여론의 향배에 촉각을 세우고 주저하는 모습을 보인다. 그 이유는 무엇일까.

위에서 지적했듯이 프랑스 노동계는 소수의 분열된 집단들이 경쟁하고 있는 형국이다. 조직화된 노동세력은 어찌 보면 상대하기가 쉽다. 노조 지도자와의 협상에만 성공하면 파업이 풀리고 바로 일상으로 돌아올 수 있다. 그러나 프랑스에서는 노조 지도자와의 협상에 성공하더라도 노조에 가입하지 않은 파업 노동자들이 협상조건을 따르며 파업을 중단하리라는 보장이 없다.

정부에서 섣불리 경찰을 투입했다가는 여론의 집중공격을 받기 십상이고 게다가 폭발적인 연대시위와 파업을 유발할 가능성도 높다. 프랑스는 혁명의 나라라는 점을 상기하라. 혁명이란 잘 조직된 지휘조직이 연출하는 교향곡이 아니다. 혁명은 화산과 같이 알 수 없는 시간에 알 수 없는 규모로 폭발하는 속성을 가지고 있다. 아무리 작은 규모의 파업이라도 불만이 누적된 사회적 분위기와 정권에 비판적인 여론이 결합하면 화산을 폭발시키는 불꽃이 될 수 있다.

사회적 공화국은 노동세력을 두려워할 줄 아는 국가이고, 두렵기 때문에 존중하는 국가라고도 할 수 있다. 국가와 자본은 노동세력의 정열이 결집되어 폭발하는 것을 두려워한 나머지 이성적으로 이를 해결하기 위한 사회정책을 펴고 있다. 사회정책은 노동자들의 정열을 감싸고 다듬어줌으로써 불만을 완화시키려 하는 것이다.


## 노동자의 감소

프랑스 노동자의 수는 제2차 산업혁명이 진행된 전후 시기에 제일 높은 수치를 기록하고는 그 이후 제3차 산업혁명의 정보화와 서비스 산업의 발전으로 그 비중이 절대적·상대적 양면에서 모두 줄어들고 있다. 이런 여파로 프랑스 노동세력이 사회에서 가지는 영향력도 과거에 비하면 상당히 줄어들었다고 할 수 있다.

프랑스에서 노동자의 비중이 가장 높았던 시기는 1965~75년 동안이다. 당시 전체 노동인구에서 2차산업에 종사하는 인구는 38~39% 수준이었고, 절대수를 보면 1975년에 870만명으로 최고치를 기록한

174

다. 그러나 1970년대 제1차 석유파동을 계기로 경제가 침체기에 접어들면서 노동자의 수는 급격하게 감소하였다. 1995년 현재 제2차 산업 종사자의 비중은 25%이며 노동자의 수는 650만으로 줄어들었다. 이러한 노동자의 감소는 사실 농민의 감소보다 훨씬 대규모로 이뤄졌다고 하겠다.

노동자의 비중이 줄어들면서 1950~60년대 전성기를 맞았던 프랑스 공산당도 1970년대부터는 쇠퇴기에 접어들었다. 반면 제3차산업 종사자 인구의 비중은 1965년 42%에서 1995년 70%로 대폭 증가하였다. 30여년에 걸쳐 진행된 이러한 변화는 프랑스 사회가 구조적으로 탈바꿈하였음을 나타내주는 것이다. 노동자가 다수를 이루는 사회에서 다양한 서비스 종사자가 다수를 형성하는 사회로 바뀐 것이다.

노동자 수의 감소는 경기침체에도 그 원인이 있지만 근본적으로 공업부문의 기계화와 정보화에 따른 생산성의 향상, 일본·한국·대만을 비롯한 동아시아 국가들의 부상으로 인한 철강·조선·전자 등 일부 산업의 사양화 등 구조적 변화의 결과이다. 문제는 이러한 변화가 생산현장에서 아주 구체적인 모습을 띠고 나타난다는 점이다. 많은 기업들은 1970년대 경기가 악화되면서부터 노동자를 더이상 채용하지 않았으며 오히려 기존의 노동자들을 조기퇴직이나 해고 등의 형태로 공장에서 몰아내었다. 그러다가 1980년대 말부터는 부분적으로 새로운 인력을 고용하였다. 이들은 주로 파견제라는 열악한 조건으로 채용된 노동자들로서 평균연령 40세가 넘는 기존 노동자들에 비해 훨씬 젊은 노동자들이었다. 다시 말하자면 프랑스 공장에는 경기침체기에 살아남은 늙은 노동자들과 오랜 공백기 뒤에 새롭게 채용된 젊은 노동자들이 중간 세대 없이 공존하게 되었다.

공장측에서는 젊은 세대를 기준으로 삼아 생산리듬을 강화한다. 파견제 임시직으로 근무하는 젊은 노동자들은 계약기간이 끝난 다음에 정식으로 채용되기 위하여 최선을 다해서 생산활동에 적극적으로 몰두하는데 늙은 세대의 노동자들은 이러한 리듬을 도무지 따라가기 어려운 형편이다. 구세대 노동자들은 늙어가는 것만으로도 서러운데 평생 몸담아온 생산현장에서 자신의 무능력함을 확인하면서 삶의 고통을 되새기게 된다. (Pierre Bourdieu, *La misère du monde*, Paris: Seuil, 1993 참조)

물론 노동자들의 평균수명이 크게 신장되면서 퇴직 이후에 좀더 오랜 기간 동안 일하지 않고도 노후생활을 즐길 수 있게 되었다. 노후 연금제도가 만들어진 전후 해방기에 노동자들은 평균수명이 워낙 낮았기 때문에 연금혜택을 누리는 경우가 아주 드물었다. 그러나 정년 퇴직 연령이 65세에서 60세로 줄어든 반면 노동자의 평균수명은 길어졌기 때문에 평균 10여년의 연금 수혜기간을 누리게 되었다. 게다가 1970년대부터 다양한 정부와 기업의 보조로 오십대에 조기퇴직하게 되는 사례가 많아져 연금 수혜기간은 더욱 늘어났다.

생산성의 제단에 바쳐진 현재 55~75세 사이의 '해방'세대와 '알제리'세대는 그나마 연금제도의 혜택을 누릴 수 있고 상대적으로 편안한 노후를 보낼 수 있다는 위안이 있다. 그러나 이제 노동시장에 동참하게 되는 '고르비'세대와 '인터넷'세대는 앞으로 연금제도의 혜택을 누리리라는 보장이 없다. 프랑스 인구의 노령화 현상으로 이들은 현재의 노인들을 위해서 많은 갹출금을 부담해야 하지만 앞으로 그들이 노인이 되었을 때에는 이러한 갹출금을 부담할 만큼 많은 수의 젊은 세대가 존재하지 않을 것이기 때문이다.

176

## 심각한 실업문제

프랑스는 1990년대 내내 10%가 넘는 실업률과 3백만이 넘는 실업 인구를 안고 살아왔다. 가장 심각한 문제는 장차 이러한 실업률이 획기적으로 낮아질 가능성이 거의 보이지 않는다는 점이다. 이처럼 오랜 기간 동안 높은 실업률이 유지되다보니 장기 실업자들이 크게 증가하고 그들의 비참한 생활이 개선되지 못하고 있다.

한국에서는 사회보장제도를 잘 갖춘 프랑스에서 실업문제는 심각하지 않을 것이라고 예단하는 경향이 있다. 실제로 프랑스의 실업자들은 일단 직장을 잃어도 상당 기간 원래 받던 임금의 반 이상을 받을 수 있다. 생활고에 크게 시달리지 않으면서도 구직을 할 수 있는 여유가 한국보다는 나은 셈이다. 15년 동안 직장생활을 한 남자 가장(家長) 빠트릭의 경우를 보자. 부인의 월급이 8000프랑(한화 약 120만원)이고 빠트릭의 실직 직전 월급은 1만5000프랑(한화 약 225만원)이었다. 이 경우 빠트릭은 2년 6개월 동안 실업연금을 받을 수 있는데 처음 9개월은 6800프랑(한화 약 102만원)을 받고 점차 금액이 줄어 30개월째에는 3200프랑(한화 약 48만원)을 받는다. 빠트릭이 만일 영국 사람이라면 6개월 동안 2000프랑(한화 약 30만원) 정도 받는 것으로 그칠 것이다. 그만큼 새처 수상은 영국의 사회복지 수준을 낮추어놓았다.

게다가 프랑스의 실업자 가운데 여성이 차지하는 비중은 한국보다 훨씬 높아 남성만의 실업률은 상대적으로 낮다. 프랑스에서 전업주부는 아주 부유한 상류층에 국한되는 상황일 뿐 아니라 여러모로 능력이 부족한 사람이라는 인식이 강하기 때문에 직장이 없는 여성이 받는 스트레스는 한국보다 훨씬 강하다. 그 때문에 많은 여성들이 적극적인 구직활동을 벌이므로 통계에 잡히는 공식적인 실업률도 높아진다. 1998년 3월 현재 프랑스 실업자 305만명 가운데 남자가 143만여명이고 여자가 161만여명으로 여성이 조금 더 많은 상황이다.

프랑스 실업률이 크게 걱정할 것이 아님을 시사하는 이러한 점에도 불구하고 프랑스인들이 주관적으로 느끼는 실업의 심각성은 대단하다. 특히 프랑스인이 우려하는 것은 미래사회가 구조적이고 만성적인 대량실업을 상시적으로 동반하는 사회로 정착되는 것이다. 실제로 정보화가 주도하는 제3차 산업혁명 이후 경제성장이 반드시 고용증대로 이어지지 않을 수도 있다는 분석들이 제시되었다. 경제성장이 되더라도 직장을 가진 사람들, 그리고 특히 자본을 보유한 사람들만이 혜택을 입고, 실업자의 수는 오히려 증가할 수도 있다는 설명이다.

프랑스에서 실업문제를 심각하게 하는 요인 중 하나는 바로 장기실업의 문제이다. 한번 직장을 잃은 사람이 다른 직장을 찾기는 매우 어려운 것이 프랑스의 현실이다. 미국과 같이 노동시장이 유연하게 작동하는 경우, 달리 말해서 사람을 해고하기가 상대적으로 수월한 사회에서 실직한 사람은 다른 기업에 쉽게 취직할 수 있다. 그러나 프랑스의 노동시장은 경직되어 있는 편이다. 해고가 어렵도록 각종의 보호장치들이 제도적으로 마련되어 있다. 이런 사회에서의 문제는 일단 한 직장에서 해고되면 그 사람은 대단히 무능력하거나 사회성이 부족한 사람으로 낙인 찍혀 다른 직장을 구하기도 아주 어려워진다는 점이다. 장기 실업자가 늘어날 수밖에 없는 구조이다.

학교를 졸업하고 노동시장에 뛰어든 젊은이들도 장기 실업자군의 상당 부분을 차지한다. 이들은 특별한 기술이나 경력이 없는 노동력들이기 때문에 회사의 입장에서 볼 때 채용하기가 부담스러운 존재들이다. 따라서 졸업한 뒤 1, 2년 내에 직장을 찾지 못하면 장기 실업자군으로 편입되어버린다. 이들은 일한 경력이 없기 때문에 실업수당과 같은 사회보장제도의 혜택도 받지 못한다.

이같은 장기실업의 문제를 극복하기 위해 프랑스 정부는 노동시장의 유연성을 제고하는 정책을 채택하였고 각종 보조금 제도를 신설하였다. 기업에서 집단해고를 할 경우에 정부의 통제권이나 개입권을 대폭 축소하였고 계약제나 파견근무, 인턴제 등을 신설하였다. 이에 덧붙여 기업에서 새로운 인력을 채용할 경우 상당한 세제상의 혜택을 주거나 보조금을 지급해주는 정책을 추진하였다. 이에 따라 프랑스 젊은이들의 실업문제는 어느정도 완화되었으나 동시에 이들의 고용 불안정성은 높아졌다. 1998년 3월 현재 프랑스에서 계약제(CDD), 파견근무, 인턴 등의 형식으로 채용된 사람은 170만명에 달하며, 이는 전체 봉급근로자의 9%에 달한다. 미국이나 영국과 같은 나라와 비교하면 낮은 수치이지만 이전보다는 매우 높은 수준이다.

프랑스는 장기실업의 문제가 고질적인 정치문제로 자리잡게 되자 영미식의 노동시장 유연화정책과 유럽 대륙식의 고용보조금정책으로 대응하였으나 근본적인 해결책은 못되었다. 그리하여 프랑스의 좌파세력들은 획기적인 새로운 해결책을 모색하게 되었다.

그 첫번째 대안이 노동시간 단축을 통한 고용증대이다. 프랑스 사회당 정부는 1997년 새로 집권하면서 노동시간 단축만이 국민의 고통을 분산시키는 유일한 수단이라고 주장하였고 기업가들의 적극적인 협조가 필요하다고 당부하였다. 물론 자본가측에서는 이러한 정책은 오히려 실업문제를 악화시킬 뿐이라고 반대하였다. 자본가측의 반대에도 불구하고 프랑스 정부는 일명 '오브리 법안'을 통과시켜 기존의 주당 39시간의 법정 노동시간을 35시간으로 단축하였다. 그리고 그 구체적인 적용방안은 산업별 또는 기업별로 노사협상을 통해 결정하도록 하였다.

이 과정에서 사회당 정부와 프랑스 기업인들은 심각한 마찰을 빚었다. 역사적으로 사회당은 노동자들의 권익증대를 위해 노력해왔고 기업가들은 우파 정치세력들을 지지해왔다. 게다가 인건비 상승을 초래할 임금삭감 없는 노동시간 단축에 기업들이 찬성할 리가 없었다. 그러자 프랑스 사회당은 기업가들의 협조가 없는 노동시간 단축은 불가능하다고 인식하고 먼저 손을 내밀었다. 그리하여 1999년 1월 13일에는 프랑스기업운동(Mouvement des entreprises de France)의 쎄이예르 대표와 사회당 제1서기 올랑드 대표의 공식만남이 이루어졌다. 놀라운 사실은 프랑스 역사상 사회당과 사용자 단체가 공식적으로 만난 것은 이것이 처음이었다는 점이다. 그 때문에 이들의 만남은 어딘가 부자연스러웠고 서로 신경전을 벌였다. 프랑스기업운동 대표 쎄이예르는 악수를 하면서 "올랑드씨 당신은 별로 미소를 짓지 않는군요"하고 독침을 놓자 사회당 대표 올랑드는 "당신이 내 손을 너무 세게 잡으니 그렇지요"라고 반격하였다. 이 상징적인 만남이 이루어진 뒤 프랑스에서는 산업별·기업별로 본격적인 노사협상이 진행되었다. 이러한 과정에서 노동조합 역할도 상당히 재조정될 수밖에 없었다. 노동조합은 기존 노동자의 임금삭감을 최대한 줄여야 하는 임무와 많은 실업자들을 새로 취업시켜야 하는 임무를 동시에 수행해야 하는 전략적 딜레마에 처하게 되었다.

장기 실업문제에 대한 더욱 획기적인 개혁은 사실 1988년에 공표된 최저소득제도(Revenu minimum d'insertion)이다. 이 제도는 오랫동안 노동시장에서 제외된 사람들이 사회성을 잃어가면서 적응하기가 어려워진다는 우려에서 만들어졌다. 프랑스에 거주하는 25세

이상의 사람이라면 누구나 신청하여 사회활동에 참여하면서 최저소득의 혜택을 받을 수 있다. 혼자 사는 사람의 경우 평균 2400프랑 정도(한화 약 36만원)를 받으며 소득은 가족수에 따라 조정된다. 1996년 말 현재 이 제도의 수혜자는 가족까지 포함하여 190만명, 즉 프랑스 인구의 3%에 달한다. 이들 가운데 14%는 최저소득이 유일한 가계수입이라고 한다.

이는 사회복지제도의 발전과정에서도 상당히 중요한 전환점이라고 할 수 있다. 일하지 않아도, 전혀 일한 경험이 없어도 시민으로서 최소한의 생활을 영위할 수 있는 소득을 국가로부터 얻을 수 있는 권리를 인정한 셈이기 때문이다.


## 고정주소를 알 수 없는 자

3백만명이 넘는 실업자군, 그리고 갈수록 누적되어가는 장기 실업자들의 문제는 프랑스 사회에서 소외의 문제를 발생시켰다. 어느 나라에서나 다양한 이유로 사회로부터 소외되어 사는 사람들이 존재한다. 프랑스 역시 전후 경제성장 기간 동안에 소외계층은 존재했다. 그러나 적어도 1980년대까지는 다양한 정책을 통해 빈곤은 점점 줄어드는 추세였고, 소외계층은 감소하는 경향을 보였다.

1970년 최소임금제도의 확립, 1975년 장애인들에 대한 보조금정책, 1980년 사회보험의 전국화 등을 통해 프랑스에서 빈곤문제는 상당히 해결된 것으로 보였다. 그러나 1980년대 말부터 새로운 빈곤문제가 사회적 관심의 대상이 되면서 위에서 살펴본 최저소득제가 생겨난 것이다. 문제는 최저소득제를 실시하고 나서도 계속 소외계층이 늘어가고 있다는 사실이다. 대부분 이들 신빈곤층은 노인연금의 혜택을 누리는 구세대보다는 젊은 세대이다. 대부분 편부모 가정이 거나 자녀수가 많은 가정들이 이에 해당한다. 연령층으로 본다면 직장을 구하지 못한 이십대와 본인은 물론 자녀 양육의 책임을 동시에 갖는 사십대에 집중되어 있다. 이들이 소외계층으로 전락하는 길은 거의 비슷하다. 우선 직장에서 쫓겨나거나 직장을 전혀 구하지 못하고, 그 다음에는 직업훈련과 같은 혜택에서도 제외된다. 그리고 소득이 없는 상황이 계속되면서 거리로 내몰리고 결국은 가족들과의 관계에서도 소외당하게 된다. 특히 독신자들과 노동자들은 이러한 과정을 거쳐 극단적인 소외로 치달을 가능성이 높다.

현재 프랑스에서는 이러한 극단적인 소외 수준에 있는 사람들을 50여만명 정도로 추정하고 있다. 영어권에서 홈리스(homeless)라는 용어가 있다면 프랑스어에서는 1990년대 SDF(sans domicile fixe)라는 용어가 생겨나 신빈곤 현상의 심각성을 상기시켜주고 있다. SDF를 직역하자면 '고정주소 불명'이라는 상당히 행정적이고 기술적인 단어임에도 불구하고 일상생활의 용어로 정착하였다. 한국에서 IMF 이후에 대규모로 등장한 '거지' '부랑자' '거리에 내몰린 사람들' 등의 부정확한 용어에 비해 프랑스에서는 일단 이러한 문제를 하나의 사회적 현상으로 규정짓고 '소외' '신빈곤', 그리고 SDF 등 중립적으로 개념화했다고 하겠다.

1995년에 실시한 프랑스 국립인구연구소의 대규모 조사와 분석에 따르면 사회의 구성원이었던 사람이 소외계층으로 전락하는 이유는 두 가지 요인이 복합적으로 작용한 것이라고 한다. 우선 사회경제적인 측면에서 직장을 잃고 장기간 실업자로 생활하면서 더이상 사회보장제도의 혜택을 받지 못한다는 사실이다. 두번째로는 가정문제와

광장에서 천사 복장을 하고 구걸하는 모습.(사진 김태희)

같은 개인적 어려움을 겪고 있는 자들이 고정주소 불명자로 전락한다는 것이다.

게다가 이같은 고정주소 불명자 중의 40% 정도가 외국인이다. 이는 프랑스 인구 중에서 외국인이 차지하는 비중보다 훨씬 많은 수치이다. 외국인들은 경제·사회적인 차원에서도 프랑스인에 비해 높은 실업률을 보이며 차별대우를 받고 있으며, 개인적인 차원에서도 독신자들이거나 프랑스 사회에 제대로 적응하지 못해 가족이 해체되고 분산되는 경우가 많다.

물론 외국인 중에는 1990년대 동구에서 이민온 사람들이 상당수를 차지하고 있다. 특히 루마니아나 불가리아와 같은 극빈국이나 유고에서 전쟁을 피해 프랑스로 무작정 이주해온 사람들의 경우 기존의 고정주소 불명자들과는 달리 구걸에 적극적이다. 빠리 지하철을 타면 2, 30대의 여인들이 어린아이들을 품에 안거나 손잡고 나타나 "제 남편은 전쟁에서 목숨을 잃고 저는 아이들과 프랑스로 오게 되었습니다. 아이들이 허기와 추위에 떨고 있으니 한푼이라도 도움을 주시기 바랍니다"와 같은 공개적 구걸을 하는 모습을 쉽게 발견할 수 있다. 이들의 프랑스어 발음은 배운 지 얼마 안된 느낌을 주는데 문장 구조나 표현방식은 대단히 정확하고 '구걸 연설'의·내용은 거의 한 단어도 틀리지 않는다. 요즘의 빠리 지하철에서는 이러한 똑같은 '연설'을 하루에도 몇십번씩 들을 수 있다.

동구 난민 연설과 대조되는 것이 프랑스인의 구걸 연설이다. "저는 감옥에서 나온 지 얼마 되지 않았습니다. 아직 일을 찾지 못했기에 먹을 것도, 잠잘 곳도 없습니다. 10프랑이나 레스또랑 티켓이 있으면 도와주십시오……" 이들은 자신이 구걸할 수밖에 없는 불가피한 현실을 설명하면서 일종의 협박적인 어조로 사회를 비난하곤 한다. 고정주소 불명자 중에도 이처럼 외국인과 프랑스인 간에 차이가 있다.

내가 1980년대 처음 빠리를 방문했을 때 이러한 고정주소 불명자(당시에는 단순히 거지라고 불렀다)들은 찾아보기 어려웠다. 가끔씩 심한 악취를 풍기면서 술에 취해 거리에 드러누워 있는 사람들은 눈에 띄었지만 그들이 사회문제가 될 정도로 많지는 않았다. 게다가 당시의 거지는 일종의 낭만적인 풍경에 가까웠다. 나는 몇년 동안 빠리에서 젊은이들 사이에 유명한 무프따르(Mouffetard)라고 하는 먹자골목 근처에 살았는데 그 동네에도 몇명의 거지들이 살고 있었다. 이들은 식당에서 남은 음식을 풍족하게 먹을 수 있었고 가끔 구걸하여 얻은 돈으로 까페에서 커피를 시켜 마시곤 했다. 그리고 따뜻한 봄날에는 작은 광장에 둘러앉아 서로 머리와 수염을 깎아주기도 하였고,

동네사람들과 정치에 대해 열띤 토론을 벌이기도 했다.

그러나 1990년대의 고정주소 불명자들은 시장이 모든 문제를 해결해줄 것이라고 믿는 신자유주의 열풍 속에서 폭발적으로 증가하였다. 과거의 거지들이 누리던 낭만적인 모습은 사라지고 이제는 프랑스 사회의 썩어가는 상처 부위처럼 악취를 풍기며 널브러져 있다. 한편으로는 고액의 연봉을 받으며 최고 수준의 생활을 하는 골든 보이들도 늘어났지만, 다른 한편으로는 일용할 하루의 양식도 해결하지 못하는 소외계층 역시 크게 증가한 것이다.

소외문제는 1990년대부터 점차적으로 사회적 관심의 대상으로 부상하였다. 우선 대도시의 경우 거리에서 신음하는 사람들의 수가 눈에 띄게 불어났기 때문에 일반시민들은 이러한 현실을 모른 체할 수가 없었다. 더구나 자신도 실업의 위협에 시달리면서 언제 고정주소 불명자로 전락할지 모르는 상황은 이들에 대한 동정심을 부추겼다.

프랑스 언론 역시 소외된 자들의 소외를 더욱 강화하는 사회의 태도를 비판적으로 다루곤 했다. 예를 들면 고정주소 불명자들은 지하철이나 공공시설의 실내에서 차가운 겨울밤을 지새우는데 정부는 위생이나 치안을 이유로 이들을 강제로 수용시설에 데리고 간다. 그곳에 일단 도착하면 따뜻한 잠자리와 먹거리는 얻을 수 있지만 그 전에 입고 있던 옷을 모두 벗고 샤워장을 거쳐야 한다. 거리의 때를 벗고 다시 사회의 문으로 들어가는 절차인 셈인데 당사자들은 심한 모욕감과 수치심을 느끼게 된다는 것이다. 수용시설은 이들에게 기본적인 숙식을 제공하지만 대부분의 고정주소 불명자들은 며칠 동안 거기서 지내다가 다시 거리로 되돌아온다. 수용시설에는 자유가 없기 때문이다.

한번은 텔레비전에서 고정주소 불명자들에 대한 사회의 대응방식을 문제삼으면서 어떤 영화관에서 일어난 작은 사건을 취재 보도한 적이 있다. 더러운 옷과 모자를 걸치고 오랫동안 깎지 못한 수염으로 눈과 코만 간신히 보이는 사람이 영화표를 사려고 다른 사람들 사이에 줄을 서 있었다. 한 손에는 집없는 사람들이 늘 그렇듯이 몇벌의 옷과 술병, 그리고 먹을 것들을 담은 비닐봉지를 들고 있었다. 다른 손에는 구걸해서 얻은 동전을 움켜쥐고 표를 사려고 하였다. 그런데 자신의 차례가 되어 매표소 직원 앞에 서자 매표원은 난감한 표정으로 검표원에게 눈짓을 보냈고, 검표원은 초라한 몰골의 손님에게 다가와 이런 복장으로는 영화관에 들어갈 수 없다고 설명하였다. 영화가 보고 싶었던 고정주소 불명자는 그 자리에서 돌아서 다시 거리를 향해 천천히 사라졌다.

한국에서는 이런 일이 하나의 사건으로 취재되기는 어려울 것이다. 악취를 풍기기 때문에 주변사람들에게 피해줄 수 있는 손님을 거절하는 것은 너무나 사소한 일이기 때문이다. 그러나 프랑스 사회에서 돈을 내고 영화를 볼 수 있다는 것은 모든 시민이 가지고 있는 당연한 권리일 것이다. 그런데 그 대상이 냄새나고 더러운 사람이라고 해서 거절한 영화관측의 태도가 비정하고 반민주적이므로 비난받는 것이다.

넘쳐나는 실업자들과 거리를 방황하는 고정주소 불명자들은 1970년대부터 수십년간 지속되어온 경제침체의 피해자들이고 현재 진행 중인 제3의 산업혁명으로 획기적인 경제성장을 가져오더라도 다시 사회로 복귀하기는 매우 어려운 소외자들이다. 정부는 이런 문제의 심각성을 인식하고 있지만 그에 걸맞은 정책을 수립했다고 보기는 힘들다. 공동체 정신보다는 개인의 능력을, 사회적 조화보다는 경제적 효율성을 추구하는 시대의 흐름을 막기는 어렵기 때문이다.

프랑스에서 일의 영역을 지배하는 원칙은 바로 메리또크라씨, 즉 능력위주 사회의 원칙이다. 일의 영역에서 교육이 불가분의 관계로 분석될 수밖에 없는 이유가 여기에 있다. 프랑스에서는 평등한 무료 교육제도에서의 경쟁을 통해 사회 엘리뜨를 선발한다. 이러한 경쟁 과정에서 뛰어난 능력을 보여준 사람들은 많은 특혜를 누리면서 사회를 주도하는 역할을 담당한다. 그리고 대다수의 국민들은 이들의 특권이나 주도권을 인정한다. 프랑스인이 일의 영역에서 이처럼 불평등한 구조를 인정하는 이유는 엘리뜨를 선별해내는 교육과정의 공정성에 대해 믿음을 가지고 있기 때문이다. 또 궁극적으로는 자신이 아니더라도 자기 자식들이 메리또크라씨를 통해 신분상승할 수 있는 기회가 열려 있기 때문이다. 게다가 엘리뜨 계층에 속하지 않는 프랑스인들은 사회운동이나 정당활동을 통해 엘리뜨들을 견제하고 또 이들에 저항할 수 있다는 점도 하나의 이유이다.

　그러나 메리또크라씨의 한계는 그것이 일을 가지고 있는 사람들에게만 적용된다는 것이다. 자신의 직업이 농부나 노동자, 또는 하급 사무원이라고 할지라도 프랑스 사회에서는 자식들이 고관직이나 최고의 경영진으로 진출할 가능성이 비교적 넓게 열려 있다. 그러나 실업자들이나 고정주소 불명자들처럼 메리또크라씨라고 하는 일의 영역 자체에서 제외된 사람들은 그야말로 21세기를 맞는 프랑스 사회의 암울한 존재가 되고 있다.

제 4 장

믿음

종교는 유전자의 일부분　한국인은 체면, 프랑스인은 양심　프랑스 지식인의 사명감　인류애를 실천하는 프랑스인
자살로써 양심을 보여준 정치인

한국 사회에서 종교란 많은 경우 개인의 선택문제로 귀결된다. 인간 자체가 신의 경지에 오를 수 있다고 주장하는 불교의 교리가 마음에 들어 불교를 믿는 사람이 있는가 하면, 조용하고 엄숙한 분위기가 좋다고 성당에 나가는 사람이 있다. 또는 활발한 역동성에 끌려 기독교를 선택하는 사람도 있다. 한국의 토속적인 것이 좋아 천도교를 택하는 사람과 이국적 분위기에 심취하여 회교를 믿는 사람들도 있다. 정말 한국처럼 다양한 종교가 평화롭게 공존하는 나라도 세계적으로 드물 것이다.

# 종교는 유전자의 일부분

프랑스에서 종교는 카톨릭교를 의미한다. 프랑스 인구의 90% 이상이 카톨릭 신도이거나 카톨릭 전통 속에서 살아간다. 어떤 사람에게 매우 종교적이라고 말하는 것은 그 사람이 아주 독실한 카톨릭 신도임을 의미한다. 프랑스에서는 '종교＝카톨릭교'라는 등식이 성립할 만큼 카톨릭교가 지배적이다. 그래서 프랑스인을 만나 "당신의 종교는 무엇입니까"라고 묻는 것은 바보 같은 질문이다.

카톨릭을 제외한 기타 종교는 회교와 프로테스탄트 신교, 그리고 유태교가 있다. 여기서 회교와 유태교는 단순히 선택된 신앙을 넘어 인종의 지표도 된다. 회교를 믿는 사람들은 대부분 과거 프랑스 식민지인 북부와 서부 아프리카에서 이민온 사람들이다. 프랑스 같은 이민사회에서 회교는 카톨릭 다음으로 중요한 종교라고 할 수 있다. 알제리·모로코·튀니지·세네갈 등지에서 프랑스로 이민온 이들은 귀화하여 프랑스 국적을 가진 경우도 있고, 본래의 국적을 유지하는 경우도 있지만 종교는 여전히 회교이다.

유태교 신자는 대부분 유태인들인데, 이 종교는 매우 인종차별적인 종교이다. 회교도들과는 달리 유태교도들은 대부분 프랑스 국적을 가지고 있다. 그만큼 프랑스에서 정착한 역사가 매우 길다는 의미이다. 유태교도들은 씨나고그(Synagogue)라고 불리는 성전에 일요일이 아닌 토요일에 모여 예배를 드리며, 까셰르(cachère)라고 불리는 특별한 음식을 먹는다.

카톨릭을 제외한 주요 종교 중에서 회교와 유태교가 이처럼 인종적 특성을 띠고 있는 상황에서 종교를 묻는다는 것은 "당신은 어떤 인종이오"라고 직설적으로 질문하는 거나 다름없다. 그래서 아주 절친한 사이가 아니고서는 종교를 묻지 않는 것이 예의이다. 그것은 한국에서 고향을 묻는 것만큼이나 자연스러우면서도 껄끄러운 질문이기 때문이다. 한국에서도 사투리 사용하는 것을 들어보면 대충 어느 지방 사람인지 구분할 수 있다. 그러나 표준말을 사용하는데도 "당신의 고향은 어딥니까"라고 묻는다면 어쩐지 상대방을 너무 빨리 파악하려는 무례함으로 비칠 수도 있다. 마찬가지로 프랑스에서도 말의 억양이나 외모를 보고 회교도인지 유태인인지 대략 구분할 수 있는데 굳이 종교를 묻는 것은 자칫 너무 성급히 상대의 영역을 침범하려는 의도로 비춰질 수 있다.

'인종적'으로는 프랑스인임에도 불구하고 카톨릭 신도가 아닌 경우는 프로테스탄트 신교도이다. 앞에서 지적했듯이 많은 프랑스 프로테스탄트들은 종교전쟁의 소용돌이 속에서 유럽의 다른 나라로 이주하였다. 그 때문에 현재 프랑스에 남아 있는 프로테스탄트는 아주 극소수에 불과하다. 재미있는 현상은 어느 나라에서나 소수 종교를 믿는 사람들은 진보진영에 속하는 경향이 강하다는 점이다.

미국과 프랑스 사회를 비교해보면 이러한 현상이 극명하게 드러난다. 미국 사회에서 프로테스탄트는 지배적인 엘리뜨 집단의 상징이다. WASP(White-Anglo-Saxon-Protestant)라는 표현에서 나타나듯이 미국에서는 영국계의 프로테스탄트 백인이 대표적인 지배집단이다. 이런 사회에서 카톨릭은 아일랜드나 이딸리아계의 소수집단을 지칭하고 있으며, 프로테스탄트보다 카톨릭이 정치적으로 진보성향을 띠는 것으로 분석되고 있다.(물론 사회·문화적으로는 카톨릭이 프로테스탄트보다 보수적일 수도 있다.) 반면 프랑스 사회에서는 카톨릭이 보수적인 지배집단을 형성하고 있으며 프로테스탄트는 진보적인 집단의 역할을 담당하고 있다. 마치 한국에서 30여년을 집권해온 영남 정치인보다 권력에서 소외되었던 호남 정치인이 상대적으로 진보적인 세력을 대표하듯이 말이다.

현재 프랑스 총리인 리오넬 조스뺑은 대표적인 프로테스탄트 출신의 진보적 정치인이며, 또 오랜 기간 프랑스 사회당 내에서 미떼랑 대통령의 라이벌이었던 미셸 로까르 전총리 역시 프로테스탄트이다. 조스뺑과 로까르는 어린 시절부터 보이스카웃에서 함께 어울리던 친구 사이이다. 소수 종교나 소수집단 출신들이 상대적으로 진보진영에 많다는 사실은 유태교에서도 나타난다. 삼십대 중반에 최연소 총리로 등장한 사회당의 로랑 파비우스 전총리는 대표적인 유태인 정치가이며, 또 최초의 사회당 출신 총리인 레옹 블룸 역시 유태인 정치가였다.

이와같이 프랑스에서 종교란 개인이 선택하는 것이 아니고 생득되는 '유전자'의 일부분이다. 대부분의 프랑스인들은 카톨릭으로 태어나고 또 자신은 카톨릭이라고 생각하면서 평생을 산다. 마찬가지로 회교도, 유태교도, 프로테스탄트 신교도 모두 각각의 전통 속에서 태어나 각각의 집단에 속해서 살아간다. 카톨릭 집안에서 태어나 회교나 유태교로 개종한다는 것은 한국에서 성(姓)을 바꾸는 것만큼이나 상상하기 어렵고 드문 일이다. 아울러 프로테스탄트로 개종하는 것역시 매우 희귀한 일이다. 왜냐하면 프랑스에서 개종은 자신의 정체성을 부정하면서 새로 태어나는 것을 의미하기 때문이다.

다시 프랑스인의 대다수를 차지하는 카톨릭으로 화제를 바꿔보자. 프랑스인들은 거의 대부분 자신이 카톨릭이라고 생각한다. 그러나 이는 자신이 회교나 유태교 또는 프로테스탄트 전통에 속하지 않는다는 것을 의미할 뿐이다. 종교와 관련하여 프랑스인에게 의미있는

기준은 '신자(croyant)인가 아닌가', 그리고 '실천자(pratiquant)인가
아닌가'에 있다.

한가지 흥미로운 사실은 카톨릭이나 프로테스탄트 같은 '유전자
적' 명함과는 별개로 신의 존재에 대해 의문을 가지고 있는 사람들이
존재한다는 점이다. 아그노스띠끄(agnostique)라고 불리는 이같은
회의론자들은 신이 존재하는지 존재하지 않는지 자신으로서는 알 수
없다고 생각하는 사람들이다. 프랑수아 미떼랑 전대통령이 대표적인
아그노스띠끄였다.

카톨릭이나 유태교, 또는 프로테스탄트 전통에 속해 있으면서도 신
의 존재를 강력하게 부정하는 무신론자(athé)들도 상당수 있다. 이들
에게 신이란 인간이 존재의 두려움과 공포를 극복하기 위해 만들어
낸 정신적 환상에 불과하다. 이들에게 중요한 것은 전지전능하다는
신의 환상이 아니라 인간의 이성과 이성에 바탕을 둔 진리이다. 프랑
스의 무신론은 이미 계몽주의 사상에서 시작되어 오랜 전통을 가지
고 있으며 무신론 자체가 하나의 교리체계처럼 이론을 갖추고 있다.

한국과 비교해보았을 때 프랑스인들은 거의 종교생활을 하지 않는
다고 해도 과언이 아니다. 프랑스에도 한국의 교회처럼 수없이 많은
성당들이 있다. 대도시는 물론 아무리 작은 시골 마을에 가더라도 마
을 중심에는 성당이 자리잡고 있다. 성당은 '면사무소' 같은 행정조
직이 들어서기 이전부터 마을 공동체의 중심역할을 담당해왔다. 프
랑스의 호적(état civil)을 관리한 곳은 국가기관이 아니라 카톨릭 교
회였다. 종교전쟁 당시 매주 미사 때 신부는 호적을 토대로 출석을
불렀고 여러 차례 미사에 불참하는 사람은 프로테스탄트적 성향이
있는 사람으로 분류되었다.

그러나 프랑스 사회는 대혁명 이후 지속적으로 세속화 과정을 거치

면서 이제 성당을 정기적으로 찾는 사람이 매우 드물어졌다. 많은 한국사람들은 일요일이 되면 교회에 가거나 성당에 가는 일이 일상화되어 있지만, 정작 기독교의 종주국이나 다름없는 프랑스에서 매주 성당이나 교회를 찾는 사람은 이제 찾아보기 어렵다. 나는 프랑스에서 10여년간 사는 동안 굉장히 많은 사람들을 만났지만 매주 성당이나 교회에 가는 사람을 딱 두 사람 만났다. 둘 다 대학교 동창인데, 한명은 남부 프랑스 니스 출신의 독실한 카톨릭 실천자였고, 다른 한명은 역시 프랑스 동부 출신의 독실한 프로테스탄트 실천자였다. 내 주위에는 다양한 종교의 신자나 회의론자, 그리고 무신론자들이 대부분이었는데, 이는 프랑스 사회 전체의 분위기를 반영하는 것이라고 생각한다.

## 한국인은 체면, 프랑스인은 양심

나는 한국과 프랑스 사회를 비교 관찰하면서 체면과 양심이 양국의 사회를 통제하는 메커니즘으로 자리잡고 있음을 발견할 수 있었다. 프랑스인이라고 해서 체면을 따지지 않는 것도 아니고, 한국인이라고 해서 양심이 없는 것은 아니다. 하지만 상대적으로 한국인들은 체면에 민감하고 프랑스인들은 양심에 의해 제어된다.

체면에 의해 유지되는 사회는 남의 눈이 개개인의 행동을 제약하는 압력으로 작용한다. 냉수 마시고도 이빨 쑤신다는 위선에 찬 양반처럼 실제의 모습보다는 남의 눈에 비치는 모습이 더욱 중요하다. '품위 유지비'라는 말이 있듯이 품위란 실체에서 풍겨나오는 광채가 아니라 겉모습을 갈고 닦아야 나타나고 유지되는 인공적인 산물이다.

체면이 사회적인 통제방법이라면 양심은 개개인을 통해 사회의 질서를 유지시켜나가는 방식이다. 양심이 지배하는 사회에서는 선과 악의 개념이 개인적인 차원에서 매우 강하다. 남의 눈에 어떤 모습으로 비칠까보다는 나의 행동이 과연 선한 것인가에 대해 내부적인 갈등과 고뇌가 심각하고 중요하다. 내가 옳다고 생각하고 선한 것이라고 믿는 행동에 대해서는 다른 사람의 시선을 개의치 않고 밀어붙이는 힘이 있다. 그러나 이것은 용기일 수도 있지만 독선이나 방종이 되기도 쉽다.

체면과 양심이 지배하는 사회 중 어느 쪽이 더 낫다고 단정하기는 어렵다. 어떤 측면에서 보면 체면이 지배하는 사회가 훨씬 도덕적이고 윤리적인 사회일 가능성이 높다. 가령 체면사회에서 사회구성원 모두가 유교적인 충과 효의 개념에 대한 높은 기준을 공유하고 있다고 가정하자. 남의 비난과 소외를 피하기 위해서는 모든 사회구성원이 싫더라도 충과 효를 실행하게 된다. 생존하기 위한 전략이다.

충이나 효 같은 전통적인 가치관이 아니더라도 다른 사람에 대한 배려나 남을 도와주어야 한다는 마음이나 행동, 다른 사람에 대한 관용과 같은 근대적인 가치가 지배적 가치로 자리잡는다면 체면사회는 매우 인본주의적인 방향으로 발전할 가능성이 있다. 이러한 가치에서 벗어나는 사고와 행위는 '체면'이라는 메커니즘을 통해 가차없이 '처벌'될 것이기 때문이다. 사회구성원들은 체면을 지키고 사회적으로 생존하기 위해서 남에게 베풀고 타인을 이해하고 도와주는 선행을 앞장서 실행할 것이다.

그러나 체면사회와 자본주의가 결합되었을 때 최악의 결과를 가져올 수도 있다. 부(富)가 체면의 척도가 되고 빈자는 체면을 지키기 어려운 상황에서 대다수의 사회구성원은 체면의 필요조건이랄 수 있는 부의 축적을 위해 수단과 방법을 가리지 않는다. 또다른 생존전략이다. 체면사회에서 지배적인 가치를 실천하지 못한다는 것은 엄청난 소외감을 초래하기 때문이다. 충과 효, 이타심이나 관용 같은 가치들은 사회구성원 모두가 나름대로 실천할 수 있는 데 비해 부의 축적은 소수만이 누릴 수 있는 특권이다.

반면 프랑스처럼 양심이 지배하는 사회에서는 서로 다른 종류의 양심을 가진 집단이 여럿 존재할 경우 이들간의 갈등과 마찰은 서로 타협하기 어려운 투쟁으로 발전할 가능성이 높다. 양심이란 남의 눈치를 보면서 가치를 조정하는 상대적인 개념이 아니고 뚜렷하게 선과 악이 존재하는 절대적 개념이기 때문이다. 동양 사회에서는 서유럽과 달리 종교전쟁이 잦지 않았다. 아니 종교전쟁이 거의 없었다고 해야겠다. 민속신앙에서 시작하여 불교·유교·기독교·천도교·회교 등 많은 종교가 자생적으로 생겨나거나 수입되어 공존하지만 동양에서는 종교전쟁이 없었다.

사실 프랑스의 역사는 종교로 인한 전쟁의 피비린내로 가득 차 있다. 중세에는 성지 예루살렘을 되찾기 위한 십자군 원정으로 많은 사람들이 목숨을 잃었고, 종교개혁 이후에는 구교와 신교 간의 잔혹한 내전이 역시 수많은 생명을 앗아갔다. 종교전쟁이란 말 그대로 하나의 믿음과 또다른 믿음이 서로 목숨을 걸고 충돌하는 것이다. 프랑스 내전에서 패한 신교도들은 네덜란드나 스위스, 독일 같은 신교국가로 이민을 갔다.

신구교간의 내전이 끝나자 이번에는 구교 카톨릭과 계몽주의 사이에 새로운 형태의 종교전쟁이 벌어져 지금까지도 계속되고 있다. 계몽주의는 전지전능한 신의 존재를 부정하면서 인간의 이성에 기초한 사회를 만들려는 의지를 표현한다. 계몽주의로 번역되는 프랑스어의 용어를 직역한다면 '빛의 철학'(philosophie des Lumières)이다. 달리 말해서 종교가 지배하는 세상은 어둠의 세상이고 인간의 이성이 지배해야만 인류의 삶에 빛을 가져올 수 있다는 것이다.

18세기를 화려하게 장식한 계몽주의는 인류의 진보에 대해서 확고한 신념을 가졌다. 인류는 야만적인 상황에서 점차 문명화되어가고 있으며 미래에도 계속 발전과 진보의 길로 전진할 것이라는 신념이다. 이를 위해서는 종교로 대표되는 전통과 권위에 도전하면서 인간의 이성에 기초한 사회를 만들어나가야 한다는 주장이다. '빛의 철학'이 계몽주의로 번역된 이유는 인간이 스스로 생각하고 판단할 수 있는 능력은 교육을 통해 배워야 한다는 주장 때문으로 보인다.

1789년 프랑스대혁명을 시발점으로 프랑스 사회는 전통적인 카톨릭교와 계몽주의 사이의 이데올로기적 투쟁에 휘말리게 되었다. 시대에 따라 투쟁의 쟁점은 많이 바뀌었지만 두 종교가 가지고 있는 기본적인 세계관의 충돌은 아직까지도 프랑스 사회를 양분하는 두 개의 양심체계이다. 프랑스 같은 양심사회에서 다수의 양심체계간의 투쟁은 치열한 양상을 띨 수밖에 없다.

믿음과 신념에 기초한 양심체계는 프랑스처럼 중앙집권적인 전통을 가진 나라에서 정치적으로 표출된다. 카톨릭 세력이 전통과 권위를 대표하는 보수 정치세력으로 결집되는 한편, 계몽주의 세력은 변화와 개혁을 추구하는 진보 정치세력으로 나타난다. 프랑스 정치의 기본구조라고 할 수 있는 좌우익의 대립은 이같은 카톨릭 보수주의와 계몽적 진보주의의 대립을 반영하고 있다. 이들간의 투쟁이 어찌나 치열한지, 프랑스에서는 가족이나 친구들이 모인 장소에서는 정치와 종교에 대해서는 논의하지 말라고 당부할 정도이다.

우리는 서유럽의 정치구조가 계급에 의해서 결정된다고 믿고 있다.

198

그리 틀린 생각은 아니다. 실제로 노동자들은 공산당이나 사회당 같은 좌파정당에 투표하는 성향이 강하고 반대로 자본가들은 보수 우파정당에 투표할 가능성이 높다. 그러나 프랑스 정치에서 계급보다 중요한 변수는 종교이다.

종교적 변수와 정치적 변수 사이의 관계는 종교생활과 투표행태 사이의 순수한 외부적인 관계로 축소되지 않는다. 오히려 이들 사이의 관계는 그것의 좀더 심층적인 차원에 자리잡고 있다고 하겠다. 그것은 (개개인의) 종교나 정치행태 전반을 지탱하는 믿음과 신념, 애정행위나 사회공간에 대한 인식, 규범과 가치체계의 차원에서 이해해야 한다. (Guy Michelat et Michel Simon, *Classe, religion et comportement politique*, Paris: PFNSP 1977, 461면)

이처럼 양심사회에서 종교의 역할은 체면사회와는 전혀 다른 양상을 띠게 된다. 체면사회에서 종교란 개인이 참여하는 여러 활동 가운데 한 분야를 의미할 뿐이다. 하지만 양심사회에서 종교란 그 사람의 믿음과 신념, 그리고 더 나아가서는 그 사람의 세계관을 결정짓는 중요한 변수가 된다.

## 프랑스 지식인의 사명감

프랑스어로 사명감은 보까씨옹(vocation)이다. 보까씨옹은 신으로부터 부름을 받았음을 의미한다. 신의 명령은 인간의 힘을 초월하는 강력한 메시지이자 거역할 수 없는 명령이다. 전통적으로 보까씨옹은 종교인에게 적용되던 말이다. 카톨릭 사제는 신의 부름을 받고 말씀을 전달하는 신의 종으로서 개인의 영달이나 이익을 돌보지 않고 혼신을 다해 신을 섬겨야 했다.

근대화 과정에서 사회가 세속화되면서 보까씨옹이 적용되는 부류의 사람들이 많아졌다. 천재적인 예술가는 신을 찬양하기 위해 부여받은 자신의 능력을 보까씨옹으로 생각하였다. 그후 과학자나 사회과학자들도 진실을 탐구하는 것을 일종의 보까씨옹으로 여겼다. 실제로 많은 학자들의 연구는 신을 부정하는 방향으로 발전하였지만 이들은 기독교라는 틀 안의 신보다는 진리라는 신을 섬긴다고 스스로 생각했다.

프랑스에서 우수한 학생이 대학 졸업 후 학문을 계속하려면 대단한 결심이 필요하다. 평생 진리를 신으로 섬기겠다는 보까씨옹이 있는 사람들만이 학자의 길에 들어간다. 이 우수한 학생은 취직을 하면 곧바로 받을 수 있는 고액의 봉급과 높은 생활수준을 포기하는 것이다. 그것도 공부가 계속되는 기간만이 아니고 평생 동안 말이다. 민간기업에 상급간부로 들어간 동창들과의 소득격차는 시간이 가고 나이가 들수록 커진다.

프랑스 사람들이 일반적으로 교수나 지식인들을 존경하는 이유는 이들이 보까씨옹을 가지고 그토록 어려운 길을 선택했기 때문이다. 프랑스 학자들의 일과는 진리의 신을 섬기는 데 집중된다. 아침에 일어나서부터 잠자리에 들 때까지 강의와 독서, 집필과 토론이 이어진다. 시간을 많이 빼앗기는 골프나 사교모임에 참여하는 시간은 거의 없다.

프랑스 학자들이 진리탐구 이외의 활동에 시간과 정열을 투자하는 것은 지식인으로서 사회비판적인 활동을 전개할 때이다. 각자의 취

1895년 1월 15일 드레퓌스 대위의 전역식 장면. 유태인인 드레퓌스 대위는 독일의 간첩이란 억울한 누명을 쓰고 종신형을 선고받았으나 에밀 졸라 등의 지식인과 공화파의 항의로 1906년 무죄가 되었다.

향과 정치적인 성향에 따라, 방식과 내용은 다르지만 잘못된 현실을 지적하고 비판해야 한다는 사명감이 있다. 19세기 말과 20세기 초 '드레퓌스 사건'을 계기로 형성된 지식인의 현실비판 전통은 프랑스에서 학자의 역할을 자리매김하였다.

1954년 프랑스의 식민지 알제리에서 시작된 독립전쟁은 프랑스 지식인들의 적극적인 사회참여를 불러일으켰다. 이 식민전쟁은 알제리의 독립을 위해 투쟁하는 국민해방전선(FLN, Front de libération nationale)과 프랑스 점령군 사이의 전쟁이었는데, 프랑스의 진보적 지식인들은 알제리의 독립을 지지하였다. 1960년 9월 6일 발표된 '121인 선언'(알제리전쟁에서 불복의 권리에 관한 선언)에서 당대 최고의 프랑스 지식인들은 다음과 같이 밝혔다.

——우리는 알제리 민족을 대상으로 총칼 드는 것을 거부하는 일이 정당하다고 판단하며 이러한 선택을 존중한다.

——우리는 프랑스 민족의 이름으로 억압당하고 있는 알제리인에게 도움과 보호를 제공해야 한다고 믿는 프랑스인의 행동이 정당하다고 판단하며 이러한 선택을 존중한다.

——식민체제를 결정적으로 붕괴시키는 데 기여하는 알제리 민족의 대의(大義)는 자유로운 모든 인간의 대의이다. (Déclaration sur le droit à l'insoumission dans la guerre d'Algérie, 6 septembre 1960)

선언에 서명한 121인 가운데는 싸르트르, 앙드레 브르똥(André Breton), 알랭 로브그리예(Alain Robbe-Grillet) 등 프랑스 최고의 문인뿐 아니라 역사학자 앙리 르페브르(Henri Lefebvre), 언론인 장 프랑수아 르벨(Jean François Revel), 현대음악가 삐에르 불레즈(Pierre Boulez) 등이 참여하였다. 또한 보부아르, 뒤라스, 싸로뜨(N. Sarraute) 등의 여성 지식인들도 동참하였다. 군인의 항명과 탈영을 정당한 행위로 규정하고 식민지의 독립전쟁을 '자유로운 모든 인간의 대의'로 발표한 지식인들은 '반역죄'로 고역을 치러야 했다. 일부 교직에 있는 서명자들은 직장에서 쫓겨났고 대부분 비밀군사조직의 테러위협을 감수해야 했다.

이같은 사명감은 대학교수 수준의 지식인들뿐 아니라 초등학교나 중고등학교 교사에게서도 찾아볼 수 있다. 마르쎌 빠뇰(Marcel Pagnol)의 원작을 기초로 한 「아버지의 영예」(La gloire de mon père)라는 영화를 보면 이 점을 잘 알 수 있다. 당시 초등학교 교사들은 계몽주의의 사도들이었다. 사제가 신도들을 인도하듯이 교사들은 아이들을 이성의 빛으로 깨워야 했다. 19세기 후반 카톨릭 교회가 왕권주의에 가까운 보수적인 사상을 전파했다면, 초등학교 교사들은 공화주의와 인문주의의 이념을 바탕으로 '길 잃은 양'들을 무지의 종교적 암흑에서 구원하여 이성적 세상을 만드는 데 기여해야 했다. 시골의 작은 마을에서 신부와 초등학교 교사는 항상 보수와 진보 양축을 대표하여 정신적 영향력을 행사하는 경쟁자였다.

시간이 지나면서 초·중등교육이 대중화되고 교사들의 사회적 지위가 위축되면서 이들의 사명감이 흐려지는 경향이 있지만 그래도 그 전통은 여전히 살아 있다. 촌지가 심각한 사회문제로 제기되는 한국 사회를 볼 때마다 직업에 대한 사명감이 중요하다는 생각을 한다. 프랑스에서 초등학교나 중고등학교 교사에게 현금을 주면 그들은 매우 당황하며 어찌할 줄을 모를 것이다. 오히려 '모욕당했다'는 느낌을 받을 수도 있다. 선물을 주면 받을 수도 있겠지만 상당히 특별하고 예외적인 부모라고 생각할 것이다.

부르디외 식으로 사회계급을 따져본다면 초등학교나 중고등학교 교사는 높은 교육수준으로 남보다 많은 문화적 자본을 가지고 있지만 그들이 누리는 경제적 혜택은 매우 제한되어 있다. 한국에서 일부 교사들이 촌지를 통해 부족한 소득을 보충하고 사회적으로 남부럽지 않은 경제적 부를 얻으려 했다면 프랑스의 야심찬 교사들은 정치활동을 통해 이러한 경제적 불만과 욕구를 보상받았다.

이성을 널리 전파하는 것을 사명으로 삼고 있는 프랑스 교사들은 인간의 합리적인 정신에 기초하여 기존 사회를 개혁해나가려는 진보적 정치세력들의 중요한 인재 풀(pool)이었다. 공산당이나 사회당 지역조직에는 교사당원들이 주축을 이루고 있다. 특히 공산당에는 초등학교 교사들이 많이 운집해 있고, 사회당에는 중고등학교 교사들이 몰려 있다. 이들은 소득은 적지만 상대적으로 개인시간을 많이 가질 수 있다는 장점을 활용하여 좌파정당 조직의 주도적인 역할을 담당하고 있다.

프랑스 공산당이나 사회당 기초조직 회의의 지적 수준은 정말 놀라울 정도이다. 실업문제나 노동시간의 조정 등 현시대의 구체적 사안에 대한 토론을 전개하면서 교사들은 자신의 문화적 자원을 최대한 동원한다. 르네쌍스의 인문주의 사상으로부터 시작해서 18세기의 계몽사상, 그리고 19세기의 다양한 사회주의자들이 토론에 등장한다. 한국에서 전개되는 학자들의 정치사상 세미나 못지않게 수준이 높다. 교사들이 이런 방식으로 좌파정당 조직의 토론을 주도하는 것에 대해 노동자 출신 당원들이 많은 불만을 터뜨릴 정도이다.

한국에서는 여야를 막론하고 돈이 있어야 정치를 할 수 있다. 개인적인 치부가 아니라 정치를 하기 위해 돈을 받았다고 강변하면 상당히 통하는 사회이다. 그러나 프랑스 정치에서 가장 중요한 조건은 재력보다는 개인적 능력이고 정치적인 설득력이다. 물론 프랑스에서도 대규모의 선거를 치르려면 돈이 필요하고 따라서 정치와 연관된 많은 부정부패 사건들이 존재한다. 하지만 정치의 기본은 바로 돈이라는 논리는 성립되지 않는다. 프랑스 국회에서 교사 출신이 차지하는 비중을 살펴보면 이런 현실을 실감할 수 있다.

내가 프랑스 정치를 공부하면서 그 아름다움을 눈물겹도록 느낀 것은 1981년 총선 이야기를 들었을 때이다. 당시 총선에서 프랑스 좌파가 압승을 거두었는데, 그 결과 성공이나 출세의 영광은 상상치도 않은 채 단지 좀더 평등한 사회를 만들기 위해 시간과 정열을 바쳐 정치활동을 전개했던 수백명의 공산당·사회당 정치지망생들이 의회에 입성하게 되었다. 대부분이 초선인 이들 중에는 빠리에 한번도 와본적이 없는 사람들이 꽤 많았다. 특히 공산당 의원 중에는 교사 또는 노동자 출신이 많았다. 이들 중 상당수는 자가용도 없이 가난하게 살던 사람들이거나 빠리의 지리를 잘 몰라 차를 가지고 상경할 수 없었다. 이들은 국회개원일에 맞추어 프랑스 전국에서 기차를 타고 빠리역에 내려서는 복잡한 빠리 지하철 노선도 앞에 모여 '국민의회'(Assemblée Nationale)역을 열심히 찾다가 서로 '당신도 이번에 당선된 의원인가, 나도 그런데'라고 하며 기뻐했다는 것이다. 평생을 가난하게 살아왔던 이들은 국민의 돈을 택시 타는 데 낭비할 수 없다는 순박한 생각을 가지고 있었다. 사명감에 불타는 정치인들이었던 것이다.

예술가나 학자, 교육자, 정치인 못지않게 강력한 신념과 보까씨옹이 필요한 직업인이 바로 공무원이다. 프랑스 사람들은 제복을 입은 군인이나 경찰을 싫어하듯이 공무원도 고운 눈으로 바라보지 않는다. 공무원들은 평생 직장을 잃을 위험이 없는 '철밥통'들이고 그럭저럭 시간을 때우면 되는 사람들이라는 인식이 널리 퍼져 있다. 민간인들은 공무원들이 아침에 느지막이 출근해 신문이나 보다가 커피타임을 갖고, 전화 몇통 하다가 몇시간씩 점심 먹으러 갔다가 다시 오후에 자리에 앉아 졸다 또 오후 커피타임을 갖고, 책상을 정리하고는 퇴근한다고 놀려댄다.

이런 나쁜 사회적 인식이나 낮은 임금에도 불구하고 프랑스의 우수한 인재들은 공무원이 되기를 주저하지 않는다. 국가를 위해 봉사하려는 보까씨옹이 있는 공무원들은 상당한 자부심을 가지고 있다. 기업에서 일하는 동창에 비하면 소득은 보잘것없지만 그래도 공무원들은 공익을 위해 봉사한다는 사실을 자랑스러워한다. 보까씨옹에는 신이 남들과는 다른 믿음과 신념을 부여함으로써 생겨나는 부름의 힘이 있기 때문이다. 하늘이 주신 일이라는 뜻의 천직 개념이 보까씨옹에 가까울 것이다.

우리가 이른바 장인정신이라고 부르는 것도 보까씨옹의 일종이다. 신의 부름이라고까지 하기는 어려울지라도 나는 사회 각 분야에서 온 정성을 다해 일하는 프랑스인들의 모습을 보면서 사명감과 장인 정신의 힘을 발견할 수 있었다. 빵을 굽고 케이크를 만드는 불랑제 (boulanger)는 매일 남들이 곤히 잠들어 있는 새벽시간에 일어나 밀가루 반죽을 확인하고 정신을 가다듬어 빵을 굽는다.

프랑스 도시의 아침은 빵 굽는 구수한 냄새로 밝아온다. 은근히 익어가는 바게뜨 냄새가 도시를 감싸면서 사람들은 일어나 아침식사를 준비한다. 프랑스 빵집들은 대부분 추운 겨울에도 아침 여섯시면 문을 연다. 김이 모락모락 나는 따끈한 빵을 팔려면 이 시간에는 문을 열어야 한다. 불랑제는 동네 사람들이 자신의 빵을 맛있게 먹는 것을 낙으로 삼고 사는 사람이다. 이들은 남들과 어울리지 않는 아무리 비사회적인 사람들의 얼굴이라도 다 알 수 있는 연결고리이다.

학자나 교육자, 공무원이나 불랑제 못지않게 사명감을 가지고 일하는 또다른 사람들이 기자이다. 프랑스 기자들은 한국과 같이 '언론고시'를 통해서 선발되지 않는다. 대부분의 기자들은 몇개월간의 인턴 과정에서 현장실습을 거치고 나서 그야말로 언론의 기반이라고 할 수 있는 지방언론사에 자신의 이름을 등록하고는 프리랜서로 일한다. '언론고시'에 당선된 뒤 정식기자로 일하면서 두각을 나타낸 다음 프리랜서가 되는 한국과는 다른 양상이다.

말이 좋아 프리랜서지 실제로는 자신이 발굴한 기사가 실리면 적은 원고료를 받는 매우 불안정한 위치이다. 프랑스 기자들은 이 기간을 '견공(犬公) 교통사고' 취재기간이라고 자조적으로 말한다. 동네 유지의 애완견이 차에 치여 죽었다는 기사나 발굴하러 다녀야 하는 정말 어려운 기간이다. 이 상황에서 탁월한 능력을 발휘해야만 지방언론사에 정식으로 발탁되어 정기적으로 월급을 받을 수 있다. 그리고 지방언론사에서 두각을 나타내는 기자만이 중앙언론에 진출하는 것이다.

그러나 중앙언론의 유명한 기자가 된다고 해서 재정적으로 윤택한 생활을 보장받는 것은 아니다. 중앙언론의 유명기자는 명예를 얻을 수는 있어도 비슷한 교육수준의 동창들과 비교해본다면 하잘것없는 월급에 만족해야 한다. 그래도 이들은 사건을 발굴하고 사회변화의 최첨단에 서서 논평하는 것을 하늘이 내려준 보람있는 천직으로 생각하는 진짜 '쟁이'들이다.

여러가지 인연으로 매우 절친한 알랭이라는 친구가 있었다. 그는 나와 같은 대학을 다녔다. 나는 정치경제·정치사회학을, 그는 경제·경영학을 공부했다. 대부분 경제·경영학을 전공하는 이들이 그렇듯이 알랭은 학교를 졸업한 뒤 민간기업에 취직하였다. 프랑스 자동차회사에 취직한 알랭은 수습기간에 영업사원으로 일하게 되었다. 이름있고 탄탄한 좋은 대기업에 취직하여 사회생활을 시작했으니 그의 풍요로운 미래는 보장된 것이나 다름없었다. 그러던 어느날 알랭과 오랜만에 만났는데 다짜고짜 직장을 그만두었다는 것이었다. 나는 상당히 의아해하면서 이유를 물었다.

"영업사원이 어떤 일을 하는지 대충 감은 잡고 있었지만 막상 일을 해보니까 정말 할 짓이 못되더군. 별로 만나고 싶지 않은 사람들을 찾아가서는 만면에 미소를 띠고 갖은 아양을 떨어야 한다니까. 입술에 침바르고 언제나 친절하게 고객을 대하는 것도 고역이지만 가장 힘들었던 것은 나의 성공이 그들의 불행을 부른다는 일이었어. 나야 많은 차를 팔면 그만이지만 그 사람들은 나중에 할부금 내느라고 허리가 부러질 테니까. 그런 사실을 뻔히 알면서도 이런 할부제도가 있다, 저런 혜택이 있다며 그 사람들을 설득하고 있는 내 모습이 너무나 싫었지. 그래서 나는 이런 직업에 취향이 없다고 생각하면서 결단을 내린 거야. 자동차가 아니더라도 화장품, 아니면 애들 기저귀나 여자 생리대 팔러 다니기는 싫다는 생각이 들더라고……(당시 프랑스에서 가장 높은 보수를 주는 기업 중 하나가 프록터 갬블사였고 기저귀나 생리대는 이 회사의 대표적 상품이었다.) 내 인생을 다시 생각할 수밖에 없는 상황이었어."

알랭은 신문방송 관련 대학에 다시 입학해서 어려운 언론에 입문하는 데 성공하였다. 그는 프랑스에서 가장 많이 읽히는 경제전문 격주 간지에서 몇년간 일하다가 역시 기자로 활동하는 애인과 함께 사표를 제출하고 홍콩으로 갔다. 알랭이 홍콩으로 간 이유는 홍콩의 중국 반환이라는 역사적인 사건의 현장을 목격하기 위해서였다. 이를 위하여 알랭과 그 애인은 자리에 안주하는 '공무원 같은 삶'을 포기하고 과감히 프리랜서로 활동하기로 하였다. 최근 알랭을 다시 만났을 때 그는 애인과 공저로 상하이에 관한 저서를 준비하는 중이었다.

알랭은 전형적인 프랑스 기자 타입이다. 모든 문제에 대해 항상 비판적인 눈과 예리한 문제의식을 가지고 바라본다. 프랑스의 언론에는 이처럼 사명감을 가지고 일하는 기자들이 북적댄다. 작은 봉급에 만족하면서 자신의 일을 열심히 또 꾸준히 해나가는 '펜(pen)부대'를 형성하고 있다. 물론 프랑스 언론계에도 영미로부터 불어오는 상업주의의 바람을 느낄 수는 있다. 주가가 높은 텔레비전 앵커들은 자신의 유명도가 소득에 정비례한다. 아니, 스타가 되면 그보다 훨씬 높은 소득을 자랑한다. 하지만 여전히 대다수의 언론인들은 보까씨옹을 가지고 있으며, 적어도 한국과 같은 기자들의 '촌지문화'는 지극히 예외적인 일이다.


## 인류애를 실천하는 프랑스인

인류애란 인간 그 자체에 대한 사랑이고 믿음이다. 가족이나 친구, 친지 등 모든 연고관계를 떠나 인간이라는 사실 하나만으로 가지는 동질성과 그 동질성에 기초한 사랑의 마음이다. 이런 관점에서 볼 때 프랑스는 한국 사회보다 인류애가 더 널리 확산되어 있고, 개개인에게 더 강하게 각인되어 있다고 할 수 있다.

대표적인 사례로 입양문제를 들 수 있다. 한국은 매우 도덕적이고 윤리적 가치관이 지배하는 사회로 보이지만 세계적으로 유명한 입양아 수출국이다. 한국인의 시각으로 볼 때 프랑스는 방탕한 문화가 지배하는 것 같지만 한국 사회가 내보내는 입양아들을 가장 많이 받아들이는 나라 가운데 하나이다. 우리가 과연 그들보다 더 인간적이고 더 윤리적이라고 말할 수 있는가.

프랑스 오지의 작은 도시에 가도 한국계 사람들을 만나는 일은 어렵지 않다. 전국 방방곡곡에 한국에서 입양되어 성장하는 아이들과 젊은이들을 쉽게 만나볼 수 있다. 전쟁 때문에 발생한 고아라고 생각하기에는 너무 어리고, 가난 때문이라고 치부해버리기에는 너무나 많은 한국인들이 프랑스인으로 살아가고 있다.

프랑스에서 입양하는 가정들은 꼭 아이를 낳기 어렵거나 낳기 싫은 이유 때문이 아니다. 물론 이런 신체적이거나 심리적인 원인으로 입양하는 경우도 없지는 않다. 그러나 자신들이 낳은 아이와 입양한 아이를 동시에 친형제처럼 키우는 가족도 상당수다. 버림받은 아이들을 입양하여 키우는 것은 인류에 대한 사랑을 실천한다는 생각이 강하기 때문이다.

한국에서는 아직까지도 입양은 자식을 가질 수 없는 사람들의 마지막 선택이라는 인식이 강하다. 자기 자식 키우기에도 힘이 부치는데 어디 남의 자식까지 데려다 키우느냐는 생각이 일반적이다. 인간에 대한 보편적인 사랑보다는 자식을 치열한 경쟁사회에 내놓기 위해 학원이다 과외다 해외연수다 투자하려니 힘이 부치는 것이 당연한 일인지도 모르겠다.

물론 프랑스로 입양되는 아이들이 모두 행복한 환경에서 순탄하게 자라나는 것은 아니다. 성장기에 정체성 문제로 방황하는 아이들도 상당수이고 그 여파로 어른이 되어 불행한 생활을 하는 경우도 많다. 일부 입양아들은 양부모를 잘못 만나 신체적·정신적 학대를 받기도 한다. 그러나 프랑스는 입양에 대해서 매우 엄격한 기준을 적용하고 있는 편이다. 이 사실은 1994년 현재 2만여 커플이 입양을 신청해놓고 있는데 실제 성사된 입양은 6천여건에 불과하다는 데서도 발견할 수 있다. 1997년 통계를 보면 3500여명의 외국 어린이들이 입양되었는데 베트남이 1300명으로 가장 많고 콜롬비아(230명), 마다가스카르(170명), 루마니아(170명) 순이다. 다행히 한국의 입양아 수출은 과거에 비해 많이 줄어들었다.

프랑스 사회에서 어렵지 않게 찾아볼 수 있는 인류애의 숨결은 장애아도 거부하지 않고 입양한다는 사실에서 느낄 수 있다. 물론 프랑스에서도 많은 입양가족은 '정상적'인 아이를 선호한다. 그러나 인류애의 실천이라는 차원에서 입양하는 상당수의 가족은 장애아를 선택한다. 우리 사회에서는 상상하기도 어려운 일이다.

일반적으로 프랑스에서는 장애인들을 사회적으로 돌보아주어야 한다고 생각한다. 이들은 대부분 자신의 의사와는 관계없이 육체적 또는 정신적 장애요인을 가지고 태어났거나 사고에 의해 장애자가 되었다. 이들은 도움을 받아야 하는 대상이고 건강한 사람들은 이들을 도와주어야 한다. 나는 혼잡한 서울 차도 한복판에서 휠체어를 타고 어찌할지 몰라 당황해하는 장애인들을 종종 본다. 이런 상황에서 자신의 차를 세우고 달려가 도와주는 사람은 정말 드물다. 단지 혀를 끌끌 차면서 안됐다고 생각하는 것이 보통의 한국인이다.

한국에서는 자신의 지역에 장애인 수용시설이나 교육시설이 들어서는 것을 모두 싫어한다. 한국에서는 이런 시설들이 쓰레기소각장과 마찬가지로 일종의 '혐오시설'인 것이다. 프랑스에서는 장애인 시설이 있다고 해서 집값이 떨어지지는 않는다. 오히려 부동산 가격이 가장 높은 빠리 중앙에는 국가가 운영하는 다양한 장애인 시설들이 있다. 나는 빠리의 중산층들이 많이 사는 14구에 오랫동안 살았는데 근처에는 쌩 뱅쌍 드 뽈(Saint Vincent de Paul)이라는 국립 아동전문병원이 있어 뇌성마비 환자들이나 정신박약아들을 심심치 않게 마주칠 수 있었다. 이들이야말로 남에게 해를 끼칠 능력조차 없는 사람들이 아닌가. 설사 장애인 시설이 있어 부동산 가격이 떨어지거나 경제적으로 손해를 본다고 하더라도 이를 공식적이고 집단적인 방법으로 제기하지는 못할 것이다. 프랑스인 중에 그처럼 얼굴이 두껍고 용기가 있는 사람은 한국보다 적다. 프랑스에서 자신의 노동대가로 받는 봉급인상을 위해 파업을 하는 것은 인정받지만 자신의 이익을 얻기 위해 '비인간적'인 행동을 하는 것은 인정받을 수 없다.

프랑스는 정부 차원에서도 장애인들을 적극 지원한다. 장애의 정도에 따라 편차가 있지만 20세 이전에는 '특수교육수당'(Allocation d'éducation spéciale)의 명목으로 매달 평균 2100프랑(한화 약 30만원)

정도를 받으며, 노동을 할 수 없을 정도로 장애가 심할 경우에는 20세 이후에도 '성인 장애인수당'(Allocation aux adultes handicapés)으로 매달 평균 3400프랑(한화 약 51만원)을 받는다. 이같은 국가정책은 사회가 장애인들에 대해서 가지고 있는 인식을 반영한다고 하겠다.

어느 사회건 인류애를 가장 필요로 하는 직업이 있다면 그것은 의사라는 직업일 것이다. 질병에 시달리는 환자에게 의사의 역할은 결정적이다. 환자가 육체적·정신적 고통을 극복하도록 도와주는 데 의사는 자신의 전문지식뿐 아니라 따스한 마음과 태도로 커다란 기여를 할 수 있기 때문이다. 의사의 말 한마디 한마디가 환자와 그 가족에게는 매우 중요한 명령이고 인생에 대한 일종의 판결문과 같다.

"이제 의업에 종사할 허락을 받음에 나의 생애를 인류봉사에 바칠 것을 엄격히 선언하노라. 나의 은사에 대하여 존경과 감사를 드리겠노라. 나의 양심과 품위를 가지고 의술을 베풀겠노라. 나의 환자의 건강과 생명을 첫째로 생각하겠노라. 나는 환자가 나에게 알려준 모든 것에 대하여 비밀을 지키겠노라. 나는 의업의 고귀한 전통과 명예를 유지하겠노라. 나는 동업자를 형제처럼 여기겠노라. 나는 인종, 종교, 국적, 정당관계 또는 사회적 지위 고하를 막론하여 오직 환자에 대한 나의 의무를 지키겠노라. 나는 인간의 생명을 그 수태된 때로부터 더없이 존중하겠노라. 나는 비록 위협을 당할지라도 나의 지식을 인도주의에 어긋나게 쓰지 않겠노라. 나는 자유의사로서 나의 명예를 걸고 위의 서약을 맹세하노라."

프랑스의 의사들은 의대를 졸업하기 전에 이런 히포크라테스 선서를 암기해야 한다. 그리고 심사위원회 앞에서 외울 수 있어야 의사로 인정받는다. 이것은 상징적이고 의례적인 일이지만 나는 그 영향력이 단순히 선언의 순간에 그치지 않고 좀더 장기적으로 지속된다고 생각한다. 그것은 의사가 되기 위해서 항상 염두에 두어야 하는 행동 지침을 세뇌시키는 효과를 가지고 있기 때문이다. 한국에서도 의대 졸업생들은 히포크라테스 선서를 하지만 과에서 대표 한 사람이 읽는 형식적인 절차라고 들었다.

프랑스에는 한국보다 의사가 훨씬 많다. 따지고 보면 의사가 많으니 경쟁도 더 치열하고 그만큼 각종 상술이 판을 쳐야 마땅하다. 하지만 한국과 같이 돈을 벌기 위해 포경수술을 남발하거나 제왕절개를 권유하는 일은 내가 알기로 하지 않는다. 일반적으로 프랑스 의사들에게는 직업에 대한 자부심과 책임감, 그리고 환자를 사랑하는 인류애가 있다.

프랑스 의사에 관해서는 에르베 아몽(Hervé Hamon)이라는 신문기자가 쓴 『우리의 의사들』(Nos Médecins)이라는 르뽀형 저서에서 가장 현장감있게 설명하고 있다. 그는 서두에 "가난한 자들을 치료하기 위해 의사가 되기를 꿈꾸었으나 의사의 길을 택하기에는 너무나도 가난했던 모리스 루쏘(Maurice Rousseau)에게 이 책을 바친다"라고 밝혀놓았다. 그리고 결론에서는 "내가 만난 의사들은 전체적으로 세심하고 실수를 두려워하며 능력있는 직업군의 이미지를 주었다"고 썼다. 나는 한국의 의사들이 그의 평가처럼 "전체적으로 세심하고 실수를 두려워하며 능력있는 직업군의 이미지"를 줄 수 있는 날을 고대한다.

프랑스에서 인류애를 느낄 수 있는 또다른 순간은 아프리카의 기아나 인종차별이라는 불행한 현실을 도와주기 위한 자선모금으로 대형 콘서트들이 열릴 때이다. 프랑스뿐 아니라 미국과 영국, 그리고 이딸리아의 세계적 수준의 가수들이 모여서 진행하는 콘서트는 프랑스 젊은이들의 열광 속에서 진행된다. 많은 관객들은 우선 최고의 스타들이 등장하는 콘서트에 관심을 가지고 있지만 동시에 자신이 지불한 입장료가 좋은 일에 쓰여질 것이라는 점에 보람을 느낀다. 일부에서는 이러한 행사가 선진국 국민들이 저렴한 가격으로 제3세계에 대한 양심의 가책을 벗어버리려는 시도라고 비판할 수도 있다. 사실 콘서트에서 모금된 돈으로 기아나 인종차별을 제거할 수는 없다. 그러나 젊은이들과 미디어의 관심 속에서 치러지는 이같은 대형행사는 사회의 분위기를 바꾸어놓는 데 기여하고 일시적이나마 도덕적 책임감을 불러일으킨다.

최근 한국에서도 북한동포들을 돕기 위한 행사들이 열리고 있고, 해외에서 어려움을 겪는 사람들을 돕기 위한 시민단체나 종교단체들의 활동이 눈에 띈다. 매우 긍정적인 현상이라고 생각하는데 그 규모나 시민들의 호응도가 더욱 높아져야 할 것이다.

프랑스에서는 다양한 자원봉사단체들이 활동하고 있다. 특히 경기 침체로 장기 실업자들이 늘어나면서 집 없는 사람들, 먹을 것이 없는 사람들, 옷이 없는 사람들이 대폭 늘어났다. 꼴뤼슈(Coluche)라는 코미디언은 자신의 명성을 밑거름 삼아 '마음의 레스또랑'(Restos du Coeur)이라는 단체를 만들어 모든 배고픈 사람들에게 식사를 제공하는 운동을 벌였다. 기존의 자선단체들이 거리에서 수프를 나누어주면 빈민이나 부랑자들은 그것을 받아들고 길거리 구석구석에서 배고픔을 달래곤 했다. 꼴뤼슈의 '마음의 레스또랑'은 비록 가난하고 먹을 것이 없는 사람이라도 인간의 품위를 유지하면서 식탁에 앉아 식사할 권리가 있다는 취지에서 천막과 간이식탁을 마련한 일종의 레스또랑이었다.

한국의 유명 연예인들이 자신의 명성을 바탕으로 각종 체인식당이

214

나 의류회사를 만들어 활발하게 부업을 하거나 정치에 뛰어들고 있는 것과는 매우 대조적이다. 자본주의 사회에서 돈을 벌고 민주사회에서 정치를 하는 것은 개인의 자유이다. 또 이들 중 상당수가 자원봉사를 하거나 거액의 성금을 내놓는 아름다운 마음을 지니고 있기도 하다. 하지만 대중적 인기를 기반으로 하나의 사회적 시민운동을 주도해나가는 존경할 만한 스타들도 많이 필요하다. 그것은 사회가 자신에게 제공한 명예와 영광에 조금이나마 보답할 수 있는 길이기 때문이다.

프랑스에는 지난 1981년 좌파 연합정권이 들어서면서 사형제도가 폐지되었다. 당시에는 사형제도 폐지에 대한 찬반여론이 상당히 분분했지만 20여년이 지난 지금은 대부분의 프랑스인들이 사형제도를 잘 폐지하였다고 생각한다. 사형제도 유지론자들은 '눈에는 눈, 이에는 이'라는 등식에 기초해 사형제도의 존속을 주장하였다. 그러나 폐지론자들은 사회가 인간을 죽이는 것은 그 이유나 방식에 상관없이 살인임에 틀림없고, 살인을 제도적으로 보장하는 사회는 야만사회라고 생각한다. 게다가 현실적으로 오판의 가능성이 항상 존재하기 때문에 사형제도는 폐지되어야 한다고 주장하였다. 인류애는 모든 인간에 대한 사랑이니만큼 사형수에게도 사랑을 베풀어야 한다는 것이다.


## 자살로써 양심을 보여준 정치인

프랑스 사회에 양심이 살아 있다는 것을 비극적으로 그리고 역설적으로 보여준 인물은 삐에르 베레고부아(Pierre Bérégovoy)이다. 그는 1992년부터 1년 동안 미떼랑 대통령의 두번째 임기 때 총리를 지낸 사회주의자이다. 베레고부아는 프랑스 정치사에서 정식교육을 전혀 받지 않은 노동자 출신도 총리라는 최고직에 오를 수 있다는 가능성을 보여준 인물이다. 우끄라이나에서 이민온 노동자의 자식으로 태어난 베레고부아는 16세부터 직물공장 노동자로 일하기 시작하였다. 그는 독일군 점령하에서 레지스땅스 운동에 참여하면서 정치에 눈을 뜨기 시작하여 사회당에 입당하였다.

사회당 내의 활발한 정치활동을 통해 베레고부아는 1981년 미떼랑 대통령이 당선되자 대통령 비서실장으로 임명되었다. 독학만으로 행정적 전문성을 취득한 베레고부아는 대통령 비서실장의 역할을 원만하게 수행하는 수완을 보였다. 이때부터 그는 정치인으로서 상승가도를 달렸다. 1982년에는 사회부 장관으로 임명되었고, 1984년에는 가장 중요한 부처로 손꼽히는 재정경제부 장관으로 임명되어 1986년까지 프랑스 금융제도의 자유화와 근대화에 기여하였다. 그리고 이러한 공로와 능력을 인정받아 1988년 사회당이 재집권하면서 다시 재정경제부 장관으로 복귀하였다.

베레고부아는 1992년 드디어 대통령직 다음으로 최고의 자리라고 할 수 있는 총리직에 올랐다. 그는 정부의 수장으로 국정을 총괄 지휘하는 동시에 사회당을 대표하여 1993년 총선을 주도하는 역할을 맡았다. 그러나 총선의 열기가 뜨거워지면서 베레고부아가 미떼랑 대통령의 친구 사업가로부터 1백만 프랑(한화 약 1억5천만원)을 무이자로 빌려 썼다는 기사가 보도되었다. 이 돈으로 자신의 빠리 아파트를 구입했다는 것이다. 사회당은 경기침체와 실업문제 등 다양한 실정으로 총선에서 참패하였고 베레고부아는 불명예스럽게 총리직을 사임하였다.

1993년 5월 1일 베레고부아는 돌연 스스로 목숨을 끊어 프랑스 사회를 놀라게 하였다. 제2차 세계대전 이후 반세기 가까이 프랑스 사회주의 운동에서 핵심적인 역할을 수행했던 인물이 자신의 명예가 더럽혀진 것을 참지 못해 자살이라는 극단적인 방법을 선택했던 것이다. 무일푼으로 인생을 시작하였고, 정식 학교교육을 제대로 받지 못한 채 독학으로 현대행정의 전문지식을 소화해냈으며, 프랑스 금융체계의 근대화를 선두지휘한 프랑스판 자수성가자의 말로였다. 정치의 이상과 신념의 실현에 평생을 바친 탓에 빠리에 변변한 아파트 한채조차 가지지 못했던 베레고부아는 1백만 프랑을 횡령한 것도 아니고 단지 무이자로 빌릴 수 있었던 특혜를 입었기에 언론의 표적이 되었다. 당시 68세였던 베레고부아는 죽음을 택하는 것이 그나마 자신이 평생을 통해 추구했던 이상과 신념을 지키는 길이라고 생각한 것 같다.

베레고부아는 물론 성자는 아니었다. 그는 미떼랑이라는 권모술수와 변신에 뛰어난 정치인의 측근이었고 사회당의 정치자금 운영에 깊이 간여하였다. 그는 6년이라는 오랜 기간 사회당정부의 재정경제부 장관을 지내면서 각종 부패사건에 직·간접적으로 연루되었을 것이다. 그러나 나는 역설적으로 베레고부아 자살사건을 통해 프랑스 사회 저변에 깔려 있는 양심을 발견할 수 있었다고 생각한다. 그는 사적인 부정축재를 추구한 것이 아니라 정치현실이 강요했던 정치자금을 운영한 것이고, 그 과정에서 규모는 매우 작지만 치명적인 사적 비리까지 드러남에 따라 자살로써 양심을 살리려 했던 것이다.

수천억에 달하는 거액을 부정축재하고도 끄떡없이 살아가는 사람들이 있는 한국 사회와는 정말 다르다. 권력을 가지고 있으면 모든 것이 용인된다고 생각하는 사람들이 지배하는 사회에서 국민들이 자칭 지도자들을 어떤 시각으로 바라볼지는 뻔한 일이다. 감옥에 몇달 동안 들어갔다 나오면 모든 부정과 죄악이 깨끗하게 씻겨졌다고 생각하는지 아직도 횡령한 돈을 자진해서 되돌려주는 일은 없다.

프랑스의 대표적 신문 『르 몽드』를 뒤적이다보면 학술논문에서나 찾아볼 수 있는 인용 출처를 쉽게 발견할 수 있다. 취재원을 밝히지는 않지만 출판된 저서에서 인용할 경우에는 명확한 출처를 밝히는 것이 원칙이다. 내가 한국의 신문사에서 잠깐 일하는 동안 이러한 제안을 해보았지만 그것은 공허한 메아리에 그쳤다. 출판물의 출처는 독서소개란에서나 사용하는 것이지 기사에서 밝히는 것이 아니었다.

프랑스에서도 한국과 마찬가지로 일부 저서에 대해 표절시비가 붙는다. 그러나 내막을 자세히 들여다보면 우리의 표절문제와는 성격이 다르다. 한국에서 표절이 문제되는 것은 남의 글을 거의 그대로 베껴쓴 경우이다. 그러나 프랑스에서는 글의 내용이 비슷하고 인용을 제대로 하지 않았을 경우 다른 학파나 정파의 지식인들이 맹렬하고 냉혹하게 공개적으로 지적한다. 한국에서는 오히려 해당 저자의 자존심도 생각하고 명예도 생각하여 쉬쉬하는 분위기가 지배적인 것 같다. 이를 공개적으로 냉정하게 비난하는 사람이 도리어 몰인정한 사람으로 몰릴 가능성도 높다. 나는 근본적으로 이러한 차이점이 체면을 중시하는 사회와 양심을 중시하는 사회의 차이라고 본다.

20세기 프랑스 최고의 권력자 드골은 책임감있는 지도자의 표상이다. 드골은 군부에서 평생을 보낸 뛰어난 장군이었지만 제2차 세계대전이 발발하기 전까지 미래 프랑스의 정치지도자가 될 것이라고 예상한 사람은 별로 없었다. 그러나 드골은 일평생을 바쳐 국가를 위해 봉사할 것이라는 사명감을 가지고 있었고, 언젠가는 조국이 자신을 필요로 할 것이라는 확신을 가지고 살았다. 그에게 조국을 위해 봉사할 수 있는 기회가 제공된 계기는 프랑스의 패전이었다. 세계대전이 시작되면서 프랑스군이 독일군에 비참하게 패하고 프랑스 영토는 독일 나찌에 점령당하고 말았다. 프랑스의 무력한 정치인들이 빼땡 장군에게 국가권력을 송두리째 넘겨버렸다. 그 결과 친독정권이 수립되자 드골은 혈혈단신 영국으로 넘어가 BBC 라디오를 통해 자유프랑스는 아직 살아 있으며 자유프랑스를 수호하려는 사람은 모두 자신과 함께 투쟁하자는 역사적인 선언을 하였다.

미국의 도움으로 연합국이 나찌 독일을 물리친 뒤 프랑스가 승전국의 하나로 참여할 수 있었던 가장 커다란 요인은 바로 드골의 자유프랑스 망명정부 덕분이었다. 독일로부터 해방된 프랑스에서 모든 정치세력을 망라한 연합정부의 수상을 역임한 드골은 자신이 원하는 방향으로 헌법이 제정되지 않자 아무런 미련 없이 수상직에서 물러났다.

드골이 다시 정치권에 컴백한 것은 1958년이다. 그는 제4공화국의 마지막 총리이자 제5공화국의 초대 대통령을 역임하였다. 당시 의회의 권한을 축소하고 대통령과 행정부의 역할을 강화한 제5공화국 헌법에 대해 많은 사람들이 권위주의적이고 비민주적이라고 비판하였다. 그러나 드골은 이러한 반대를 무시하면서 오직 국민들의 지지만 있다면 제5공화국 헌법은 민주적인 것이라고 주장하였다. 드골의 정치관에서 중요한 정당성의 근원은 국민과 지도자 사이의 직접적인 지지와 신임의 관계에 있었던 것이다.

1968년 '68혁명'으로 국민과의 관계에 틈이 벌어지고 있다고 생각했던 드골 대통령은 1969년 4월 상원 개혁과 지방분권에 관한 법안을 국민투표에 부치고 국민들의 신임을 물었다. 노쇠한 드골에 대해 상당한 싫증을 느끼던 국민들은 52.4%로 법안을 부결시켰고 국민의

퇴임 직후인 1969년 6월 아일랜드에서의 드골.

지지가 더이상 없다는 것을 확인한 드골은 곧바로 사임하였다. 법적으로 볼 때 국민투표에서 법안 하나가 부결되었다고 해서 대통령직을 꼭 사임할 이유는 전혀 없다. 대통령의 임기가 7년이라는 긴 기간이어서 드골은 기회가 닿을 때마다 국민투표라는 형식을 통해 국민들의 지지를 확인하였다. 1969년 국민투표에서도 드골은 법안에 찬성하는 것이 자신을 지지하는 길이며, 만일 자신에 대한 신임이 없다면 사임할 것이라고 하였다. 국민들은 드골의 기대에 부응하지 않았고 드골은 자신의 정치관과 자신이 내뱉은 말에 대해 책임을 지고 깨끗하게 물러났다.

내가 프랑스에서 기업인연합회(CNPF)를 방문했을 때의 일이다.

프랑스 사회에서 자본의 이익을 대표하는 이 단체의 한 책임자는 IMF 위기에 빠진 한국경제에 대해 최우선적으로 선결되어야 할 과제로 경영진이 책임을 지고 퇴진해야 한다는 점을 들었다. 물론 프랑스의 전국노동연맹(CGT)에서도 같은 말을 들었지만 노동자의 입장이란 점에서 그것은 그다지 놀라운 일이 아니었다. 그러나 기업인연합회 같은 자본가 단체에서 잘못된 경영에 대해 경영자의 책임을 논한다는 사실에 한국과 프랑스의 차이를 확연하게 알 수 있었다.

이런 진단에 대해 한국재벌들은 외국기업이 한국의 재벌을 흔들고 한국의 산업을 집어삼키려고 하는 책략이라고 민족적 감정을 자극할지 모른다. 그러나 재벌총수들이 경영일선에서 물러난다고 재벌기업들이 무너지는 것도 아니고 기업이 잘못 경영되는 것도 아니다. 이것은 자신의 권력을 잃지 않으려는 궁색한 변명에 불과하다.

자신의 이익을 위해서는 공적인 약속도 저버리고, 책임도 지지 않으려는 행동이 사회지도층을 통해 현실로 나타날 때 일반국민들은 어떻게 생각할 것인가. 그들은 지도층을 존경하기는커녕 경멸할 것이고 이같은 불신의 벽은 높아만 갈 것이다. 그러면 사회 전반적으로 약속이나 책임이라는 개념은 허울뿐이고 점차 알맹이 없는 속 빈 강정이 되고 말 것이다.

양심이 지배하면서도 정작 양심의 기본이 되는 종교생활은 거의 하지 않는다는 사실은 프랑스 사회의 아이러니이다. 마찬가지로 한국처럼 종교생활이 활발한 사회에서 양심을 찾아보기가 어려운 것 역시 아이러니이다.

# 제 5 장

# 무 대

강력한 중앙집권제의 원조　통일된 불가분의 공화국　하나의 국가, 하나의 말　시위가 빈번한 혁명의 나라　축제로서의 시위
좌는 좋은 것, 우는 나쁜 것　프랑스 정치의 퍼즐 풀기　식민지를 프랑스화하려 한 정책의 후유증　이민자도 프랑스인이 되어야 한다
경제위기와 이민자의 생활　문화대국으로서의 자신감　프랑스의 반미주의　유럽의 기수

인생이 연극과 같다면 사회는 많은 배우들이 등장하여 연기하는 무대라고 할 수 있다. 프랑스 사람들의 사랑과 놀이, 일과 믿음은 프랑스 사회라는 하나의 통일된 무대에서 진행된다. 특히 취향의 다양성이 지배하고 이성과 정열이 서로 경쟁하듯 혼재해 있는 상황에서 정치는 개성적인 프랑스인들을 하나의 공동체로 묶어주는 역할을 담당하고 있다. 프랑스 사람들은 매우 강한 개성을 가지고 있으면서 자신의 자유를 성스러운 가치로 생각하기에 정치는 이들이 공동생활을 할 수 있도록 그 틀과 울타리를 만들어주는 역할을 한다. 프랑스 사회를 결집시켜주고 지탱해주는 힘의 원천은 바로 이러한 공동체 정신과 사상, 그리고 여기서 자연스럽게 발전되어 나온 자부심과 정체성에 있다. 이 장에서는 현대 프랑스 사회라는 무대가 만들어져온 역사적 과정과 이를 지배하는 몇가지 원칙을 알아본다.

# 강력한 중앙집권제의 원조

프랑스는 대혁명을 통해 민주주의를 실천하는 근대국가의 모델로 등장하였다. 그러나 이와 동시에 프랑스는 모든 국가의 업무를 중앙에 결집시키는 중앙집권제를 강력하게 실시한 나라이기도 하다. 또 끄빌(A. de Tocqueville)과 같은 근대 정치사회학의 태두는 프랑스의 중앙집권적 전통이 대혁명 이후에 생겨난 것이 아니라 이미 전제군주 시절부터 뿌리내려온 프랑스의 특징이라고 하였다. 프랑스는 실제로 왕권시대에 강력한 중앙관료체제를 발전시킨 나라이고, 왕이 임명하는 관료들이 지방에 파견되어 세금을 거두어들이고 행정을 담당하였다.

프랑스의 중앙집권적 성향이 과거로부터 전해내려오는 전통임에는 틀림없지만 이는 프랑스대혁명을 통해서 더욱 강화되었다. 혁명 주도세력은 반혁명 세력을 뿌리뽑고 민주적인 전통을 뿌리내리기 위해서는 강한 국가가 들어서야 한다고 생각했다. 강한 국가란 지방을 통제할 수 있는 권한과 힘을 가진 국가를 의미한다. 프랑스는 당시 100여개의 도(département)로 나누어졌고 각 도에는 중앙정부에서 파견한 도지사(préfet)가 임명되었다. 이 당시에 설치된 도와 도지사 제도는 아직까지도 유지되고 있다.

프랑스는 이런 점에서 한국과 많은 공통점을 가지고 있다. 한국 역시 프랑스와 마찬가지로 이미 오래 전부터 중앙정부가 지방을 통제하는 정치제도를 가지고 있었으며 아직도 중앙정부의 힘이 막강하다. 한 나라의 중앙집권 성향을 보여주는 잣대로 그 나라의 수도가 차지하는 비중을 들 수 있다. 인구 4천5백만명인 한국은 서울에 거의

1/4이 살고 있다. 수도권 인구를 모두 합하면 한국인의 절반 정도가 수도와 그 주변에 살고 있는 셈이다. 인구 5천7백만명인 프랑스에서는 1천만명 정도가 빠리와 그 근교에 살고 있다. 인구 집중을 놓고 보면 프랑스보다 한국이 훨씬 중앙집권화가 강하다고 하겠으나, 서구 선진국 중에서 프랑스를 제외하면 수도에 인구가 이만큼 집중되어 있는 나라는 없다.

이번에는 도시를 살펴보자. 한국에는 서울 다음으로 큰 도시로 부산·대구·대전·광주 등을 꼽을 수 있다. 그러나 이같은 지방도시들은 수도 서울과 비교해보았을 때 규모나 발전의 정도가 훨씬 뒤떨어져 있다. 프랑스도 마찬가지이다. 수도 빠리를 제외하고는 국제적인 대도시를 찾아보기 어렵다. 리옹, 마르쎄이유, 릴르, 보르도 등이 대도시이지만 빠리와 같은 명성과 수준의 도시들은 아니다. 반면 독일이나 이딸리아처럼 뒤늦게 통일국가를 형성한 나라들은 연방제나 지방분권을 시행하고 있을 뿐 아니라 수도와 경쟁할 수 있는 지방도시들을 가지고 있다. 독일의 수도 본이나 베를린보다는 프랑크푸르트, 뮌헨 등이 국제적으로 더 잘 알려져 있다. 이딸리아에는 로마라는 대도시가 있지만 밀라노, 베니스 등은 모두 로마에 버금가는 국제적 도시들이다.

프랑스의 중앙집권화는 인구나 도시의 측면에서만 나타나는 것이 아니다. 중요한 일을 결정하는 과정에서 국가는 빠지지 않고 개입한다. 독일에서 교육정책이나 환경정책은 연방이 아니라 주(州)정부 차원에서 결정한다. 그러나 프랑스에서는 학생들이 무엇을 배워야 하는지를 판단하고 그 교과내용을 결정하는 것은 중앙정부의 교육부이다. 공장을 건설할 때 적용되는 환경규제를 결정하는 것도 중앙정부 부서인 환경부의 몫이다. 사실 한국 독자들에게 프랑스를 소개할 때 이런 중앙집권제를 상세하게 설명할 필요는 없다. 왜냐하면 우리는 프랑스와 마찬가지로 우리의 생활을 지배하는 중앙정부에 너무나 익숙해져 있기 때문이다.

간단한 사례로 미국의 학부모들은 자녀교육에 문제가 있다고 생각하면 자녀가 다니는 학교에 가서 항의할 것이다. 그러나 프랑스의 학부모들은 아주 개인적인 문제가 아니면 교육부에 책임이 있다고 생각한다. 한국에서 교육제도의 문제점을 발견한 학부모들이 교육부 장관이나 관료를 대상으로 항의하듯이 말이다. 프랑스는 국가가 모든 것을 결정하는 전통이 있기 때문에 시위나 항의의 대상은 항상 빠리의 중앙정부이다. 한국인이 보기에는 당연하지만 미국인이나 독일인들은 이런 현상을 잘 이해하지 못한다.

프랑스는 영국이나 미국과는 달리 신분증(carte d'identité)제도가 있는 나라이기도 하다. 영국이나 미국에서 신분증제도는 국가가 개인을 통제하는 제도이기 때문에 비민주적이라고 생각할 것이다. 그러나 프랑스에서는 국가가 출생신고를 받고 성인이 되면 신분증을 발급한다. 국민들은 이런 국가의 역할을 자연스럽게 생각하면서 신분증제도를 받아들인다.

중앙집권화되어 있는 한국과 프랑스 사회는 여러 면에서 비슷하다. 특히 국민들은 국가가 워낙 강하고 일상생활을 전반적으로 지배하고 있기 때문에 국가에 대한 기대가 크다. 그러나 기대가 큰 만큼 국가가 제대로 기능하지 못할 경우 실망도 크다. 그리고 그 실망은 극단적인 정치활동으로 쉽게 연결되곤 한다. 한국과 프랑스는 모두 중앙집권 국가의 전통으로 인해 사회의 반항과 시위, 요구와 기대가 국가로 집중되는 경향이 있다.

사실 동아시아에서 한국만큼 중앙집권적인 전통을 가진 나라도 드물다. 중국은 형식적으로 중앙집권제와 관료제를 취해왔지만 너무나 거대한 영토 때문에 지방의 자율성이 대단히 높은 편이다. 일본은 아시아에서 드물게 봉건제를 경험하였고 이에 따라 지방의 자율성이 강했다. 일본이 중앙집권적 특징을 갖게 된 것은 메이지 유신 이후이다. 한국이 동아시아에서 가장 중앙집권적이듯 프랑스는 서유럽에서 가장 중앙집권적인 나라이다.


## 통일된 불가분의 공화국

나는 프랑스의 정치가 도덕성을 유지할 수 있는 이유는 정치인과 국민이 정치에 대한 확고한 믿음을 가지고 있기 때문이라고 생각한다. '통일된 불가분의 공화국'(La République une et indivisible)이라는 슬로건은 이들의 믿음을 압축적으로 대변하고 있다. 프랑스대혁명 시기에 확립된 통일된 불가분의 공화국 이념은 무엇인가.

우선 공화국이란 민주주의 정치체제를 의미한다. 왕국이 전제주의적인 제왕의 통치를 의미한다면 공화국은 민주적인 정치의 실현을 뜻한다. 한국의 정치담론에서 반독재가 민주화를 의미하듯이 프랑스에서 공화국은 반왕권을 뜻하는 것이고 반왕권은 바로 민주주의로 연결된다. 한국에서 '민주화'라는 단어가 많은 사람의 가슴에 와닿는 구호이듯이 프랑스에서 '공화국'은 전통적으로 이어져온 민주주의의 대명사이다.

통일된 불가분이라는 말은 프랑스 정치체제의 중앙집권적인 성격을 보여줌과 동시에 프랑스 민족주의의 슬로건이다. 프랑스 민족은 하나이어야 하고 분열될 수 없다는 의미를 내포하고 있다. 프랑스혁명의 구호이자 프랑스공화국의 상징인 자유·평등·박애 중에서 평등을 표현하는 대명사이기도 하다.

한국의 정치는 지역구에서 선출된 국회의원이 지역의 이익을 대표하는 기능을 가지고 있다. 특히 농촌 유권자들이 여당 후보에 투표했던 중요한 이유는 지역의 이익을 대변할 수 있기 때문이나. 지역에 고속도로를 경유하게 하고 산업을 유치하는 데 국회의원의 역할이 결정적으로 작용할 수 있다.

프랑스 정치인들도 이러한 역할을 수행한다. 그러나 원칙적으로 프랑스 국회의원은 지역구에서 당선되었다고 하더라도 그 지역의 이익보다는 국가 전체의 이익을 대변해야 한다. 이것이 통일된 불가분의 공화국이라는 구호에 나타난 원칙이다. 달리 말해서 국회의원이 5백명이라고 한다면 각각의 국회의원은 나누어질 수 없는 프랑스공화국 전체 주권을 대표하는 5백명 가운데 하나일 뿐이지 주권의 5백분의 1을 대표하는 것이 아니다.

세계 어느 나라 어느 문화에서나 원칙이 지켜지는 경우는 드물다. 그러나 원칙은 사람들의 행동을 제약하면서 지대한 영향을 미친다. 프랑스에서도 이러한 사실을 확인할 수 있다. 프랑스 정치인들은 현실적인 필요에 의해서 은밀하게 자기 지역구의 이익을 대변할 수는 있어도 이를 공개적으로 추진하기는 어렵다. 여론의 눈치도 봐야 하고 잘못하면 지역주의자, 편파주의자로 비난받을 수도 있다.

나는 프랑스 정부가 한국보다 상대적으로 깨끗하기 때문에 국민으로부터 더 커다란 희망과 기대의 대상이 되고 있다고 생각한다. 한국이나 프랑스에서는 국가가 거의 모든 일에 개입하고 있기 때문에 관료나 정치인이 받는 부정부패의 '유혹'은 비슷한 수준일 것이다. 그러나 프랑스에 비해 어떤 기준으로 보나 한국의 정치인이나 관료가 부패의 유혹에 약하다. 프랑스의 경찰들은 범법행위를 한 사람으로부터 돈을 받고 눈감아 주는 일은 거의 없다. 나는 프랑스 신문을 상당히 꼼꼼히 읽는 편인데 경찰의 부패기사를 본 기억이 없다. 프랑스 사회에서 경찰이 문제를 일으키는 것은 과잉진압인 경우가 대부분이다. 돈을 훔쳐 달아나는 도둑에게 총을 쏘아 목숨을 잃게 했다든지 시위를 진압하는 과정에서 시위자를 폭행하여 심한 부상을 입혔다는 등의 내용들이다. 그러나 한국에선 일부 경찰이 돈을 받고 교통법규 위반을 눈감아주거나 교통사고 조서를 편파적으로 꾸민다는 것을 알 만한 사람은 다 아는 사실이다. 신문과 방송 등 언론매체에서도 경찰이나 공무원들의 비리와 부패에 대한 기사가 종종 눈에 띈다.

고위직에 있는 관료나 정치인들의 부패 역시 한국이 프랑스보다 규모나 빈도수에서 훨씬 심하다. 한국은 정치자금 받은 것을 고백하고도, 대통령에 당선될 수 있는 나라이니 나머지 정치인들의 부패야 이루 말할 수 없을 것이다. 프랑스에서도 정치인들의 부패는 심각한 병폐로 지적되고 있다. 그러나 앞에서 언급한 베레고부아 사건에서 볼 수 있듯이 이들의 부정부패 규모는 한국에 비하면 초라할 지경이다.

알랭 까리뇽(Alain Carrignon)은 방송인 출신으로 프랑스에서 잘나가는 젊은 정치인 중 한 사람이었다. 그는 1983년부터 1995년까지 12년 동안 그르노블 시장을 역임하였다. 그르노블은 동계올림픽을 치른 프랑스 남동부 알프스 산맥 줄기에 위치한 도시이다. 까리뇽은 시장 재임시절 정치자금을 조달하기 위하여 SAD GID라는 컨설팅 회사를 차려놓고 자문을 구한다는 명분하에 갖은 특혜를 주었다. 까리뇽 시장은 이 회사에 두 개의 프로젝트에 대한 자문을 구했는데 그 대가로 치러준 자금은 까리뇽의 선거조직으로 흘러들어갔다. 그는 그르노블 공항 근처에 자동차 경주장 건설 계획을 검토하는 대가로

180만 프랑을 지불하였고, 그르노블 공항지역의 발전계획을 주문하면서 220만 프랑을 주었으며, 시에서 거래하는 금융회사에는 불필요한 커미션 160만 프랑을 지불하였다. 모두 합쳐서 560만 프랑인데 이는 한화로 8억원 정도 되는 금액이다. 까리뇽은 지금 현재 감방에서 자신의 죄값을 치르고 있으며 앞으로 정치인으로 재기하기는 불가능할 것이다.

이 사례를 통해서 우리가 알 수 있는 사실은 한국과 비교해보았을 때 프랑스 정치인의 부정부패 규모는 훨씬 작다는 것이다. 그럼에도 불구하고 프랑스 사회는 정치인들의 부정부패 문제가 발생하면 벌집을 쑤셔놓는 듯한 분위기이다. 더욱 중요한 사실은 프랑스의 정치인은 이같은 부패 스캔들에 연루되면 더이상 정치인 생활을 할 수 없다는 점이다. 한국에서는 부패사건으로 연루되더라도 잠시만 참고 있으면, 그리고 여당에 속한 사람이면 쉽게 풀려나고 쉽게 정치에 복귀할 수 있다. 한국인의 드넓은 관대함(?)을 보여주는 대목이다.

프랑스 사람들은 한국 사람과 마찬가지로 정치인을 별로 좋아하지 않는다. 그러나 좋아하지 않는 이유는 한국과 다른 것 같다. 한국에서 정치권은 부정부패의 온상이다. 돈을 들여야 당선되고 그러다보니 당선되면 투자한 돈을 회수해야 한다. 국회의원 출마는 그야말로 사업인 셈이다. 프랑스인들이 정치인을 싫어하는 이유는 이들이 부정부패를 일삼기 때문이라기보다는 거짓말을 일삼기 때문이다. 세금을 올리지 않겠다고 하고는 일단 집권한 다음에는 세금을 올린다. 실업자를 1백만명 이내로 줄이겠다고 하고는 2백만명으로 늘려놓는다. 그러나 한국과 비교해보았을 때 프랑스 정치인의 거짓말은 애교에 가깝다. 그들의 거짓말은 처음부터 의도했던 거짓말이라기보다는 결과적으로 거짓말이 되어버린 경우가 많기 때문이다.

## 하나의 국가, 하나의 말

통일된 불가분의 공화국 원칙은 언어에서도 적용된다. 원래 프랑스어는 프랑스 수도권 지역에 살던 사람들이 사용하던 일종의 방언이었다. 중세까지 프랑스의 지배계층이 사용한 상급언어는 라틴어였고, 공식문서나 주요 학술서적들은 모두 라틴어로 작성하였다. 프랑스어는 하층민들이 일상적으로 사용하는 하급언어였고, 따라서 라틴어에 대한 콤플렉스를 가지고 있었다.

그러나 중세가 지나면서 프랑스어는 점차 상급언어의 지위를 확보해갔다. 공식문서를 프랑스어로 작성하기 시작하였고, 학자나 문인들도 프랑스어로 작품을 쓰기 시작하였다. 궁중에서도 프랑스어를 사용하였으며, 프랑스어의 문법체제가 자리잡아가기 시작했다. 중앙집권적 국가에서 궁중에서 사용한 프랑스어는 체계적으로 지방으로 확산되어갔다.

현대 프랑스어를 잘 아는 사람이면 지금으로부터 3,4백여년 전에 씌어진 몰리에르, 라씬느, 꼬르네이유 등의 작품을 쉽게 이해할 수 있다. 일부 단어들이 생소하거나 현재 사용하는 의미와 다르게 쓰이는 점만 제외하면 그 당시 프랑스인들이 사용하던 프랑스어가 거의 그대로 지금까지 이어져왔다는 사실을 알 수 있다. 프랑스에서 언어는 중앙집권적 정치구조로 인해 다른 나라보다 빨리 일반화되었고, 일찍이 문법체계를 확립하였다.

프랑스가 유럽의 중심으로 부상하면서 확실한 문법체계를 가지고 있던 프랑스어는 유럽대륙의 상급언어로서 라틴어를 대신하였다. 17세기부터 유럽의 외교관들은 프랑스어를 사용하게 되었고, 유럽 각국의 궁중에서는 프랑스어가 사용되었다. 당시 프랑스어의 위상은 현재의 영어 정도로 생각할 수 있다.

아직까지도 영미의 학자들은 프랑스어에서 유래된 표현들을 많이 사용하는데, 프랑스어식 표현을 많이 사용하는 사람들은 지적 수준이 높다는 평가를 받는다. 이는 프랑스어가 가지고 있는 문화적 지배력이다.

라틴어에 대해서 가지고 있던 프랑스어의 콤플렉스는 프랑스어가 지배언어가 된 다음에 본격적으로 표출된다. 가난했던 사람이 부자가 되면 더욱 부자 행세를 하듯이 하급언어에서 상급언어로 위상이 바뀐 프랑스어는 매우 과학적이고 논리적인 언어가 되기 위하여 갖은 노력과 정성을 기울여야 하는 대상이 되었다.

프랑스에는 아까데미 프랑쎄즈(Académie française)라는 기관이 있는데 번역하면 프랑스 학술원이 된다. 실제로 아까데미는 정치도덕학 아까데미, 미술 아까데미 등 여러 종류가 있는데 그중에 가장 대표적인 아까데미가 바로 아까데미 프랑쎄즈이다. 아까데미 프랑쎄즈의 역할은 프랑스의 가장 소중한 국보인 프랑스어를 수호하는 일이다. 프랑스어가 최초의 순수함을 계속 간직할 수 있도록 그리고 다른 외국어의 '야만적' 도입으로 인해 프랑스어가 오염되는 일이 없도록 감시하는 것이다. 아까데미 프랑쎄즈는 신조어가 생겨나면 면밀한 검토를 통해 프랑스어에 포함할지를 결정한다.

왕이 지배하던 시절에 만들어진 아까데미 프랑쎄즈는 지금까지도 프랑스어의 수호자 역할을 톡톡히 하고 있다. 프랑스에서 발간되는 사전들은 새로운 단어에 대해 아까데미의 결정에 따른다. 프랑스인들은 이와 같은 아까데미의 활동에 대해 경외심을 가지고 존중한다.

프랑스에서 아까데미씨앵(Académicien), 즉 학술원 회원이 되는 것은 매우 명예로운 일이며 지식인이라면 대부분 아까데미씨앵을 꿈꾼다. 아까데미씨앵이 되기 위해서는 활발한 저술활동을 통해 널리 알려져 있어야 하며, 정확한 프랑스어를 사용하면서 훌륭한 문장력을 보여야 한다. 그러나 그것이 전부는 아니다.

아까데미씨앵이 되려면 일단 한명의 아까데미씨앵이 사망해야 한다. 그래서 공석이 생기면 입후보를 하고, 경쟁과정을 거쳐 아까데미의 선거로 선출된다. 이같은 특성 때문에 아까데미는 보수성을 띨 수밖에 없다. 아까데미씨앵이 된 사람들은 모두 나이가 많은 지식인들이고 이들은 변화를 꺼린다. 일례로 여성이 아까데미에 들어가기 시작한 것은 비교적 최근의 일이다. 그리고 아직까지도 여성 회원은 세 명에 불과하다. 다른 분야에서의 여권신장에 비하면 매우 더딘 진행이다. 바로 이 때문에 일부에서는 아까데미가 너무 과거 지향적 기관이라고 비판하기도 한다. 가장 혁신적이고 자유분방한 국가로 보이는 프랑스도 자국의 언어에 관해서만은 매우 보수적이라고 하겠다.

표준 프랑스어의 사용은 프랑스대혁명 이후 통일된 불가분의 공화국 원칙에 따라 국민들에게 강요되었다. 사실 20세기 초까지만 하더라도 표준 프랑스어는 상급언어였고, 대부분의 국민들은 방언을 일상적으로 사용하였다. 표준어를 모든 사람이 쓰게 된 것은 불과 백년에 불과하다. 프랑스어의 전국적인 보급에 중요한 역할을 담당한 것은 19세기 말에 시작된 초등교육의 대중화였다.

우리는 교과서에서 알뽕스 도데(Alphonse Daudet)의 「마지막 수업」을 배웠다. 마지막 수업의 배경은 바로 1870~71년 프랑스와 프로이센의 전쟁에서 프랑스가 패해 알자스와 로렌 지방을 독일에 빼앗긴 때이다. 학교에서 더이상 프랑스어를 사용하지 못하고 독어를 배워야 하는 상황을 배경으로 이야기가 전개된다. 마지막 수업의 저자 알뽕스 도데는 당시 프랑스 민족주의 계열의 대표적인 지식인으로 프랑스어를 민족정신으로 생각하고 있었다. 그는 하나의 민족에는 하나의 국가가, 그리고 하나의 국가에는 하나의 언어가 있어야 한다는 신념을 가지고 있었다. 한 국가에서 여러 개의 언어가 공존한다는 것은 바로 국가의 분열을 의미하는 것이고 이는 불가분의 공화국 원칙을 무너뜨리는 일이라고 생각했다.

한국의 민족주의자들은 프랑스의 사례를 자주 거론하면서 프랑스 사람들이 자국의 언어를 소중하게 생각하는 하나의 예로 영어를 알면서도 외국인에게 프랑스어를 고집한다는 이야기를 하곤 한다. 실제로 프랑스 사람들은 자국의 언어에 대해 대단한 자부심을 가지고 있다. 그리고 이러한 자부심 또는 자만감 때문에 외국어를 배우는 데 그다지 노력하지 않는다. 그러나 내가 보기에 프랑스 사람들이 영어를 잘 사용하지 않는 이유는 영어를 모르기 때문이지 고의적으로 영어를 쓰지 않는 경우는 거의 없다. 한국에서 외국 사례를 자의적으로 해석하거나 왜곡하는 대표적인 경우이다.

프랑스를 여행하거나 유학하는 사람들 중에서 프랑스인이 인종차별적이라고 주장하는 사람들이 상당수 된다. 그러나 나는 프랑스 사람들이 그다지 인종차별적이라고 생각하지 않는다. 뒤에 더 상세히 논의하겠지만 프랑스인은 오히려 가장 반(反)인종차별적인 민족 가운데 하나이다. 프랑스인으로부터 경멸이나 멸시의 대상이 되었다고 생각하는 이유는 대부분 이들이 프랑스어를 잘 구사하지 못하기 때문이다.

통일된 불가분의 공화국에서 프랑스어 구사능력은 모든 시민이 갖추어야 할 기본 의무이다. 프랑스어를 제대로 구사하지 못하는 사람은 사회의 동등한 구성원으로 보기 힘들다. 그만큼 프랑스어를 못하는 사람에 대해서 프랑스 사람들은 가혹하게 대한다. 하지만 프랑스어를 제대로 구사하는 사람들에 대해서는 동등한 자격과 인격을 인정해준다.

아마 이런 관점에서 보자면 프랑스에 대해 가장 불만을 가진 사람은 미국인일 것이다. 세계 어디를 가도 영어로 말하면 다른 사람들이 이해하려고 하고 도와주려고 경쟁한다. 그러나 프랑스에서 영어로 마구 말하면 프랑스 사람들은 경멸의 눈초리로 굉장히 기분나빠한다. 왜 남의 나라에 와서 조금의 부끄러움이나 주저함도 없이 자기나라 말로 지껄여대냐는 반응이다. 이런 상황에서 동양에서 온 한국인이 스스럼없이 영어를 해대면 듣기 싫은 것은 당연하다. 이는 프랑스에서 제대로 영어교육을 받지 못한 사람들일수록 심하다. 그리고 나이가 많아 아직도 프랑스가 세계적인 강국이라고 생각하는 사람일수록 더 노골적으로 나타난다.

프랑스인들이 프랑스어에 대해 가지고 있는 집착과 사랑은 국가에 대한 믿음이 있기에 가능하다. 프랑스어는 통일된 불가분의 공화국의 언어이고 일종의 시민권과도 같다. 지금은 프랑스가 중위의 선진국으로 탈락하였지만 프랑스는 아직도 세계적인 시각을 견지하면서 국제적으로 주도력을 발휘하려고 한다.

캐나다, 벨기에, 스위스, 그리고 아시아나 아프리카의 구식민지 국가들이 참여하는 프랑스어권 국가의 모임은 프랑스 외교의 중요한 부분을 차지하고 있다. 프랑스는 이러한 모임을 통해 아직도 자국이 국제 외교무대에서 중요한 위치에 있음을 확인하고 싶어한다. 프랑스는 과거 제국의 영광을 쉽게 잊지 못하고 있는 것이다.

# 시위가 빈번한 혁명의 나라

세상에서 프랑스 사람들처럼 혁명을 많이 한 국민도 드물 것이다. 특히 프랑스대혁명은 세계사에 획기적인 변화의 폭풍을 몰고 온 사건으로 기록되고 있다. 인류의 역사에서 소수가 다수를 지배하는 것은 지극히 당연한 일로 여겨져왔다. 혹은 자연의 섭리, 혹은 신의 명령 등 이유는 다양했지만 소수의 다수 지배는 정당하고 자연스러운 것이었다. 하지만 1789년 프랑스대혁명 이후 이같은 당위성은 무너지기 시작하였다. 세계의 지배자들이 만들어놓은 거대한 당위성의 둑은 서유럽의 한구석에서 작은 물줄기로 뚫리기 시작하여 점점 붕괴되기 시작한 것이다. 다수의 자유를 찾기 위한 노력은 프랑스에서 주변의 유럽국가로 전파되었고 다시 전세계로 확산되어 국민주권 시대를 열어나갔다.

프랑스의 근대정치사는 혁명의 역사이다. 1789년의 대혁명으로 시작하여, 1830년 혁명, 1848년 혁명, 1870~71년의 빠리꼬뮌, 1944년 나찌 독일의 압제에 대한 레지스땅스와 해방운동, 그리고 1968년의 5월혁명은 프랑스 근대사의 커다란 줄기를 이루고 있다. 1789년 대혁명을 추진하는 과정에서 프랑스인들은 왕의 목을 절단하여 수백년을 지배해온 왕정의 종말을 가져왔으며, 1830년 혁명을 통해 의회민주주의의 발전을 도모하였다. 1848년 혁명에서는 국민 모두가 투표할 수 있는 권리를 획득하였고, 빠리꼬뮌에서는 노동자의 권리신장을 꾀하였다. 제2차 세계대전 초반 독일군에 점령당한 프랑스인들은 꾸준한 저항운동으로 주권을 지켰고, 1968년에는 자본주의 산업사회에 대한 폭발적인 항거에 앞장섰다.

나는 정치를 지배하는 것은 사람들의 이익보다는 신념이라고 생각한다. 유권자들이 투표를 하거나 시민들이 시위를 벌일 때 이들을 움직이고 행동하고 선택하게 하는 동인은 자신의 물질적 이해타산과 계산보다는 정신적 믿음과 감정에 있다고 여긴다. 물론 그렇다고 물질적 이익이 정치에 전혀 영향을 미치지 않는다는 것은 아니다. 사람들은 정부가 세금을 올려 자신의 소득을 빼앗아가면 싫어하고 복지제도를 통해 다양한 혜택을 주면 좋아하게 마련이다. 다만 이익적 차원과 감정이나 신념의 차원을 놓고 비교해보았을 때 감정이나 신념이 앞서는 경우가 더 빈번하다는 말이다. 프랑스 정치는 이런 면에서 상대적으로 믿음과 감정, 그리고 신념이 강력하게 표출된다.

프랑스가 혁명의 나라가 된 이유도 프랑스인들이 시위를 매우 즐기기 때문이다. 빠리에는 크고 작은 시위를 통틀어서 하루 평균 3건의 시위가 있다. 한해에 1천여건 이상의 시위가 벌어진다는 말이다. 여기서 시위란 몇사람이 모여 "대통령 물러가라!"라고 외치는 것이 아니다. 빠리경찰청이 제시한 '시위'의 기준에 따르면 50명 이상의 사람들이 모여 거리를 점거하면서 이동하는 것을 의미한다. 정말 다양한 문제에 대한 각종 시위가 벌어지는 곳이 빠리이다.

나도 빠리에 사는 동안 두 번 시위에 참여한 경험이 있다. 첫번째는 1983년 소련의 KAL기 격추사건에 대한 시위였다. 고등학교 입학을 앞두고 빠리에 유학온 지 며칠 되지 않았을 때 나는 프랑스 한인사회에 의해 동원되어 반(反)소련 시위에 참여했다. 우리는 개선문에서 결집하여 부근에 있는 소련대사관까지 행진하였다. 50여명 남짓한 주불 한인과 유학생들로 구성된 행렬은 인도를 따라 소련대사관 앞에 설치된 바리까드(barricade, 바리케이드는 프랑스어를 영어식으로 발음한 것이다)까지 이동하였다. 그리고는 당시 소련의 지도자였던 안드로포프에게 죽음이라는 응징이 내려져야 한다고 외쳤다.

두번째 시위는 대학교 1학년 때였는데 프랑스 교육문제에 관한 학생들의 반발이었다. 1986년 당시 드바께(Devaquet)라는 우파 출신의 교육부 장관은 프랑스의 교육제도가 너무 평등주의에 치우친 나머지 충분한 경쟁이 이루어지지 않고 있다면서 개혁을 시도하였다. 그 구체적인 내용은 바깔로레아 학위를 취득한 학생이 자신이 원하는 대학에 진학하는 권리를 제한하고 각 대학에 학생선발권을 부여하겠다는 것이었다. 이러한 개혁은 기존의 바깔로레아가 가지고 있던 가치를 절하시키는 조치였다.

나는 일명 반(反)드바께 시위에 몇차례 참여하였다. 먹구름 낀 하늘로 음산한 분위기를 연출하는 어느 가을날, 나는 반 친구들과 함께 시위 장소로 나갔다. 전국 각지에서 몰려온 중학교, 고등학교, 대학교 학생들은 학교별로 모여 스크럼을 짰고 우리는 비에 젖은 거리를 밟고 전진하였다. 우리들의 앞뒤로 동지들의 머리가 시야를 메우고 있었다. 시위중 좌우의 인도에는 박수치는 구경꾼들의 미소와 아파트의 발꽁(balcon, 발코니는 프랑스어 발꽁에서 왔다)에서 환호를 보내는 빠리 시민들의 격려가 들려왔다.

나는 신나게 행진하였다. 평상시에 자동차가 질주하는 대로를 활보하는 기분은 그만이었다. 우리는 드바께를 비난하는 구호를 외치고 노래를 부르며 역사적 시위가 있었던 광장들을 두루 거쳐갔다.

드바께, 드바께
너는 모를 거야, 모를 거야
너의 개혁, 개혁을
우리가 어디에 처박을지

똥구멍, 똥구멍, 똥구멍!

오후 두시쯤 시작한 시위행렬의 종착지는 하원의사당(Assemblée Nationale)이었다. 오후 다섯시, 해가 서서히 저물어 어둠이 깔리기 시작할 무렵 우리 시위대는 하원의사당 앞에 집결하였다. 그날은 드바께 장관의 법안을 하원에서 심의하는 날이었다. 시위대의 목적은 법안에 반대하는 학생들의 힘을 보여 하원의원들에게 압력을 행사하려는 것이었다. 로마식 건축양식으로 지어진 하원의사당 주위에는 전국에서 구름처럼 몰려온 젊은이들이 드바께를 야유하는 구호를 외쳐대고 있었다.

그때 재미있는 일이 벌어졌다. 하원의원들 몇명이 의사당에서 나오더니 시위의 양상을 살피는 듯하였다. 수만명의 구호에 위압되어 이들은 잔뜩 겁먹고 있는 듯이 보였다. 그런데 이게 웬일인가. 덩치가 크고 머리가 하얀 한 의원이 학생들 쪽으로 몇걸음 나오더니 오른손 주먹을 꼭 쥐고 왼손을 오른팔 중간에 올려놓고는 학생들을 향해 오른팔을 치켜 들었다. "엿 먹어라"는 뜻이었다. 예술의 나라 프랑스에서 민의를 대표하는 '고귀한' 국회의원이라는 신분으로 젊은이들에게 이처럼 저질스러운 행동을 서슴지 않는 사람은 과연 누구인가. 그는 프랑스 극우파의 수장 장 마리 르뻰이었다. 학생들은 르뻰에게 야유를 퍼부으면서 극우파의 저질성을 비난하였다.

하원 의사당에는 계속 시위대들이 몰려와 우리 학교 시위대는 가까운 샹 드 마르스 광장으로 비켜나야 했고, 그때 다시 비가 내리기 시작했으므로 우리는 해산하였다. 그런데 모든 시위가 그렇듯이 해산하려는 순간에 문제가 발생하였다.

시위대는 시위진압 전문경찰이라고 할 수 있는 공화국치안대(CRS,

시위대원과 공화국치안대. 시위 해산 후에는 충돌이 잦다.

Compagnie républicaine de la sécurité)를 향해 시위하는 내내 욕을
퍼부었다. 특히 1968년 5월 혁명 때부터 시위진압경찰에 대해 퍼부
었던 "CRS, SS!"라는 욕을 즐겨 외쳤었는데, 그것은 제2차 세계대전
당시 프랑스를 지배하면서 탄압에 앞장섰던 SS라는 나찌의 친위대와
다를 바가 없다는 비아냥거림이었다. 젊은 학생들의 야유를 묵묵히
참아온 공화국치안대에게 시위해산은 묵었던 스트레스를 푸는 기회
였다. 시위가 국민의 권리로 인정되는 나라에서 공화국치안대의 역
할은 시위대를 보호하는 것이다. 좌파와 우파가 동시에 시위할 경우
이들간에 서로 충돌이 일어나지 않도록 조정하는 역할도 담당하고
있다. 또한 시위대가 무질서하게 여기저기로 흩어지지 않고 예정된
코스로 행진하도록 교통을 적절히 막아주기도 한다. 따라서 이들은
아무리 "CRS, SS!"라는 야유와 구호가 마음에 들지 않더라도 묵묵히
임무를 수행한다. 상부의 지시는 "시위 도중 불상사가 생기지 않도록

각별히 조심하라"는 것이기 때문에…… 하지만 어둠이 내리기 시작하면 상황은 달라진다. 밤의 시위는 국가가 통제하기 어려운 방향으로 발전할 수 있다. 밤이 서서히 다가오면 시위해산의 종이 울린다.

공화국치안대는 이때부터 물차와 연막탄을 동원하여 시위대를 향해 쏘아댄다. 대부분의 시위자들은 물세례를 맞아 싸늘한 날씨에 덜덜 떠는 생쥐꼴이 되고, 게다가 연막탄에 기침까지 콜록거리며 대충 집으로 돌아가는 분위기이다. 자신들의 의사를 분명히 표시했기 때문에 굳이 치안세력과 충돌할 이유가 없는 것이다. 그러나 일부 시위대는 끝까지 남아 치안대와 대치하면서 밤늦게까지 위험한 '게임'을 즐긴다.

그러나 이러한 무모한 '게임'은 사고를 불러일으키는 화근이 된다. 아니나다를까, 학생들의 대규모 반드바께 시위가 있던 다음날 조간신문에는 '경찰의 과잉진압에 따른 사망' 소식이 1면 머릿기사를 차지했다. 희생자는 말릭 우쎄낀이라는 아랍계 학생이었다. 밤늦게까지 경찰과 숨바꼭질하면서 시위 뒤풀이를 하고 있던 말릭은 오토바이를 타고 시위자를 뒤쫓던 치안대 특별조에 잡혀 폭행을 당하고 그 자리에서 사망했다.

어느 나라에서나 공통적으로 나타나듯이 경찰측에서는 "말릭이 만성적인 심장병 환자였다"는 점을 집중적으로 강조하면서 사고사임을 주장하였고, 시위대측에서는 "경찰이 해산 목적이 아니라 시위대에 화풀이하려는 마음으로 인권과 생명을 유린하는 폭행을 저질렀다"고 비난하였다. 특히 말릭이 아랍계 학생이라 경찰이 마음놓고 폭행했을 것이라는 주장이 자연스럽게 제기되었다.

학생들은 말릭의 장례식에 맞추어 다시 시위를 벌였다. 이번 시위는 침묵의 시위였다. 전과 같이 노래를 부르거나 구호를 외치며 어깨

동무를 하고 신나게 행진하는 시위가 아니었다. 그러나 침묵의 시위가 가지는 상징성과 힘은 소리 높여 구호를 외치는 시위보다 훨씬 강했다. 당시 시라끄 총리가 이끌던 우파 정부는 사태가 심각하게 전개되자 하원에 상정된 드바께 법안을 철회한다는 발표를 하였다. 학생들이 승리한 것이다.

이런 점에서 말릭의 죽음은 헛된 것이 아니었다. 결국 수십만의 시위대가 이루지 못한 일을 자신의 죽음으로 가능하게 했기 때문이다. 하지만 그것은 결과론적인 이야기일 뿐이다. 말릭은 드바께 법안에 반대하면서 목숨까지 바칠 생각은 없었을 것이다. 순수한 마음으로 시위에 참여했다가 경찰과의 게임을 즐겼는데 한순간에 폭력적으로 돌변할 수 있는 경찰의 속성을 미처 깨닫지 못했던 것이다.


## 축제로서의 시위

프랑스에서 벌어지는 시위들이 모두 이렇게 드라마틱하게 전개되는 것은 아니다. 대부분의 시위는 규모도 작고 정부에 미치는 영향력도 크지 않다. 그러나 그 다양성은 우리가 상상하는 것보다 훨씬 크다. 사회를 구성하고 있는 단체들은 자신의 결집력을 과시하고 영향력을 확보하기 위해 시위라는 행동을 택한다. 경우에 따라 시위가 하나의 단체나 집단을 형성하는 촉매제가 되기도 한다.

빠리에서는 우스꽝스러운 시위를 종종 구경할 수 있다. 그중 인상적이었던 것이 호모들의 시위였다. 금발 미녀를 흉내내기 위한 가발과 짙은 아이섀도우, 립스틱, 반짝이는 스타킹과 뾰족구두를 신은 여장 남자들이 떼지어 구호를 외치며 행진하는 모습은 보기 드문 광경이다. 이같은 시위를 재미있어하는 것은 이를 구경하는 프랑스인들의 표정에서도 읽을 수 있다. 그러나 아무도 침을 뱉거나 욕설을 퍼붓지는 않는다. 개인적으로 호모에 대한 혐오감을 가진 프랑스인은 많지만 적어도 공개적으로 이들의 시위권리를 부정하는 사람들은 찾아보기 힘들다.

호모들이 시위하면서 얻고자 하는 것은 무엇인가. 1970년대까지 호모들의 시위는 특별한 주장이 없더라도 그 자체로서 의미가 있었다. 전통사회에서 터부시되던 호모들은 68혁명 이후 개방적 분위기 속에서 자신들의 존재를 확인시키려고 했던 것이다.

그러나 1980, 90년대 들어서면서 이들의 요구는 더욱 명확하게 표출되었다. 특히 1980년대 에이즈가 호모들을 강타하면서 이들은 정부에 각종 요구를 하기 시작했다. 반에이즈(反AIDS) 호모단체에 재정적인 지원을 요청하였고, 에이즈 예방과 교육에 더 많은 재원을 투자하라고 요구하였다. 1990년대에는 호모들도 가정을 이루고 원할 경우에 양자를 들일 수 있도록 허락해달라는 요구도 등장하였다.

또다른 이색적인 시위 중의 하나가 매춘부들의 시위다. 시위하는 매춘부들의 주장을 요약하면 매춘부라는 '직업'을 국가에서 인정하라는 것이다. 매춘부도 사회의 다른 직업과 다를 바가 하나도 없는 직업이며 자신들도 세금을 낼 테니 의료보험이나 연금보험과 같은 복지국가의 혜택을 받도록 해달라는 요구였다. 프랑스에서는 매춘이 법으로 금지되어 있지 않다. 다만 법에서 금지하는 사항은 조직 폭력배들에 의한 매춘사업과 매춘부들이 거리나 공공장소에서 호객행위를 하는 것이다. 따라서 성인들간에 이루어지는 교환행위에 대해서는 제재가 가해지지 않는다.

그러나 가장 충격적이었던 시위는 바로 '경찰'들의 시위였다. 우선 공공질서를 수호해야 하는 경찰들이 시위하는 것 자체가 프랑스 시위문화의 특징을 잘 보여주고 있다. 당시 TV 인터뷰에 응한 시위경찰의 말을 빌자면 "일상시에 우리의 임무는 공공질서를 유지하는 것이죠. 하지만 우리도 일의 대가로 임금을 받는다는 점에서는 다른 근로자들과 다를 바가 없습니다."

경찰들의 시위는 시위라기보다는 질서정연한 행진에 가까웠다. 그들은 경찰모를 벗어 왼손에 들고는 로마군대처럼 사각형을 형성하여 천천히 걸어나갔다. 그들은 고개를 똑바로 들고 정면을 응시하면서 그렇게 조용히 행진하였다. 오히려 시위를 진압하기 위해 주변에 위치한 공화국치안대가 더 산만하고 웅성거리는 분위기였다.

경찰에게도 허용되는 '시위의 권리'는 심지어 외국인에게까지 주어진다. 특히 인종차별을 반대하는 시위에는 프랑스인들과 외국인들이 한데 어우러져 행진하는 모습을 쉽게 발견할 수 있다. 1980년대부터 르뻰이 주도하는 프랑스의 극우파 정당 국민전선(Front National)이 각종 선거에서 10% 이상의 득표율을 보이면서 프랑스 사회의 인종차별적 편견이 부분적으로 정당화되는 듯하자 이에 대한 반발로 반(反) 인종차별 캠페인과 시위가 부쩍 늘어났다.

시위하는 사람들이 다양하듯이 시위방식도 여러가지이다. 일반적으로 프랑스에서 일어나는 시위는 '축제' 분위기를 방불케 한다. 직장을 잃은 실업자들의 시위, 사회로부터 인정받지 못해 몸부림치는 호모와 매춘부들의 시위, 국가의 도움을 요청하는 장애인들의 시위 등등. 이들이 거리로 몰려나오는 이유를 생각해보면 안쓰럽고 비장하기까지 하지만 이들의 시위에서 뜨거운 정열과 누적되었던 불만이 폭발하는 '축제' 특유의 분위기를 느낄 수 있다. 이것이야말로 프랑스대혁명 이후 전해 내려오는 혁명축제(fête révolutionnaire)의 모습이다. 프랑스혁명의 자유·평등·박애 정신은 혁명축제를 통해 현실화된다. 마차나 자동차가 다니는 거리, 즉 공적인 공간을 점유할 수 있는 '자유', 사회적 신분이나 빈부의 격차, 남녀노소를 불문하고 모두 거리에 나서서 불의에 대항하는 한 개인으로서의 '평등', 그리고 개인적 불만과 고통을 다른 사람들과 공유하면서 해결책을 모색하는 '박애'의 위로……

프랑스인의 시위는 개인적인 불만을 공적으로 표출하는 한 방법이다. 시위는 목적했던 바를 이룰 수도 있고 이루지 못할 수도 있다. 그러나 중요한 것은 시위의 목적달성이 아니고 어떤 목적을 위해 여러 사람들이 뜻을 합칠 수 있다는 점이다. 혼자서 고민하던 문제가 다른 사람에게도 있다는 점을 확인하면서 시위자는 유대감을 느낀다. 그리고 이런 전통은 부모에게서 자식으로 전해진다. 프랑스에선 부부가 유모차를 밀면서 시위에 참여하는 모습을 쉽게 발견할 수 있다. 1970년대 이후 나타나기 시작한 이런 시위양상은 시위가 이제 더이상 '불온세력의 음모'가 아니라 민주사회의 자연스럽고 당연한 표현양식으로 자리잡았음을 상징적으로 보여준다.

그렇다고 시위가 항상 모두에게 즐겁고 신나는 일은 아니다. 말릭과 같은 희생자도 가끔씩 생겨나고 잦은 시위로 인한 빈번한 교통정체는 시민들의 발을 묶는다. 그리고 경제적인 부작용과 손해를 따져보면 엄청날 것이다. 그럼에도 불구하고 프랑스 언론에서는 시위로 인한 경제적 손실을 따지는 '메스껍고 비민주적인 행위'를 하지 않는다. 시위는 프랑스의 오늘을 있게 한 시민의 권리이므로 이를 부정하고 비난하는 행위는 민주주의의 고귀한 정신을 치졸한 손익계산서로 오염시키는 수전노의 태도라고 보는 것이다.(잘 알다시피 프랑스 국민들이 제일 싫어하는 타입 중의 하나가 수전노이다. 굳이 몰리에르의 명작 『수전노』를 들지 않더라도 '상인들은 민중의 피를 빨아먹는 도둑'이라는 생각이 널리 퍼져 있고 그 때문에 프랑스에서 자본주의는 다른 유럽국가들보다 훨씬 늦게 발전하였다.)

프랑스의 시위문화는 국민들의 불만을 완화하기 위한 제도적 장치라고도 볼 수 있다. 인간이 사회를 이루고 사는 이상 인간들 사이의 불만과 갈등은 당연히 나타난다. 집단과 집단의 마찰과 갈등은 당연한 것이다. 그리고 정치의 가장 기초적인 기능은 이러한 갈등이 폭력화되는 것을 막는 일이다. 민주주의 사회에서 선거는 이러한 기능을 수행하는 핵심수단이다. 서로 권력을 차지하려고 총칼을 들고 싸우는 것을 막아주는 선거제도는 매우 기발한 아이디어인 것이다.

하지만 선거의 단점은 모든 사람을 똑같이 취급한다는 점이다. 사실 18세기, 19세기에는 국민 모두에게 선거권을 부여한 것은 아니었고 세금을 일정액 이상 내는 사람들에게만 선거권이 주어졌다. 즉 경제적 부를 누리는 부르주아들에게만 선거권이 있었던 것이다. 1848년 혁명 이후에야 모든 남자들에게 선거권이 주어졌다. 프랑스에서 보편선거권이 여성에까지 확대된 것은 1944년이다.

이처럼 보편선거권은 신분의 차이와 빈부의 격차, 남녀노소의 차별을 없앴지만 다른 한편 너무나 평등을 강조한 나머지 또다른 성질의 불만세력들을 양산하였다. 어떤 사람들은 정치에 대해서 별 관심이 없이 지내고 또다른 사람들은 정치에 커다란 관심을 가지고 적극적으로 참여한다. 후자는 당연히 선거제도에 대해 불만을 가지고 있다. "나는 정치상황을 이해하기 위해 매일 신문을 정독하고 정책 관련 프로그램들을 보면서 토론을 벌이는데 정치에 대해 평소에 무관심하던 사람과 똑같은 한 표의 영향력을 행사하라는 것은 너무 부당하다"는 주장이다.

이런 계층의 불만을 해소해주는 것이 바로 시위제도이다. 시위는 정치에 큰 관심을 가진 사람들이 자신의 의지를 표현할 수 있는 기회를 제공한다. 몇년에 한번씩 돌아오는 선거에서 한 표를 행사하는 것보다 훨씬 강력하게 자신의 의지를 표명할 수 있는 기회이다.

프랑스 사람들은 왜 그토록 저항적일까. 왜 그들은 툭하면 불평불만을 소리 높여 외치고, 떼를 지어 거리로 뛰쳐나가는 것일까. 왜 프랑스인들은 거리에 모이면 무엇이든 주워들어 경찰에게 던지는 것일까.

프랑스 사람들은 전통적으로 신경질적이고 짜증이 많은 민족으로 알려져 있다. 그들은 무엇이든 불평할 구석을 찾아내는 데 능숙하다. 그리고 대단히 수다스러운 민족으로도 유명하다. 프랑스 사람들의 '혁명 자질'은 민족성에 기인한다고 말할 수 있다. 수다를 떨려면 여럿이 모여 대화를 나눌 수 있는 공간이 필요하고 프랑스 전국에 널려 있는 까페는 이러한 공간을 제공하고 있다. 몇사람이 어울려 일상생활의 불만을 토로하다보면 권력과 부를 가진 사람들은 자연스럽게 공격대상이 된다. 와인도 몇잔 마셨겠다 목소리는 점점 커지고 홧김에 "가진 자들을 때려잡자"는 말들이 나올 법도 하다. 이같은 '음모'가 여기저기서 준비되면서 혁명의 분위기가 조성되고, 급기야 화약고에 불을 지피는 사건이 발생한다.


## 좌는 좋은 것, 우는 나쁜 것

한국에서 우파는 좋은 것이고 좌파는 나쁜 것이다. 그 어느 누구도 "나는 좌파다!"라고 자신있게 주장하지 못하는 것을 보면 이것은 명확한 사실인 것 같다. 좌파가 국가 전복을 꾀하는 세력으로 의심받고 있는 반면 우파는 민족의 전통과 국가의 미래를 준비하는 세력쯤으로 인정받고 있다. 한국에서 내로라 하는 정당들이 모두 보수를 자처하고 있는 것을 보면 우리 사회에서 좌파에 대한 인식이 얼마나 부정석인 것인지 알 수 있다.

하지만 좌와 우라는 개념을 만들어낸 프랑스에서는 정도는 다르지만 그 반대이다. 좌는 좋은 것이고 우는 나쁜 것이다. 프랑스에서 좌는 진보와 발전을 상징하는 반면 우는 보수와 정체를 의미한다. 프랑스에는 좌우의 다양한 정당들이 존재한다. 좌파의 정당들은 자신이 좌파라는 것을 자랑스럽게 밝히는 데 반해 우파 정당들은 절대로 자신의 성향을 공개적으로 밝히지 않는다.

정당 중에서 가장 역사가 긴 정당이 급진당(Parti Radical)이다. 중도 성향의 급진당은 두 파로 분열되었는데, 그중 우파는 우파라고 명시하지 않은 채 급진당이라는 명칭을 그대로 유지하였다. 반면 좌파는 좌파급진당(Parti des Radicaux de Gauche)이라는 새 명칭을 달았다. 공산당과 사회당의 선거 및 집권연합은 '좌파연합'(Union de la Gauche)이라는 명칭을 스스럼없이 사용하는 데 반해 우파 정당들의 연합은 '프랑스' '공화국' 같은 용어를 갖다붙이면서 우파연합이라는 사실을 감춘다. 심지어 극우파조차도 우파라는 말 대신 '민족전선'(Front National) 운운한다.

프랑스 정치에서 좌우파의 개념이 생겨난 것은 프랑스대혁명 시기로 거슬러올라간다. 혁명 이후 의회에서 왕권의 지속과 유지를 주장하던 정치인들은 국회의장의 오른쪽에 자리잡고, 반대로 왕권의 축소나 공화국 수립을 주장했던 정치인들은 의장의 왼쪽에 자리잡았다. 그때부터 현 질서의 유지, 즉 보수를 주장하는 정파는 우파로, 그리고 변화를 요구하는 정파는 좌파로 불리게 되었다. 따라서 좌우파의 개념은 정적(靜的)인 것이 아니라 매우 동적(動的)인 개념이다. 한번 좌파라고 해서 영원한 좌파일 수 없고 한번 우파라고 해서 영원한 우파일 수 없다.

예를 들어 19세기 전반기나 중반기에 급진파는 극좌파에 속했다. 급진파 주장의 핵심은 군주제를 없애고 공화정을 수립해야 한다는 것이었다. 그 당시 우파에서는 군주제를 주장하고 있었고, 좌파에서조차 온건세력은 입헌군주제를 옹호하고 있었다. 이런 정치상황에서 군주제를 없애고 모든 국민에게 투표권을 인정하자는 보편투표권(국내에서는 보통투표권이라는 용어가 일반화되어 있으나 국민 모두가 투표할 수 있는 권리가 있다는 점을 강조하기 위하여 여기서는 보편투표권이라는 표현을 사용한다)의 주장은 급진적인 주장이었으며, 그 이유로 이들을 급진파로 불렀다.

그러나 1870~71년 보불전쟁에서 프랑스가 패하고 빠리꼬뮌의 회오리가 몰아친 다음 프랑스에는 제3공화국 체제가 수립되었다. 1848년 혁명 이후 원칙적으로만 인정되던 보편투표권이 실시되었다. 또한 이 시기에 급진파보다 더 진보적 사회주의 정당들이 생겨나기 시작했다. 이런 상황에서 급진파는 사회주의 세력에 극좌의 자리를 내주고 온건 좌파가 되어버렸다.

역사는 다시 흐르고 흘러 1917년 러시아에서 볼셰비끼 혁명이 성공하고 그 여파로 프랑스 사회당은 혁명 추종세력인 공산당과 혁명단순 지지세력인 사회당으로 분열되었다. 공산당이 극좌로 자리잡고 사회당이 온건좌파로 밀리면서 급진파는 중도세력으로 다시 이동하였다. 제2차 세계대전 이후 급진파는 아예 우파 정당들과 연합하는 파와 좌파 세력들과 연합하는 파로 나우어졌다.

이러한 정치세력들의 역사적 변천과정을 보면서 우리는 좌우의 개념이 이분법적인 개념이라기보다는 부채꼴 모양으로 하나의 스펙트럼을 이루고 있다는 사실을 알 수 있다. 오히려 이분법적인 개념으로 여(與)와 야(野)라는 말이 있다. 이러한 정치 지형은 프랑스 같은 다당제 국가보다는 미국이나 영국과 같은 양당제 국가에서 찾아야 할 것이다.

프랑스 의사당이 반원형 모양으로 생겨 극좌에서 극우까지의 정치세력들이 차례로 앉아 있다면 영국 의사당은 사각형으로 생겨 여와 야가 서로 마주보는 모습이다. 영국과 같은 상황에서는 '여'아니면 '야'이고 '야'가 아니면 '여'이다. 그러나 프랑스 정치에서는 이러한 이분법이 적용되지 않는다. 프랑스 정당은 부분적으로 여이면서 부분적으로 야일 수 있다.

적어도 프랑스적인 정치개념을 가지고 현재 한국의 정치 지형을 그려본다면 민주당은 좌파이고 한나라당은 우파이며, 자민련은 극우파이다. 하긴 좌파와 극우파가 연합하는 정권창출은 프랑스에서 상상하기 어렵다. 아니 프랑스뿐 아니라 모든 선진 민주주의 국가에서도 상상하기 어려운 일이다.

한국 정치에선 어떤 사람의 출생지가 그 사람의 정치성향을 추측할 수 있는 일차적 자료 가운데 하나다. 출생지로 알기 어려울 땐 본적을 따져보면 뚜렷해진다. 이것은 매우 비극적인 현실이다. 왜냐하면 다른 정치적 대립과 달리 지역주의에 기초한 정치적 대립은 끝없이 분열을 재생산해내기 때문이다. 영호남의 지역주의는 충청과 강원의 지역주의를 불러일으키고, 다시 대규모의 지역주의는 남북도를 가르는 지역주의로, 그리고 도단위의 지역주의는 군단위의 지역주의로, 나중에는 동네 대립을 부르는 지역주의로까지 나갈 것이다.

프랑스에도 한국과 마찬가지로 지역적 대립이 존재하고 있다. 프랑스의 지도를 놓고 북동쪽에서 남서쪽으로 선을 그으면 대충의 윤곽을 알 수 있는데 프랑스의 서북지역을 중심으로 우파가 전통적인 강세를 보이고 있으며, 남동지역을 중심으로 좌파가 강세를 보이고 있다. 프랑스 혁명사를 보면 국왕에게 끝까지 충성심을 보이면서 혁명세력에 반기를 들었던 방데(Vendée) 지방은 서북지역의 핵심이며, 프랑스 국가가 되어버린 혁명가 「라 마르쎄이예즈」(La Marseillaise)는 남동부의 대도시 마르쎄이유 출신 혁명부대의 행진가였다.

그러나 프랑스의 지역대립은 단순히 방데와 마르쎄이유가 대립하는 구도는 아니다. 프랑스의 지역대립은 좌와 우라는 이념적 대립을 통해서 나타나기 때문에 한국처럼 분열적이지 않다. 프랑스 북부에 있는 노르망디의 르 아브르(Le Havre)와 남부에 있는 아비뇽은 좌파주도 지역이기에 서로 공통점을 찾을 수 있다. 마찬가지로 동부의 그르노블과 서부의 보르도는 우파 성향을 띤다.

프랑스에서의 지역문제는 프랑스로부터의 독립을 추구하고 있는 꼬르스(Corse, 코르시카의 프랑스어명)나 바스끄(Basque) 지역의 문제이다. 이들 지역은 빠리에서 멀리 떨어져 있는 프랑스 주변부라는 공통점을 가지고 있다. 또 프랑스 영토에 편입된 것도 다른 지역보다 매우 늦다. 다른 한편 자신들만의 독특한 언어와 풍습을 가지고 있다는 것도 공통점이다.

꼬르스 민족해방전선(FNLC)이나 바스끄 지역의 독립을 주장하는 ETA(테러에 깊이 연관되어 있는 바스끄 독립단체)는 프랑스 중앙정부가 지속적으로 자신들의 정체성을 말살하기 위한 정책을 펴왔으며, 프랑스 관광객들이 자국의 영토를 마구 훼손하고 있다고 선전한다. 물론 이러한 과격 정치세력이 해당 지역 주민들에게 지지를 얻고 있는 것은 아니다. 어찌 보면 주민들의 지지를 결여한 소수 정치세력이기 때문에 테러리즘과 같은 극단적인 수단을 택하는지도 모른다. 이 집단들은 좌파에도 우파에도 속하지 않은 제도권 밖의 정치세력들이다. 프랑스 국가의 입장에서 보면 그야말로 국가 전복을 꾀하는 세력들인 것이다.

## 프랑스 정치의 퍼즐 풀기

서구 정치를 공부하는 학생들에게 프랑스는 매우 골치 아픈 나라이다. 프랑스는 미국, 영국과 함께 세계에서 가장 오래된 민주주의의 역사를 가지고 있다. 그래서 비켜가기가 어려운 나라이다. 정당만 해도 그렇다.

시민사회의 의사를 결집하여 국가의 정책방향을 수립하는 데 결정적으로 기여하는 민주주의의 기둥은 정당이다. 그런데 프랑스에는 정당의 수가 다른 나라보다 훨씬 많을뿐더러 그 명칭도 수시로 변한다. 미국은 공화당과 민주당, 영국은 노동당과 보수당, 그리고 정당 수가 많다는 독일도 기독교민주당·사회민주당·자유민주당·녹색당 넷만 외우면 된다. 반면 프랑스에는 좌파 내에만도 서너 개의 정당, 우파 내에도 서너 개의 정당이 있어 외국인들을 혼란스럽게 한다. 여기서 외국인이 프랑스의 정당정치를 쉽게 이해할 수 있도록 몇가지 틀과 원칙을 제시해보면 다음과 같다.

프랑스 정치세력은 우파와 좌파가 양대산맥을 이루고 있는데 두 진영을 살펴보면 비슷한 구조를 가지고 있다. 각 진영은 세 개의 커다란 분파로 나뉘어져 있다. 혁명적인 성향을 가진 분파, 그리고 국가와 민족을 중요시하고 개인보다는 집단과 공동체를 우선시하는 권위적 성향의 분파, 마지막으로 개인의 가치를 상대적으로 중요시하면서 문화적 개방주의를 내세우는 개방적 성향의 분파가 있다.

좌우를 떠나 비슷한 성향의 분파들을 살펴보자. 우선 혁명적 성향의 분파인 좌파의 군소정당이나 우파의 국민전선은 기존의 질서를 혁명적으로 전환해야 한다는 점에서 공통성이 있다. 다만 차이점은 좌파에서는 인간성을 파괴하는 자본주의 시장경제를 중단시켜야 한다고 외치는 데 반해 우파에서는 이미 너무나 사회주의화된 현 체제를 전복해야 한다고 주장한다.

권위적 성향의 공산당이나 공화국연합은 좌우파를 떠나 국가의 주도적 역할을 인정한다. 공산당은 국가가 사회정의를 위해 적극적으로 경제에 참여해야 하며 재분배정책을 펴야 한다고 말한다. 공화국연합은 산업의 발전을 위해 국가가 많은 자본을 투자하여 산업육성책을 펴야 한다고 말한다.

반면 좌우파를 막론하고 개방적 성향의 분파들은 국가나 집단의 권위보다는 개인의 자유를 더 중요한 가치로 생각하며 시민사회가 활성화되어야 한다고 여긴다. 우파의 자유주의, 기독교민주주의, 급진주의는 모두 개인의 자율성에 기초한 정치철학을 가지고 있다. 마찬가지로 좌파의 사회당, 좌파급진당, 녹색당도 인본주의적 전통에 기반을 둔다.

유럽통합은 기존의 좌우파 구도를 초월해 새로운 대립구도를 보여주고 있다. 좌파의 극좌정당과 공산당 및 시민운동, 그리고 우파의 공화국연합과 국민전선은 유럽통합에 반대하는 성향을 가졌다. 그 이유는 유럽이 하나로 통합되면서 프랑스의 주권과 정체성이 침해된다는 것이다. 반면 좌우파의 개방적 성향의 정당들은 유럽통합에 적극적으

로 찬성하는 입장이다. 유럽통합은 대륙에 평화를 정착시켰고 개인의
자유와 권리를 보장하는 법치주의에 기초해 추진되기 때문이다.

이제 프랑스의 다양한 정치세력들간에 나타나는 연합원칙의 몇가
지를 살펴보자. 위에서 제시한 정당정치의 틀만을 가지고 프랑스 정
치를 이해하기는 어렵다. 왜냐하면 정치세력간의 연합은 제도의 제
약과 역사를 통해 내려오는 몇가지 원칙에 따르고 있기 때문이다.

좌우 분리의 원칙: 프랑스의 정당들은 좌파와 우파로 나누어져 있
으며 좌우를 뛰어넘는 선거연합이나 집권연합은 이루어지지 않는다.
쉽게 말해서 영국의 노동당과 보수당이 있고, 미국의 공화당과 민주
당이 있듯이 프랑스에는 좌파와 우파가 있다고 생각하면 된다. 좌파
에 속해 있는 정당들은 우파의 정당들과 절대 연합하지 않으며, 그
반대도 마찬가지이다. 급진당과 좌파급진당은 같은 뿌리와 역사를
가지고 있지만 각각 우파와 좌파 내에서만 연합을 맺는다.

근거리 연합의 원칙: 프랑스의 정당들은 좌우의 스펙트럼에서 각
각 지정된 위치에 있으며 바로 자신의 좌우에 있는 정당들만이 연합
의 대상이 된다. 좌파의 상황을 살펴보면 극좌에는 알랭 크리빈느
(Alain Krivine)의 혁명리그(Ligue révolutionnaire)나 아를레뜨 라기
예르(Arlette Laguiller)의 노동투쟁당(Lutte ouvrière)이 있고, 그 다음
에 공산당과 사회당 좌익의 분파인 장 삐에르 슈벤느망(Jean-Pierre
Chevènement)의 시민운동, 그리고 사회당, 녹색당, 좌파급진당 등이
순서대로 있다. 근거리 연합의 원칙에 따라 사회당은 공산당을 뛰어
넘어 극좌 군소정당과 연합을 맺지 않는다. 이러한 상황은 우파 내에
서도 마찬가지이다.

배제의 원칙: 프랑스 정당들은 민주주의 공화정 체제를 위협하는
정치세력과는 연합을 맺지 않는다. 1990년대 이러한 정치세력은 극

우파의 국민전선이었다. 바로 여기에 프랑스 우파의 최대 고민이 있다. 우파가 이러한 원칙을 포기하고 극우파와 연합전선을 형성한다면 집권은 따논 당상이다. 그러나 우파는 이 원칙을 포기할 경우 유권자들의 반응을 예측할 수 없다. 기존에 우파를 지지하던 유권자들의 표가 좌파와 극우파로 갈라져 우파는 더이상 설 자리가 없어질지도 모르기 때문이다.

프랑스의 정치사는 그 정당정치만큼이나 복잡하다. 공화국, 왕정, 제정, 독일점령 체제 등 정말 다양한 정치체제들이 줄이어 있고 각 체제는 독특한 정치제도를 경험하였다. 이제 간략하게나마 프랑스 정치게임의 틀과 원칙을 정치사에 적용해보도록 하자.

근거리 연합의 원칙이 수립된 것은 1871년부터 1940년까지 프랑스를 지배한 제3공화국 체제에서이다. 전형적인 다당주의 체제였던 제3공화국 시대에 정당간의 연합은 질서없이 이루어지는 경향이 있었다. 마치 정당의 이익에 따라 한국에서 국민회의와 자민련이 연합하듯이 말이다. 그러나 정당간 연합에 일정한 원칙을 부여하기 시작한 것은 사회주의자들이었다. 이들은 설사 집권하지 못하더라도 공화정을 주장하는 급진당 같은 좌파세력만을 연합의 대상으로 삼았다. 이러한 원칙에 따라 1905년 좌파 집권이나 1924년의 좌파 카르텔 집권이 이루어질 수 있었다. 당시의 예외적인 상황은 1914년 제1차 세계대전이 터지면서 나타났다. 일부를 제외한 사회주의자들은 전쟁이라는 국난을 극복하기 위해 우파세력들이 동참하는 연합정권에 참여하였다.

사회주의 세력이 처음으로 집권을 주도한 것은 1936년이다. 당시 프랑스는 이딸리아의 파시스트 체제, 독일의 나찌 체제, 그리고 스페인 내전 등으로 유럽대륙에 몰아치는 극우 혁명의 한가운데서 위협을 받게 되었고, 이러한 위협에 대응하기 위해서는 좌파의 연합이 필수적 과제로 떠올랐다. 서유럽이 완전히 극우 파시스트 체제로 전환하는 것을 두려워한 소련도 프랑스 공산당에 좌파연합을 추진하라는 지령을 내렸다. 1936년 선거에서 공산당·사회당·급진당이 형성한 '인민전선'이 승리를 거두어, 사회당의 레옹 블룸이 이끄는 내각이 출범하였다. 인민전선 정부의 특징은 사회당과 급진당만이 내각에 참여하였으며, 공산당은 의회에서 인민전선 정부를 지지하는 간접적인 방식으로만 참여하였다는 점이다.

1945년부터 1958년까지의 제4공화국 체제에서는 근거리 연합의 원칙이 철저하게 적용되면서 배제의 원칙이 본격적으로 형성된다. 이 기간 동안 공산당과 드골의 공화국연합이 반체제적 정당으로 인식되었고 따라서 사회당과 우파의 기민주의, 자유주의, 급진주의 정당이 연합을 이루었다. 하지만 공산당과 드골의 공화국연합은 각각 좌우에서 자신의 영향력을 강화해나갔기 때문에 시국은 불안한 상황에 빠질 수밖에 없었고, 결국 1958년 알제리에서 벌어진 탈식민전쟁의 무게를 지탱하지 못하고 무너져버렸다.

당시 알제리에 주둔하면서 독립운동을 탄압하던 프랑스 군부는 정부가 알제리 자치권을 인정하려고 하자 "절대로 알제리의 자치나 독립은 인정할 수 없다"며 빠리에 공수부대를 투입하여 쿠데타를 일으키겠다는 압박을 가했다. 제4공화국 정치인들은 이런 쿠데타의 위기에서 벗어나기 위해 재야에서 반체제운동을 하던 드골 장군을 '구세주'로 불러들이게 되었고, 이로써 드골이 원하는 방향으로 제5공화국 헌법이 제정되었다.

1958년에 수립된 제5공화국 체제에서는 좌우 분리의 원칙이 제도적으로 강요되었다. 제5공화국의 선거제도는 제4공화국과 같은 비례 대표제가 아니라 소선거구제였다. 한 선거구에서 최다 득표를 한 사람이 당선되는 소선거구제는 영국과 미국에서처럼 양당체제를 만들어내는 선거제도로 널리 알려져 있다. 프랑스 제5공화국의 소선거구제는 프랑스가 다당제임을 감안하여 결선투표를 도입한 특별한 선거제도이다. 우선 1차 선거를 치른 다음에 2차 선거에는 12.5% 이상의 득표를 한 후보만이 참여할 수 있다. 제2차 결선투표에서는 최다 득표를 한 후보가 선출된다.

이러한 제도는 정당정치의 양극화를 가져온다. 1차 투표에서는 모든 정당이 후보자를 공천한다. 1차 투표의 목적은 좌우파 양진영 내부 경쟁에서 승자를 가리는 것이다. 우파의 득표율과 상관없이 좌파 내에서 공산당, 사회당 후보 중 누가 결선투표에 나갈지를 결정한다. 우파 내에서도 좌파의 득표율과 상관없이 어떤 후보가 우파를 대표하여 결선투표의 후보가 될지를 결정한다.

결선투표에서는 결국 좌파 1등 후보와 우파 1등 후보 간의 대결이 벌어진다. 영미식 단순 소선거구제가 양당제를 만들어내듯이 프랑스식 2단계 소선거구제는 4당제를 만들어냈다. 적어도 1980년대까지 프랑스는 4당제였다. 좌파는 공산당과 사회당으로 양분되어 있었고, 우파는 드골이 이끄는 공화국연합과 자유주의·기민주의·급진당을 포괄하는 온건 우파연합으로 나누어졌다.

그러나 1980~90년대 이같은 4당 구조에 다크호스로 등장한 것이 국민전선과 녹색당이다. 특히 국민전선은 10~15% 정도에 달하는 높은 득표율을 보이면서 기존의 모든 정당들을 비판하는 반체제 정당으로 등장하였다. 1958년 제5공화국 체제가 수립된 이후 1981년에 와서야 처음으로 집권한 사회당의 미떼랑 대통령이 14년간 프랑스를 통치할 수 있었던 것도 국민전선의 등장 없이는 불가능한 일이었다.

왜냐하면 국민전선에 의한 우파의 잠식으로 기존 우파 정당들은 자신들만의 연합으로는 사회당·공산당 연합에 밀릴 수밖에 없었는데, 그렇다고 반체제 정당으로 인식되고 있는 국민전선과 연합하기는 어려웠다. 그렇다면 국민전선은 도대체 무슨 잘못을 했기에 연합정권의 파트너도 되기 어려운 것일까.

프랑스에서는 극우파에 대한 경계심이 역사적으로 존재한다. 좌우의 개념이 생기기 시작한 2백년 전의 프랑스대혁명 시기에 왕권을 옹호하던 극우파는 국내의 혁명세력을 잠재우기 위해 외국 세력을 불러들여 전쟁을 일으켰다. 프랑스에서 극우파의 이미지가 결정적으로 훼손된 것은 1940~44년 프랑스를 지배한 비시정권 때이다. 18세기 말의 기억을 되살리기라도 하듯이 1936년의 개혁적인 인민전선 정부에 크게 불만을 품고 있었던 프랑스 우파와 극우파는 독일 나찌 정권과 협력하여 모든 개혁을 원점으로 되돌려놓았다. 전쟁이 끝난 후 우파에겐 그래도 해외에서 우파의 자존심을 지켜주었던 드골 장군이 있었다. 그러나 극우파는 이제 프랑스 정치판에서 더이상 존재할 수 없을 정도로 발판을 잃어버렸다. 비시정권 시기에는 극우파의 쇠퇴만 가져온 것이 아니었다. 전쟁 전에는 체제전복 세력으로 비난의 대상이 되었던 공산당이 비시정권 기간 동안 가장 적극적으로 레지스땅스 운동을 벌여 소련 공산당의 지령에 의해서 움직인다고 하지만 프랑스 정치에서 큰소리칠 수 있게 되었다.

최근에는 프랑스의 국민전선이 와해되었다는 소식이 들려온다. 국민전선의 창시자 르뻰의 충실한 2인자였던 브뤼노 메그레(Bruno Mégret)가 반대세력을 형성하여 당이 양분되었다고 한다. 아무래도 외세에 기대어 국내에서 권력을 장악해보려는 자들이 공통적으로 가지고 있는 특징은 바로 배반이라는 생각을 한다.

# 식민지를 프랑스화하려 한 정책의 후유증

역사적으로 프랑스는 영국과 함께 가장 커다란 식민제국을 건설한 나라이다. 물론 그 이전에 스페인과 포르투갈이 세계를 양분하여 지배한 바 있지만 영국이나 프랑스처럼 적극적인 통치체제를 구축하지는 않았다. 스페인과 포르투갈이 자국의 언어를 식민지의 언어로 정착시킨 것을 제외한다면 과거 식민지에 대해 영향력을 행사하지는 못하고 있다. 반면 영국과 프랑스는 아직까지도 영연방 커먼웰스(Commonwealth)나 프랑스어권 회담(Francophonie) 등을 통해 외교적 영향력을 계속 발휘하고 있다.

영국과 프랑스의 식민경쟁은 이미 17, 8세기부터 시작되었고 특히 두 나라의 세력이 충돌하게 된 것은 북미 대륙에서였다. 영국이 현재 미국의 동부를 주로 차지했다면 프랑스는 캐나다와 미시시피강을 중심으로 한 미국의 중부를 차지하였다. 프랑스는 북미의 식민지들을 영국에 빼앗기거나 팔았다. 아마 프랑스가 북미 식민지에서 주도권을 유지했다면 현재 우리들은 영어가 아닌 프랑스어를 제1외국어로 배우고 있을지도 모른다.

프랑스는 아프리카와 아시아에서도 영국과 식민경쟁을 벌였다. 아시아에서 영국이 인도를 점령하였다면 프랑스는 인도차이나를 식민지화하였다. 아프리카에서는 영국과 프랑스 양국 모두 대륙을 통째로 삼키려는 계획을 가지고 있었다. 영국은 이를 위해 북쪽에 위치한 이집트 카이로와 남쪽의 남아프리카를 연결하려고 양쪽에서 군대를 출발시켰다. 프랑스는 서부 아프리카의 세네갈 지역과 동부 아프리카의 지부티를 연결하기 위해 역시 양단에서 군대를 출발시켰다. 이들이 만나서 충돌한 지역이 바로 수단의 파쇼다라는 곳이다. 1898년 영국과 프랑스 군대는 파쇼다에서 전쟁을 벌였고 프랑스는 여기서 패하였다. 그 결과 영국은 아프리카 북단과 남단을 연결할 수 있었고, 반대로 프랑스는 서부 아프리카와 동부의 지부티가 분리되는 상황을 맞이하였다.

영국과 프랑스는 식민지를 지배하는 방식에서 상당한 차이점을 보였다. 영국은 식민지의 전통적인 정치체제나 사회관습, 그리고 문화를 존중하면서 정치적·경제적 이익을 챙기려는 모습을 보여준다. 영국은 이집트나 인도 등에서 군사적·경제적 이익을 챙겼지만 이들의 전통문화나 관습을 존중하였다. 그러나 프랑스는 식민지를 프랑스화하려는 정책을 체계적으로 추진하였다. 프랑스는 자국의 정치체제나 문화, 관습 들이 보편성을 가진 것으로 생각하는 경향이 있었고 이같은 '선진적'인 문명과 제도들을 전세계로 전파해야 한다고 믿었다. 그래서 영국이 총독과 군대만을 파견할 때 프랑스는 수많은 관료집단을 파견하여 식민지를 직접적으로 통치했다.

영국의 식민지 운영이 상당히 간접적이고 실용주의적이었다고 한다면 프랑스의 식민지 통치는 직접적이고 이데올로기적인 측면이 강했다. 이러한 이유로 19세기 말 20세기 초 프랑스 정치권에서 식민지에 관한 커다란 논쟁이 벌어졌는데 식민주의자들은 프랑스의 우수한 문명을 전세계로 수출하는 것은 하나의 의무라고 주장한 반면, 반대론자들은 프랑스의 국력은 독일을 무찌르기 위한 전쟁준비에 집중시켜야지 식민지로 분산시켜 국력 약화를 초래해서는 안된다고 주장하였다.

프랑스식의 직접적 식민주의는 프랑스와 식민지 간의 유기적인 관계를 강화시켰다. 당시 아프리카 흑인 아이들은 "우리의 조상 골루아!"라고 배웠는데 골루아(Gaulois)란 아스떼릭스 만화로 유명해진 로마시대 이전에 프랑스에 살던 민족의 이름이다. 식민지의 엘리뜨들은 자신의 고유한 문화와 관습을 포기하는 대가로 프랑스 식민체제에서 상당히 중요한 역할을 수행할 수 있었다.

예를 들어 세네갈의 생고르 전대통령이나 꼬뜨 디부아르(Cote d Ivoire)의 우푸엣 부아니 전대통령은 모두 식민지 대표들로 구성된 프랑스공동체의회 의원 출신이다. 생고르 대통령은 학생시절 빠리의 명문 루이르그랑 고교에서 프랑스 대통령 뽕삐두와 같이 수학했으며 이 둘은 빠리 고등사범대학의 동문이기도 하다. 다른 한편 가봉의 봉고 대통령은 프랑스 식민군대의 공군장교 출신이다.

프랑스 식민지였던 대부분의 아프리카 국가들은 1960년대 독립을 한 이후에도 계속 프랑스에 대해 의존적이다. 프랑스어는 이들 국가의 국어로 정착하였고 이들 국가의 엘리뜨들은 프랑스에 유학하면서 프랑스식 교육을 받는다. 이들 나라의 정부에는 프랑스인들이 자문역을 담당하면서 정책결정에 지대한 영향력을 행사하고 있다. 아프리카의 13개국은 아직도 '프랑 CFA'라는 화폐를 사용하는데 이 화폐는 프랑과 고정환율제를 유지하고 있기 때문에 실질적으로 프랑스 화폐를 사용한다고 할 수 있다.

프랑스 식민지에서 문제가 발생한 지역은 전통문화나 관습, 그리고 통일된 국가나 정치체제의 전통이 강한 지역이다. 베트남은 1946~54년 무려 8년간 기나긴 독립전쟁을 벌였으며 알제리 역시 1956~62년 6년간 독립투쟁을 벌였다. 경제적으로 보았을 때 가장 비옥한 영토와 자원을 가지고 있는 지역이었던 만큼 프랑스는 이 두 지역을 포기하지 않으려 하였고 도합 14년간 식민전쟁을 치러야 했다.

특히 알제리 전쟁은 프랑스의 정치와 사회에 지대한 영향을 미쳤다. 알제리 전쟁은 프랑스 사회를 양분시켰고 이에 의해 프랑스 제4공화국 체제는 붕괴되었다. 드골의 제5공화국 체제도 알제리 식민주의를 대표하는 비밀조직에 의해 한동안 위험에 봉착하였다. OAS라는 극우파 비밀조직은 알제리 전쟁을 종결시킨 드골 대통령의 암살을 시도하는 한편 프랑스 전역에서 테러활동을 펼침으로써 심각한 사회불안을 야기하였다. 영국 식민지의 탈식민화 과정이 상대적으로 순탄했던 것에 비해 프랑스 식민지의 탈식민화 과정은 장기간의 전쟁으로 얼룩졌고 아직도 그 상처가 완전히 아물었다고 보기는 어렵다. 식민지를 프랑스화하려고 그만큼 많은 노력과 투자를 집중했기 때문에 후유증도 컸다.

## 이민자도 프랑스인이 되어야 한다

식민제국의 운영에 사용되었던 프랑스 동화정책은 프랑스의 이민자 정책에서도 그대로 드러난다. 프랑스 식민지 주민들이 프랑스적인 가치와 관습을 따라야 하듯이 프랑스에 이민온 사람들도 그래야 하는 것이다. 일단 프랑스인처럼 되면 인종이나 종교, 성별에 관계없이 평등한 대우를 한다는 것이 프랑스 사회의 원칙이다. 이같은 프랑스화는 초등학교에서부터 시작된다. 프랑스어를 배워야 하고 프랑스어를 통해 다른 과목을 배워야 한다. 프랑스어를 제대로 구사하지 못하는 이민자의 아이들은 특수반에서 집중적으로 프랑스어를 배운다. 프랑스 영토에서 외국어로 수업을 진행한다는 것은 인정할 수 없다. 통일된 불가분의 공화국에서 인종이나 종교, 성별에 따른 차별은 없어야 하고 공화국 학교에서 이같은 원칙에 예외는 없다.

최근 프랑스 사회에서 커다란 논쟁으로 되었던 문제는 일명 차도르 사건이다. 남녀간의 성차별이 심한 회교도에서 여성은 차도르로 머리를 가려야 한다. 회교를 믿는 부모의 입장에서 여자아이가 차도르를 착용하는 것은 당연한 일이다. 그러나 학교측은 이러한 종교적 복장에 대해 강한 거부감을 가지고 있다. 왜냐하면 공화국 학교는 건전한 시민을 평등하게 육성하는 곳이어서 회교도만이 종교적 특권을 가질 수는 없다고 생각하기 때문이다. 차도르를 인정하다보면 카톨릭들은 십자가를 달고 학교에 나타날 것이고, 유태인들은 동그란 모자를 쓰고 등교를 할 것이다. 그러면 공화국의 학교는 종교전쟁의 장이 될 수도 있다는 것이다. 프랑스공화국 정신의 사도라고 할 수 있는 교사들은 차도르를 착용한 여자아이들이 체육수업도 거부하는 등 학교의 정상적인 운영을 방해한다고 하소연한다. 실제로 회교도 여자아이들은 수영이나 체조와 같이 자신의 신체를 드러내는 활동을 거부하면서 체육수업에 참여하지 않는다. 일부 강경한 원칙론의 입장을 대변하는 학교에서는 이들을 퇴학시키는 조치를 취하였고 이에 대해 회교도는 강력하게 반발하고 나섰다. 프랑스화를 강요하는 공화국 정신의 결과이다. 프랑스 국민들은 대부분 이러한 회교 근본주의적 태도에 대해 비판적인 시각을 보이고 있으며 프랑스화를 거부하는 사람들에게 무료교육과 같은 공화국의 혜택을 베풀 필요가 없다는 입장이다. 차도르 사건은 프랑스 사회의 특성을 여실히 보여주는 하나의 사례이다.

프랑스는 미국과 마찬가지로 대표적인 이민국가이고 다민족 국가이다. 프랑스는 유럽의 중심에 위치하고 있기 때문에 전통적으로 민족의 이동이 많았다. 골루아들이 로마시대 이전부터 프랑스에 살았다고 하지만 로마인들이 프랑스를 점령하여 오랫동안 지배했으며 로

마제국의 붕괴 이후에는 프랑크족이나 고트족 등 다양한 게르만 민족들이 프랑스에 정착했거나 프랑스 영토를 거쳐 다른 지역으로 이동하였다. 중세에는 사라센 제국의 군대가 프랑스의 영토 절반 정도를 차지한 적도 있다. 따라서 인종적인 측면에서 프랑스인을 식별하기란 매우 어렵다. 근대에 들어서도 프랑스는 이민자들을 받아들이는 국가였다. 19세기 영국인들이 대거 미국·캐나다·호주·뉴질랜드 등으로 이민갈 때 프랑스인들은 외국 노동력을 받아들이는 입장이었다. 당시 동유럽의 폴란드, 남유럽의 이딸리아·스페인·포르투갈 등지에서는 많은 사람들이 프랑스로 이주해왔다. 20세기에 들어서는 식민지 주민들이 대거 프랑스로 이주해왔다. 북아프리카의 알제리·모로코·튀니지에서 프랑스로 많은 사람들이 이주했다. 검은 대륙 아프리카에서 프랑스 이민의 물결은 지금도 끊이지 않고 있다. 프랑스 국민 중에서 친가와 외가의 조부모 4명이 모두 프랑스인인 사람은 25% 정도에 불과하다. 그만큼 '진짜' 프랑스인이 드물다는 뜻이며 이민온 사람들과 현지 사람들과의 결혼도 빈번했다는 이야기이기도 하다.

프랑스와 미국은 같은 이민국가 다민족 국가이지만 이들 사회를 지배하는 철학이나 제도는 전혀 다른 것으로 보인다. 내가 미국 사회를 보면서 항상 놀랍게 생각하는 것은 수백년 동안 백인과 흑인이 같이 살았는데 미국인 전체가 혼혈인이 아니라는 사실이다. 아니, 전체는 아니더라도 수많은 혼혈인이 있어야 할 텐데 그렇지 못하다.(실제로 미국의 많은 흑인들은 백인의 피를 지니고 있지만 이는 정식 결혼에 의한 것이 아니라 노예제도가 유지되던 당시 이루어진 성적 착취의 결과이다.) 미국 사회에서 이처럼 인종의 장벽은 두껍다. 미국은 공통된 제도만을 유지하는 선에서 다양한 인종공동체로 분열된 사회이다. 사실 한국 사람들이 미국에 가서 살아도 한인공동체에 생활터전을 가지고 있으면 영어를 하나도 사용하지 않아도 살 수 있다는 말을 들었다. 이러한 현상은 한국인에만 적용되는 것은 아닐 것이다. 흑인·유태인·아랍인·중국인 모두 각각의 공동체를 형성하고 다른 인종과의 접촉은 공적인 것에 한정시키면서 사적으로는 공동체 내에서 모든 문제를 해결할 수 있다. 학자들은 이와 같은 미국의 인종 독립적 사회경제 공동체를 '인종 영지'(人種 領地, ethnic enclave)라고 부른다. 바로 이런 이유로 프랑스 학자들은 미국 사회를 다양한 인종과 민족을 융화하는 멜팅 팟(melting pot)이 아니라 각자 따로 노는 샐러드통(saladier)으로 비유한다. 프랑스에서는 반대로 다양한 인종과 민족을 하나로 융화하는 체계적인 정책을 펴고 있다. 그리고 이러한 과정에서 나타나는 프랑스적인 것은 카톨릭이라는 종교나 백인이라는 혈통이 아니라 함께 같은 사회를 구성하여 운명을 같이한다는 보편적 민족공동체에 대한 믿음이다. 이러한 전통은 프랑스대혁명 이후에 수립되었다. 프랑스는 대혁명 과정에서 '인간과 시민의 권리 선언'을 제정하였고 서구 국가들 중에서 제일 먼저 노예를 해방시켰다. 또한 프랑스 혁명세력은 당시 독일이나 이딸리아, 폴란드인 중에서 프랑스혁명에 동조하는 사람들에게 프랑스 시민권을 부여하였다. 프랑스는 영토나 인종으로 규정되는 나라라기보다는 함께 공동체를 이루고 살려는 의지로 규정되는 보편주의를 표현하는 나라이다.

이민자들과 관련된 법규를 국제적으로 비교해보면 프랑스의 특징이 잘 나타난다. 프랑스는 전통적으로 보편적 의지에 기초한 국적법을 가지고 있다. 프랑스에서 태어났거나 프랑스에 이민온 외국인 중 프랑스어를 제대로 구사하고 프랑스 사회에서 살 수 있을 만큼 프랑스화된 사람은 상대적으로 쉽게 프랑스 국적을 취득할 수 있다. 이들은 이중국적을 유지할 수도 있다. 이중국적자는 알제리 출신 이민자들에 가장 많이 집중되어 있는데 지난 1999년 4월 알제리 대통령 선거시 1백만명 이상이 이중국적자인 것으로 드러났다. 이들 이중국적자들은 군복무를 할 때도 프랑스와 알제리 중 선택할 수 있는 특혜를 받았다. 1997년 의무적인 징병제가 폐지되어 이제 더이상 이러한 특혜가 적용되지는 않지만 이중국적자가 원하는 경우에는 알제리에서 군복무를 할 수 있었다.

프랑스와 가장 상반되는 정책을 펴는 국가가 독일이다. 독일의 국적법은 철저히 혈통주의에 기초하고 있다. 독일에는 터키 출신 이민자들이 많은데 독일에서 태어나 독일교육을 받은 터키 이민 2세나 3세도 실질적으로 독일 국적을 얻기가 매우 어렵다. 그러나 독일인의 혈통을 증명할 수 있는 러시아에서 이민온 사람들은 그 자리에서 독일 국적을 취득한다. 이들은 터키 이민 2,3세와는 달리 대부분 독일어 구사능력이 기초적인 수준이거나 독일어를 아예 구사하지 못하는데도 말이다. 최근에 들어선 사민당·녹색당 연합정권은 이러한 문제를 인식하고 새로운 국적법을 통과시켰다.

이민자들은 프랑스인과 거의 모든 면에서 동등한 대우를 받는다. 무료교육의 혜택을 받는 것은 물론 사회보장제도에서도 프랑스인과 똑같은 대우를 받는다. 프랑스에서 외국인이기 때문에 학비를 더 많이 내는 경우는 없다. 마찬가지로 외국인이기 때문에 의료혜택이나 다양한 사회적 지원제도에서 제외되지도 않는다.

상당수의 한국인들은 프랑스 사회와 국가의 이러한 관대함을 이해하지 못한다. 국민들이 내는 세금으로 외국인들까지 혜택을 보게 하는 정부는 무능하다는 생각이다. 이에 대해 의견을 달리하는 사람들은 프랑스가 이런 혜택을 베풀어주면서 국제사회에 영향력을 확산시키려 한다고 말한다. 내가 보기에 이러한 손익계산론은 정확한 답변을 제공해주지 못한다. 프랑스가 이러한 혜택을 베푸는 것은 그 자체가 목적이 아니라 프랑스의 '공화국 정신'이라고 하는 원칙과 믿음에서 비롯된 것이다. 공화국 정신의 원칙은 자유·평등·박애이고 이러한 원칙을 실현하는 것이 바로 국가의 존재이유이다. 국가가 외국인에 대한 다양한 차별을 도입하게 되면 그것은 국가의 존재이유 자체를 포기하는 것이 된다.

프랑스는 결코 실용주의적이거나 상황과 경우에 대한 적응력이 뛰어난 나라가 아니다. 프랑스는 이성에 의해 합리적 원칙을 세워놓고 정열적으로 이를 추진하는 나라이다. 설사 이러한 원칙을 추진하는 것이 자국에 손해가 되더라도 말이다. 이것은 프랑스의 장점이자 단점이 되기도 한다. 그러나 이러한 이데올로기적이고 교조적인 경직성이 프랑스 사회의 특성임은 분명하다.

## 경제위기와 이민자의 생활

이민온 사람들의 프랑스 동화정책은 상당히 오랜 기간 동안 성공적으로 운영되었다. 특히 유럽의 기독교 문화권에서 이민온 사람들은 프랑스 사회에 쉽게 적응하여 무난하게 살아가는 것은 물론 일부는 성공과 출세의 길에까지 올랐다.

위에서 언급한 베레고부아는 우끄라이나에서 이민온 노동자의 아들로 수상직에까지 올랐다. 세계적인 배우 및 가수로 명성을 떨친 이브 몽땅(Yves Montand)도 이딸리아에서 프랑스로 이민온 노동자 집안 출신이다. 테니스계의 스타 야닉 노아(Yannick Noah) 역시 카메

룬에서 프랑스로 이민온 사람이다.

　프랑스 사회의 상류층을 형성하고 있는 의사와 변호사 중에는 동구나 독일에서 이민온 유태계는 물론 베트남계, 중국계, 아랍계 출신의 이민자들도 있다. 이들은 모두 공화국 정신에 따라 설립되고 운영되는 공립학교를 거쳐 무료교육의 혜택을 입었고 훌륭한 성적을 토대로 전문직종에 종사할 수 있는 자격을 얻었다.

　프랑스와 미국의 차이점은 이런 부분에서도 나타난다. 미국에서는 이민 1세대도 사업을 해 커다란 돈을 벌 수 있고 성공한 미국인으로 살아갈 수 있는 기회의 땅이다. 반면 프랑스처럼 제도와 전통의 경직성이 강한 나라에서 쉽게 돈을 버는 일은 미국보다 훨씬 어려울뿐더러 설사 돈을 많이 벌었다고 해도 프랑스 상류층에 진입할 수 있는 것은 아니다. 프랑스 이민자들의 성공은 이민 2, 3세에 이루어지는 경우가 대부분이다. 그것도 사업을 통해서라기보다는 학업을 통해서이다. 프랑스의 최고 명문대학들은 거의 국립대학이고 학비가 무료인 것은 물론 명문일수록 국가에서 생활비 명목으로 장학금이 지불된다. 프랑스는 이런 점에서 공부 잘하는 사람들의 천국이다.

　하지만 이같이 성공적인 프랑스의 이민정책은 1970년대 경제위기로 커다란 난관에 부딪치게 되었다. 경제성장이 활발하게 이루어질 때는 노동력이 부족해 외국인력을 대거 수입하였다. 5, 60년대 프랑스 사업가들은 알제리 마을을 찾아가 트럭을 대기시켜놓고 프랑스에 가서 일하고 싶은 사람은 모두 타라고 하였다. 트럭에 올라탄 청년들은 간단한 서류심사를 받고 바로 프랑스 건설현장이나 공장으로 보내졌다. 그러나 경제위기로 인해 프랑스의 실업인구가 늘어나자 일자리는 부족해졌다. 프랑스 정부는 1973년부터 공식적으로 모든 이민을 중단시켰다. 유일하게 예외로 인정되는 이민은 고도의 전문직종에 종사하는 사람들과 프랑스에서 일하고 있는 가장이 본국의 가족을 데려올 경우뿐이다.

　정부의 이민 중단정책에도 불구하고 프랑스로의 밀입국은 계속되었다. 현재 프랑스에 밀입국하여 체류하고 있는 외국인은 30여만명 정도로 추정되고 있다. 프랑스 정부는 이러한 밀입국자들을 통제하는 과정에서 두 차례에 걸쳐 정상화(normalisation) 조치를 실시하였다. 이는 프랑스에서 정상적인 일을 하면서 살 수 있다고 판단되는 사람들을 선별해서 정식으로 체류증을 발급해주는 정책이었다.

　1981~82년에 사회당·공산당 연합정권이 제5공화국 들어 처음으로 정권을 잡았을 때 프랑스 정부는 밀입국자 정상화조치를 취했다. 이때 14만명이 정상화를 신청하여 13만명이 체류증을 받을 수 있었다. 정상화를 신청한 거의 모든 밀입국자들이 공식체류증을 받게 된 것이다. 1997년에 집권한 사회당 정부는 다시 1997년 6월부터 1998년 말까지 불법 이민자의 자수 및 정상화 기간을 선정하였는데 이 과정에서 14만명이 신청하여 8만명이 정상화되었다. 정상화된 불법이민자들의 국적별 분포를 보면 모로코가 2만명으로 제일 많고, 그 다음은 알제리가 1만9천명, 말리가 1만명, 자이르와 중국이 각각 9천명, 터키와 튀니지가 각각 8천명 등이다. 신청자들의 정상화 비율을 보면 중국이 87%로 가장 높고, 터키가 37%로 가장 낮다.

　빠리정치대학 인구학 전문가 따삐노스 교수는 이민자보다는 이들을 고용하는 고용주들이 불법체류를 강요한다고 지적한다. 불법체류를 미끼로 더욱 수월하게 노동을 착취할 수 있기 때문이다. 불법 이민자의 대부분은 정상적으로 비자를 발급받고 입국한 다음에 불법노동을 하면서 계속 체류한다. 일부 불법이민 노동자들은 프랑스에 입국하자마자 여권이나 신분증 등 자신의 국적을 알 수 있는 모든 서류를 불태워버린다. 이민 당국에 적발되더라도 본국 송환을 피하기 위해서이다. 불법 이민자의 국적을 알아야 송환을 하든지 말든지 할 것이 아닌가.

제2차 세계대전 이후에 프랑스로 이민온 사람들은 주로 북부 아프리카의 아랍계 사람들과 아프리카의 흑인들이다. 그중에서도 알제리·모로코·튀니지 등의 아랍계 이민은 프랑스 사회에서 가장 커다란 이민자 집단을 형성하고 있다. 주로 노동자로 채용되어 프랑스로 이민온 이들은 과거의 폴란드인이나 이딸리아인과는 달리 기독교 문화권이 아니라 회교 문화권에서 건너왔다. 이들은 프랑스 사회에 적응하는 데 어려운 장벽이 많았을 뿐 아니라 제대로 적응하지 못한 상황에서 경제위기를 맞이했다. 문제를 더욱 악화시킨 요인은 대량으로 수입된 이들 아랍계 노동자들이 프랑스 대도시 근교의 빈민 아파트촌에 집중되어 있다는 사실이다. 최대한의 사람들을 최소한의 공간에 저렴하게 살도록 하기 위해 지어진 이들 아파트촌은 프랑스 사회가 내부적으로 안고 있는 화약고로 돌변해버렸다. 경제위기가 심화되면서 많은 이민 가족의 가장들은 직장을 잃게 되었고 이민 2, 3세들도 직장을 얻기가 매우 어려워졌다. 실업의 직격탄을 제일 먼저 그리고 제일 심각하게 경험하게 된 이민자와 이민자의 자녀들은 불만이 쌓였고 이러한 불만은 경찰과의 잦은 충돌과 집단적인 반란으로 이어지곤 한다. 일례로 지난 1999년 정초에는 스트라스부르라는 프랑스 동부의 대도시에서 폭력적인 신년맞이 행사가 있었다. 근교 아파트촌에 사는 십대 소년들이 시내로 진출하여 40여대의 자동차에 불을 지른 사건이 발생한 것이다. 이러한 사건은 상당히 빈번하게 일어나는데 1998년 정초에는 1백여대의 자동차가 불태워지는 사건이 발생하였다.

이같은 청소년들의 집단적이고 폭력적인 반항은 경찰과의 신경전 속에서 싹트고 있다. 경찰의 입장에서 도시 근교 대규모 아파트촌은 범죄의 소굴이다. 제대로 된 직장을 얻기가 어려운 이민 2, 3세들은 집단적으로 시간을 보내며 자동차를 훔쳐 경주를 하거나 마약 밀매에 깊이 연관되어 있다. 반면 이러한 환경에서 사는 이민자의 자녀들은 경찰이 인종차별적으로 자신들을 멸시하며 쓸데없는 폭력을 행사한다고 주장한다. 스트라스부르에서 일어난 자동차방화 사건의 배경에는 이러한 경찰과 청소년들의 마찰이 자리하고 있다. 청소년들이 폭동을 일으킨 공식적인 이유는 동네친구가 자동차를 훔치다가 경찰에 붙잡혔는데 경찰이 이 친구의 코를 부러뜨렸다는 것이다. 동네 청소년들은 경찰이 도둑을 잡아 법에 따라 처벌할 권리는 있지만 도둑의 코를 부러뜨릴 권리는 없다는 주장이다. 이들은 이러한 경찰에 경고를 하기 위해 방화를 저질렀다고 강변한다. 경찰과 빈민촌 청소년들의 갈등관계를 가장 잘 보여주는 영화로는 「증오」(La haine)가 있다. 미래에 대해서 희망을 가지지 못하고 친구들과 어울려 동네를 방황하는 청소년들, 이들에 대해서 가해지는 경찰조직의 편견과 국가의 폭력, 그리고 이러한 폭력이 또다른 폭력을 낳는 악순환의 고리를 묘사한 충격적인 영화이다.

　이민자들의 문제는 실업과 함께 프랑스 사회가 가지고 있는 가장 커다란 치부이자 환부이다. 그리고 이민과 실업이라는 두 가지 문제는 사실상 동전의 양면성을 가지고 있다. 이민자 문제는 이들이 제대로 직장을 구할 수 없고, 실업의 고통에 노출되어 있는 프랑스인들과 충돌하거나 경쟁하기 때문이다. 프랑스 사회는 이들 이민집단의 문제를 원만하게 해결하지 못하는 한 시한폭탄을 품에 안고 있는 거나 다름없다.

## 문화대국으로서의 자신감

프랑스인들의 의식에 뿌리내리고 있는 중요한 믿음 중 하나는 프랑스가 세계에 하나의 사회모델로서 기능하고 프랑스적인 가치와 보편성을 세계에 전파해야 한다는 것이다. 프랑스는 프랑스의 위대함에 대한 믿음을 굳게 간직하고 있다.

독일이나 일본이 이민정책에서 혈통주의를 강조하는 데서도 발견할 수 있듯이 비교적 늦게 산업화와 근대화 과정을 거친 이들 국가들은 영국이나 프랑스, 미국에 비해 보편적인 민족주의보다는 자신의 특수성을 강조하는 민족주의로 나아갔다. 미국인이나 프랑스인들은 세계를 각기 미국화·프랑스화하려고 노력한다. 그러나 일본이나 독일은 세계를 지배하는 데 관심이 있지 세계를 일본화하거나 독일화하는 데는 별로 신경 쓰지 않는다. 나는 이러한 믿음이나 행태가 자신감에서 비롯된다고 생각한다. 미국과 영국, 그리고 프랑스는 모두 세계 최초로 민주주의 혁명과 산업 혁명을 수행한 선진국 중의 선진국들이다. 반면 일본이나 독일은 국민 에너지를 결집시켜 이들 국가를 추월하려고 노력해왔다.

미국·영국·프랑스는 자국 문명에 대한 자신감이 있기 때문에 외국인들을 수용하는 자세가 훨씬 관대하다. 외국인들이 들어오더라도 자국의 정체성에 문제가 생길 것이라고 생각하지 않는다. 아마 동양에서 이런 자신감을 가진 민족으로는 유일하게 중국을 내세울 수 있을 것이다.

프랑스에는 현재 13만명의 외국인 유학생이 있다. 프랑스는 전통적으로 유럽의 엘리뜨들을 교육시켜왔다. 특히 제2차 세계대전이 일어나기 전까지 프랑스의 문화적 명성은 세계적인 것이었고 각지에서 프랑스로 유학을 왔다. 그러나 전후 미국과 소련 중심의 세계질서가 형성되면서 프랑스는 이 자리를 미국에 내주어야 했다. 특히 영어의 중요성이 강화되면서 미국뿐 아니라 영국이나 호주의 위상도 강화되었다. 1998년 말 현재 미국에는 56만명의 유학생이 있고, 영국은 20만명, 그리고 호주는 18만명의 유학생이 체류하고 있다. 미국이 유학생을 받아들임으로써 올리는 소득은 미국 총수출에서 네번째 항목이 될 만큼 크다. 게다가 유학생들을 많이 유치한다는 것은 그 나라의 국제적 영향력을 강화한다는 의미와도 통한다. 이러한 현실에 입각하여 프랑스의 교육부는 수년 내에 50만명의 유학생을 유치하겠다는 야심찬 계획을 추진중이다.

프랑스인들의 자신감은 국제무대에서도 여지없이 드러난다. 프랑스 외교관들은 어느 나라에 가더라도, 그리고 어느 회의에 참석하더라도 자신감을 가지고 임하며 주도적 역할을 하려고 든다. 새로운 제안을 하고 스스럼없이 아이디어를 제공하는 데 적극적이다. 이런 태도를 통해 프랑스는 자국의 국력보다 훨씬 많은 것을 얻고 있으며, 훨씬 커다란 국제적 영향력을 행사하고 있다.

최근 들어 한국도 외교 분야에서 국제적 감각을 지닌 유학생 출신이나 교포 출신들을 많이 채용하고 있다는 소식이다. 실제로 이들은 미국·영국·프랑스 등 선진국에서 최고의 교육을 받았으며 따라서 강대국들과의 협상에 임하더라도 언어구사 능력이나 지적인 수준, 논리력 등 모든 면에서 뒤지지 않는다. 문제는 오히려 국내 관료조직의 폐쇄성에 있다고 생각한다. 내가 신문기자로 외무부에 출입할 때에도 이러한 주제가 화제에 오르내린 적이 있었는데 외무관료들은 이들을 기능적으로 활용하는 데는 찬성하지만 이들을 대사나 국장 등의 요직에 앉히는 데는 결사적으로 반대하는 분위기였다. 쉽게 말해서 일은 전문가들에게 시키고 출세는 자기네가 하겠다는 발상이다.

프랑스의 자신감은 때때로 오만한 태도로 발전하여 외교적인 충돌을 일으키기도 한다. 드골 대통령은 1960년대 일본 수상이 프랑스를 방문했을 때 "내기 트랜지스터 장사꾼을 꼭 만나야 하니?"리고 되물었다고 한다. 또 1990년대 크레쏭 총리는 "개미처럼 일하면서 사는 일본인들은 우리와는 다른 사람들"이라고 발언하여 일본을 자극하였다. 우리는 프랑스 정치지도자들의 이같은 실수에서 이들이 생각하는 위대함이 무엇이라는 것을 쉽게 간파할 수 있다. 드골이 일본 수상을 '트랜지스터 장사꾼'으로 비하한 것은 경제적 이익을 위해 정치·외교적으로 미국에 종속되는 상황을 비꼰 것이었다. 또 크레쏭 총리의 '일본인 개미론'은 프랑스 사회복지제도의 우월성을 강조하면서 역시 일본 국민의 복종적인 태도를 비난한 것이었다.

이들 드골과 크레쏭은 각각 우파와 좌파의 입장에서 프랑스의 위대함이 어떤 것이라는 점을 강조하였다. 민족주의적인 우파의 입장에서 프랑스의 위대함은 모든 측면에서 독립성을 유지하는 국가, 세계의 구도를 결정하는 국가, 정치적 주도력을 행사하는 국가에 있다. 반대로 사회주의 좌파의 시각에서 프랑스의 위대함은 혁명을 이룩하여 세계 민주주의의 등불이 된 나라, 투쟁을 통해 사회적 권리를 쟁취한 시민의 나라, 삶의 질을 중요시하는 나라에 있다.

그러나 프랑스의 자신감은 제2차 세계대전 이후 점차 미국의 영향력에 밀려 축소되었다. 특히 프랑스인에게 상처를 가한 사건은 1956년 수에즈 파병 사건이다. 당시 이집트에는 민족주의자 나세르가 혁명을 통해 집권하였는데, 나세르는 수에즈 운하를 국영화하겠다는 결정을 내렸다. 수에즈 운하를 직접 관리하였던 프랑스와 영국은 이러한 결정을 용납할 수 없다고 판단하고 공동으로 군대를 파견하여 수에즈 운하 일대를 점령하였다. 그러나 나세르 정권을 지지하던 소련 정부는 미국과의 협상에서 프랑스와 영국군의 철수를 강력하게 요청하였다. 당시 소련 정부는 영불군이 철수하지 않으면 핵전쟁도 불사하겠다는 강경한 입장이었다. 제3차 세계대전을 두려워한 미국은 영국과 프랑스에 철군을 요청하였고 결국 이 두 식민제국은 군대를 철수시켰다. 이 사건을 계기로 프랑스와 영국은 제국의 자존심에 커다란 상처를 입었고 이제 세계를 지배하는 것은 미국과 소련이지 영국과 프랑스가 아니라는 사실을 새삼 확인하였다. 수에즈 사건은 영국과 프랑스의 군사적인 성공작이었지만 정치적으로는 커다란 실패작이었던 것이다.

## 프랑스의 반미주의

프랑스의 위대함에 대한 믿음, 프랑스 문화에 대해서 가지고 있는 자신감, 그러나 현실적으로 약화되어가는 영향력과 세력…… 프랑스의 반미주의는 이러한 재료를 가지고 만들어진 요리다. 프랑스는 전후 50여년 동안 미국과 동맹관계에 있었고 서방세계의 중요한 구성원이었다. 그러나 동시에 사사건건 미국의 독주를 비난하고 견제하는 역할을 자임해왔다.

정치적인 차원에서 프랑스의 역대 정권들은 미국에 종속되지 않는 자율성과 독립성을 지속적으로 추진해왔다. 프랑스는 미국의 핵우산 아래에 있는 것을 원치 않았기 때문에 자체적으로 핵폭탄을 개발하였다. 그리고 프랑스는 핵잠수함을 개발하여 세계의 어느 국가라도 프랑스의 국익을 위협하면 공격할 수 있는 능력을 키웠다. 핵잠수함은 매우 오랜 기간 동안 잠수하여 5대양을 누빌 수 있으며 유사시에 핵폭탄을 쏘아올릴 수 있다. 여기서 세계의 어떤 국가도 프랑스의 적이 될 수 있다는 판단은 바로 미국을 겨냥한 것이다. 냉전시대에는 소련이 프랑스의 가장 큰 적이지만 경우에 따라서는 미국도 프랑스의 주적(主敵)으로 돌변할 수 있다는 판단이다.

드골 대통령은 특히 프랑스의 위대함과 독립성에 커다란 집착을 보인 인물인데 미국의 베트남 참전을 공개적으로 비난했는가 하면 미국과 유럽국가들의 집단방위체제인 나토에서 프랑스군을 탈퇴시켰다. 드골의 논리에 의하면 동맹은 동등한 관계에 있는 국가들 사이에 맺는 조약인데 왜 미국인이 군사명령 및 지휘권을 독점하느냐는 것이다. 프랑스 군대가 미국인의 명령에 따르는 것은 용납할 수 없다는 것이다.

드골 정부의 이러한 반미주의는 뽕삐두·지스까르·미떼랑·시라끄 등 프랑스 역대 대통령에 의해서 지속되었다. 미국에 대해서도 프랑스 좌우파의 입장은 다르지만 미국을 아니꼽게 바라보는 시각은 마찬가지이다. 우파에서는 미국 경제의 자유주의를 도입해야 한다는 입장이지만 프랑스의 정치적 독립성은 유지해야 한다고 주장한다. 좌파의 눈에 미국은 세계적 자본주의의 본산이고 돈이 지배하는 비인간적인 사회로 보인다.

미국과 프랑스는 국제정치뿐 아니라 국제경제적인 차원에서도 경쟁과 마찰을 반복하고 있다. 우르과이라운드에서 미국의 독주를 견제하는 데 가장 앞장선 나라가 프랑스다. 미국은 프랑스의 농민들이 국가로부터 엄청난 지원을 받고 있으며 이는 불공정한 처사라고 비난하면서 지원금을 없애거나 축소해야 한다고 공격하였다. 프랑스는 농업은 단순히 경제적 이익을 계산하여 결정할 수 없는 산업이며 환경보호나 농촌공동체 보존과 같은 사회적 기능도 염두에 두어야 한다고 반박하였다.

　미국은 프랑스를 중심으로 유럽 국가들이 컨소시엄을 형성하여 운영하는 항공산업에 대해서도 문제를 삼았다. 실제로 프랑스와 영국·독일·스페인 등 유럽 국가들은 엄청난 규모의 국가 지원금을 조달하여 에어버스라는 유럽산 비행기를 생산해내고 있다. 에어버스는 세계 민간항공기 시장의 1/3 정도를 차지할 정도로 성장하였다. 유럽인들은 미국 역시 국방성의 무기 구입을 통해 항공산업에 실질적인 지원을 하고 있지 않느냐고 반박하였다.

　미국의 영향력을 막기 위한 프랑스의 노력은 경제적인 차원에 머물지 않는다. 문화적 측면에서도 프랑스는 미국의 영화와 TV 프로그램이 세계 영상시장을 독점하는 것을 방관하지 않겠다는 태도이다. 미국은 프랑스의 다양한 문화보호 조치들이 자유무역에 대한 불공정한 제약이라고 공격하고 있다. 프랑스는 농업에서와 마찬가지로 문화산업은 예외가 인정되어야 한다고 주장하며 모든 것을 돈의 논리에 묶어 놓을 수는 없다고 말한다.

　최근에는 미국산 쇠고기의 수입금지 조치에 대해서도 양국은 충돌하고 있다. 프랑스인들은 유전자를 조작한 농산품이나 생명공학기술을 통해 생산한 음식을 먹는 데 강한 거부감을 나타내고 있다. 그런데 미국에서 생산되는 쇠고기는 대부분 인공 또는 자연 호르몬을 투입하여 빠른 기간에 성장시킨 것들이다. 프랑스는 소비자들이 싫어하고 인체에 해로울 수 있는 상품에 대해 금수조치를 당연히 내릴 수 있다고 주장한다. 미국은 이 또한 자유무역의 원칙을 위배하는 불공정한 처사라고 반발하고 있다.

이처럼 프랑스와 미국의 충돌은 단순한 이익의 충돌이라기보다는 서로가 독특하게 가지고 있는 문화적 배경과 세계관의 충돌을 동반하고 있다. 이익 충돌은 협상과 조정과정을 통해 타협점을 찾을 수 있다. 왜냐하면 이익 충돌이 전쟁으로 발전하게 되는 경우 양측은 모든 것을 잃을 수 있기 때문이다. 그러나 문화와 세계관의 충돌은 타협점을 찾지 못하고 전쟁으로까지 발전할 가능성이 높다. 물론 여기서 논의하는 전쟁이란 무역전쟁을 말한다.

프랑스 사람들은 미국인들에 대해서도 미묘한 감정을 가지고 있다. 프랑스인들은 미국인들이 대체로 단순하고 소박하다고 생각하는 편이다. 미국인들의 단순 소박함에 대해 내 친구는 이런 이야기를 들려주었다.

"미국에 있을 때 어느날 친구를 통해 아주 친절한 사람을 만나게 되었는데, 자기 집에 좋은 선물이 있으니 같이 가자는 거야. 우리는 차를 타고 수십 킬로미터를 달려 그 집으로 갔지. 그는 만면에 미소를 띠고 나를 부엌으로 데려가 냉장고문을 열면서 '짠!' 하는데 보니까 화이트 와인 한 병이 있더라고…… 참 좋은 친구지만 와인 한 병 가지고 그렇게 행복해할 수 있는 민족은 미국 사람뿐일 거야."

프랑스인들은 또 미국인들이 너무 단순하기 때문에 극단적인 방향으로 나아갈 수 있다고 생각한다. 예를 들어 1920, 30년대 미국에 내려졌던 금주령은 프랑스인으로서는 이해할 수 없는 극단적인 조치이다. 술의 소비를 제약할 수 있는 정책들이 얼마든지 있는데 어느날 갑자기 술의 소비를 전면 금지시키는 것은 단순한 사람들만이 내릴 수 있는 결정이라는 것이다. 실제로 금주령은 술밀매 조직을 비대화시키는 결과를 낳았고 미국 마피아 성장에 촉진제 역할을 했다.

미국에서 한때 열풍을 일으켰던 매카시즘도 프랑스인들에겐 비판의 대상이다. 매카시라는 상원의원이 일으킨 공산주의의 악마화에 그토록 많은 사람들이 열렬한 지지를 보내면서 좌파 성향의 사람들을 공격한 것에서 프랑스 사람들은 미국인들의 단순함을 다시 발견한 것이다.

최근에는 미국에서 부는 흡연자들에 대한 권리박탈 운동에서 프랑스는 또 한번 미국인의 단순함을 확인한다. 프랑스에서도 전세계적인 금연운동에 동참하고 있지만 주로 담배값을 올리는 정책이 주요 축을 이룬다. 공공장소에서 흡연구역과 금연구역을 따로 설치해야 한다는 법이 통과되었지만 그것은 프랑스식으로 적용되고 있다. 예를 들어 애연가들이 좋아하는 까페에는 흡연구역과 금연구역이 따로 정해져 있다. 그러나 이 두 구역 사이에는 아무런 장벽도 없어 연기가 그대로 흘러나오고 게다가 금연구역은 대부분 구석의 화장실 옆에 자리하고 있는 경우가 많다. 미국 캘리포니아에서 종업원들의 건강을 위해 바에도 금연조치가 내려졌다는 소식에 프랑스인들은 역시 냉소적인 미소를 띠거나 폭발하는 웃음을 참지 못한다. 프랑스 사람들은 사회 모든 현상이나 사실에 대해, 특히 국가가 하는 일을 비판하는 데 훈련되어 있다. 프랑스인들은 미국 사람들이 이런 비판정신이 부족하다고 생각한다.

이에 덧붙여 프랑스인은 미국 사람들이 무식하고 무례하다는 생각을 가지고 있다. 미국 친구가 프랑스인 집에 왔다. 프랑스 사람들은 친구가 오면 "너희 집처럼 해"라는 말을 한다. 그러나 그 말은 그저 예의상 상대방의 마음을 편하게 하기 위해서 하는 말이지 실제로 너희 집처럼 하라는 것은 아니다. 그러나 미국 친구는 이 말을 그대로 믿는지 정말 제집처럼 냉장고를 뒤져 맘대로 먹는다. 프랑스 사람으로서는 무례하다고 생각할 수밖에 없다. 반대로 미국인들은 프랑스의 이런 태도를 위선적이라고 지적한다.

프랑스인들은 또 미국 사람들이 로마가 스위스에 있고, 스톡홀름이 스코틀랜드에 있다고 생각하는 무식한 사람들이라고 생각한다. 실제로 많은 미국인들에게 유럽은 일주일 동안 관광할 수 있는 시골 정도이다. 프랑스 사람으로선 자존심이 상할 수밖에 없다.

이와같이 프랑스의 반미주의는 유일한 초강대국 미국에 대한 콤플렉스(inferiority complex)와 문화적 차원에서 자신들이 우월하다는 콤플렉스(superiority complex)가 합쳐져서 만들어진 것으로 보인다. 그러나 프랑스와 미국이 충돌할 수밖에 없는 구조적인 원인은 양국 모두 보편적인 제국을 형성하려는 데 있다. 프랑스인과 미국인들은 각각 자국의 제도가 보편적인 제도가 될 수 있다는 믿음을 가지고 있으며 이러한 믿음에 기초하여 이데올로기적인 태도로 국제관계를 바라본다. 결국 세계를 주도하고 지배하려는 서로 다른 가치관과 세계관의 충돌이라고 할 수 있다.

## 유럽의 기수

프랑스는 제2차 세계대전 이후 유럽통합을 주도해온 국가이다. 유럽국가들이 서로 반목하면서 두 차례의 세계대전을 치르는 동안 유럽은 미국에 세계의 주도권을 빼앗겨버렸다. 제2차 세계대전 이후의 세계는 미국과 소련이라는 초강대국이 지배하는 세상으로 돌변하였다. 앞에서 언급했듯이 영국과 프랑스는 제국의 환상에서 벗어나지 못해 수에즈에 파병했다가 국제적인 망신을 당하였다.

유럽 사람들은 이제 유럽이 하나로 뭉쳐야만 미국 같은 대국과 경쟁할 수 있고 잃어버린 영향력을 되찾을 수 있다는 점을 인식하였다. 이런 관점에서 유럽은 19세기부터 유럽정치를 지배해왔던 민족주의의 폐해를 뼈저리게 경험한 셈이다. 유럽국가들이 서로 팽창적인 민족주의를 추진하다보니 결국 이들 사이에 소모전이 발생할 수밖에 없었다는 교훈을 얻은 것이다. 전쟁의 결과는 어떤 세력의 등장보다는 모두가 망해버리는 꼴이 되었고 결국 유럽 외부의 세력만 키워주고 만 것이었다.

유럽이 다시 부흥하여 세계의 주도권을 확보하려면 무엇보다 유럽 대륙에 안정적인 평화체제를 구축하는 것이다. 그리고 유럽의 평화체제 구축에는 프랑스와 독일의 화해가 필수적으로 이루어져야 한다. 사실 프랑스와 독일은 1870~71년의 보불전쟁, 1914~19년의 제1차 세계대전, 그리고 1939~45년의 제2차 세계대전 등 75년 동안에 세 차례나 커다란 전쟁을 치렀다.

제2차 세계대전 직후 프랑스의 경제계획 부서를 담당하고 있던 장 모네(Jean Monnet)는 프랑스와 독일이 화해하기 위해서는 서로 군비경쟁을 지양해야 하고, 이를 위해 군수산업의 기초가 되는 석탄과 철강산업을 공동으로 관리하는 방안을 구상해냈다. 모네의 이러한 아이디어를 프랑스 외무장관 슈만(R. Schuman)이 수용함으로써 이는 공식적인 슈만 플랜으로 프랑스 정부에 의해 제안되었다.

프랑스의 제안에 독일이 화답하고 여기에 이딸리아와 베네룩스 3국(벨기에·네덜란드·룩셈부르크)이 동참함으로써 1951년에 빠리 조약이 맺어졌다. 그리고 유럽통합의 시발점이 되는 유럽석탄철강공동체가 형성되었다. 당시 최대의 에너지원이었던 석탄과 모든 군수산업의 기초라고 할 수 있는 철강산업을 6개국이 공동으로 관리함으로써 전후 경제복구와 군비경쟁 지양이라는 목적을 동시에 추진할 수 있게 되었다.

프랑스는 석탄철강공동체로 만족하지 않고 다시 한번 프랑스와 독일 간의 평화와 화해를 제도화한다는 차원에서 곧바로 유럽방위공동체를 제안하였다. 방위공동체는 6개국간에 군대를 통합한다는 야심찬 계획이있으며, 방위공동체 조약은 6개 회원국늘에 의해 체결되었고 5개국 의회에서 비준을 받았다. 그러나 막상 조약안을 제기한 프랑스는 의회에서 여러가지 정치적 요인으로 인해 비준에 실패함으로써 방위공동체는 실현되지 못하였다. 방위공동체가 너무나 정치적이고 군사적인 측면에서 국가 주권을 위협할 수 있기 때문이었다. 방위공동체의 실패에서 교훈을 얻은 유럽 지도자들은 커다란 저항 없이 실현가능한 분야부터 통합을 이루자는 데 합의하였다. 이래서 생겨난 것이 1957년의 로마조약이고 유럽경제공동체(EEC)이다.

프랑스는 이처럼 유럽통합의 시초부터 적극적으로 주도권을 발휘하였으며, 통합과정에서 가장 선도적 역할을 하였다. 프랑스는 특히 유럽의 통화정책 협력이나 단일 화폐권 구성에 가장 적극적인 태도를 보이면서 유로화 출범에 결정적으로 기여하였다.

지난 1999년 1월 유로화 출범 당시 프랑스의 조스뺑 총리는 "유로는 프랑스가 달러의 지배에서 벗어나도록 할 것"이라면서 화폐통합의 의미를 강조하였다. 그는 프랑스가 프랑을 포기하고 유로를 채택한다고 해서 민족이나 유럽, 또는 정체성 중 어느 것 하나를 포기하는 것이 아니라면서 "프랑스는 국제무대에서 더욱 주도적인 역할을 해야 한다"고 주장하였다. 특히 대아프리카 정책이나 인권정책, 그리고 국제형사법원을 구성하는 데 중요한 기여를 해야 한다고 하였다.

프랑스가 유럽통합에서 주도적인 역할을 수행했던 데는 여러가지 이유가 있다. 우선 프랑스는 유럽국가 중에서 가장 규모가 큰 국가에 속한다. 현재 유럽연합 회원국 15개국 중에서 프랑스는 인구나 경제 규모 면에서 독일 다음으로 큰 나라이다. 이딸리아와 영국은 그 뒤를 따르고 있다.

프랑스는 제2차 세계대전 당시 주변국들을 침범하고 유태인 학살 정책을 폈던 독일의 피해국이었으나 결국에는 승전국이 되었다. 독일은 침략국이자 패전국으로 적극적으로 국제무대에서 활동할 수 없는 입장이었다. 반면 프랑스는 유럽의 대국 중에서 과거의 부담 없이 주도권을 발휘할 수 있는 나라였다.

프랑스는 또한 이미 식민정책이나 이민정책에서 보았듯이 보편성을 매우 중요시하는 나라라는 점을 들 수 있다. 유럽통합의 구상이나 과정에서 프랑스는 보편적인 원칙을 앞세워 새로운 제도를 구상할 수 있었다. 유럽연합 집행위의 구성이나 이사회 운영방식 등이 프랑스 정치행정 체제에서 많은 부분을 도입하여 만들어진 이유가 바로 여기에 있다.

마지막으로 프랑스는 유럽을 지렛대로 사용하여 쇠퇴한 자국의 국제적 주도권을 확보하려는 데 가장 커다란 관심을 보인 나라이다. 프랑스 혼자의 힘으로는 도저히 미국이나 소련과 경쟁할 수 없다는 인식하에 프랑스는 다른 유럽 나라의 힘을 합하여 미국이나 소련에 대항하고자 하였다. 특히 경제 쟁점이 중요하게 떠오르는 탈냉전기에 프랑스는 미국과 일본의 경제력을 견제하기 위해서는 유럽의 통합이 필수적이라는 사실을 강조하였다.

대서양을 중심으로 미국과 유럽연합이 벌이는 통상마찰과 무역전쟁은 거의 대부분 미국과 프랑스가 전통적으로 경쟁하는 분야에서 발생하였다. 최근의 바나나 무역에 관한 분쟁, 항공기 규제에 관한 분쟁, 그리고 호르몬 쇠고기에 관한 마찰은 미국과 프랑스 사이에 벌어진 일들이다. 영상산업이나 서비스 산업 부문에서도 미국과 프랑스의 대립은 미국과 유럽의 대립으로 확대되어 나타나고 있다. 프랑스 19세기 최고의 문필가 빅또르 위고는 이미 1867년 『미래』라는 저서에서 다음과 같이 예언하였다.

"20세기에는 획기적인 민족이 존재할 것이다. 이 거대한 민족은 그 거대함에도 불구하고 자유로운 민족일 것이다. 이 빛나는 민족은 풍요롭고 지적이며 평화적이고 인류의 다른 민족에 우호적일 것이다. 이 민족의 수도는 빠리가 될 테지만 민족의 이름은 프랑스가 아니고 유럽일 것이다. 게다가 20세기 이 민족의 이름은 유럽이지만 그 이후에는 또다른 변화를 거쳐 인류라고 불릴 것이다."

위고의 예언은 이미 상당부분 현실로 나타났다. 프랑스가 지속적으로 보여주고 있는 외교정책이나 유럽통합 정책은 바로 위고의 글에서 발견할 수 있는 선민(選民)의식과 보편정신에 대한 믿음에 기초하고 있다. 프랑스가 미국과 함께 밀로셰비치가 주도하는 세르비아의 야만적 민족주의 정권에 대한 전쟁에 적극적으로 참여했던 이유도 보편적 인권의 보호와 유럽지역의 안정을 위한 것이다.

유럽국가들이 평화와 번영을 위해 이미 반세기가 넘도록 협력과 공동체 의식을 강화하고 있는 가운데 동아시아에서는 오히려 뒤늦은 민족주의적 갈등이 고조되는 모습을 보면서 안타까움을 금할 수 없다. 한가지 작은 희망이 있다면 체면이 지배하는 실용주의적 동양 사회에서는 국가간 갈등이 과거 유럽처럼 종교전쟁의 성격을 띠지 않을 수 있다는 것이다.

# 후기

　프랑스는 내 삶에 있어 나의 모국 한국만큼이나 중요한 비중을 차지하고 있다. 나는 고등학교부터 대학을 거쳐 대학원에서 박사학위를 받을 때까지 일생에서 가장 감수성이 예민한 10년을 프랑스에서 보냈다. 게다가 나는 프랑스로 유학을 떠나기 전에는 아프리카의 프랑스어권 지역인 가봉에서 5년 동안 초등학교와 중학교를 다녔다. 이기간 동안 나는 비록 프랑스에서 살지는 않았지만 프랑스인 선생님으로부터 프랑스식 교육을 받았고 프랑스어로 된 책을 읽으면서 세상에 눈을 뜨게 되었다. 한국 문화가 나의 마음을 움직이는 정서적 토양이라면 프랑스의 정신은 나의 머리를 지배하는 햇빛이라고 할 수 있다.

　프랑스를 떠난 뒤에도 나는 한국 사회에서 유럽지역 전문가로서 프랑스와의 인연을 지속하고 있다. '직업: 정치학자' 그리고 '전공: 유럽지역 연구 및 국제정치경제'는 나의 사회적 신분증에 기록할 수 있는 내용이다. 가끔씩 나는 내 운명이 한국과 유럽의 가교역할을 하도

286

록 정해졌다는 생각을 하곤 한다. 그래서 한국에 살면서도 1년에 한 번씩은 프랑스를 찾아가 사람들도 만나고 자료도 뒤적이면서 그 사회의 지속성과 변화를 감지하려고 해왔다.

따지고 보면 나는 지금까지 나의 삶의 반 정도를 한국에서 보냈고 나머지 반을 프랑스나 프랑스 문화권에서 산 셈이다. 사람의 심리란 미묘한 것이어서 외국생활을 하는 동안은 한국을 동경하고 미화시켜 생각하는 경향이 있다. 반대로 한국에 살면서는 과거 자신이 생활했던 외국을 그리워하게 된다. 일상생활에서 자신에게 주어진 커다란 축복에 대해서는 무감각하지만 작은 불편함에도 예민하게 반응하는 인간의 교활함 때문일까. 몇년 전에 썼던 『나의 사랑 나의 아프리카』라는 책은 이러한 심리적 발로의 구체적 결실이었다.

사회과학을 본업으로 삼고 있는 사람이 대중적으로 널리 읽힐 수 있는 책을 쓴다는 것은 여러모로 위험한 작업이다. 일부 사회과학자들은 되도록 어렵고 지루하게 글을 써야 자신의 학문적 권위가 선다고 생각하고 있다. 내가 1년이라는 짧은 기간 동안 기자생활을 하면서 얻은 가장 커다란 교훈 중 하나는 읽기 쉽고 이해하기 편한 글을 쓰는 것이 얼마나 어려운 일인가란 점이다. 사회과학이란 자신의 주관적인 느낌을 전달하는 학문이 아니다. 사회과학은 오히려 자신이 가질 수 있는 주관성을 최대한 배제하면서 객관적 시각에서 서술되어야 한다. 이런 관점에서 평소에 다양한 자료를 객관적으로 분석하여 논문이라는 딱딱한 형식의 글을 쓰는 데 익숙해져 있는 사람으로서 이 책을 쓴다는 것은 쉬운 일이 아니었다. 어떤 분석이나 주장을 하면서 '나는 과연 이런 주장을 뒷받침할 만한 충분한 자료를 축적하였고 충분한 조사를 해보았는가'라는 스스로의 질문에 시달렸다. 이에 대한 답변은 대부분 부정적이었다.

다른 한편 이 책은 한국인에게 프랑스와 프랑스인의 삶을 소개하는 책이다. 그래서 여러 부분에서 미국이나 다른 유럽국가의 상황과 비교를 하였다. 하지만 특정 내용에서 어느 정도까지가 프랑스 사회의 고유한 특징인지 매번 명확하게 설명할 수는 없었다. 프랑스에 대해 설명하는 이 책의 내용 가운데 상당부분은 유럽이나 미국까지 포괄한 서양에 공통적일 수 있다. 그래도 다뤄진 내용의 대부분은 서양에서도 프랑스가 특징적으로 보여주는 성향이나 현상에 할애하였다. 이런 의미에서 이 책은 분명 엄밀한 의미의 사회과학 연구서는 아니다. 이 글을 쓰면서 내가 목표로 했던 것은 프랑스 사회와 문화를 한국의 일반인들이 비교적 쉽게 이해할 수 있는 지표와 틀을 제시하는 것이었다. 나의 주장이나 분석이 과학적 연구에 기초한 것은 아닐지라도 한국 사회에서 프랑스에 대해 범람하는 환상과 오해를 조금이라도 바로잡겠다는 소망이 글을 계속 쓰게 하는 힘이 되었다.

이 글의 장르를 굳이 구분한다면 문화에세이쯤 될 것 같다. 문화에세이는 아무나 덤벼들 수 있는 장르가 아니라는 점을 나 스스로 너무나 잘 알게 되었다. 양국 문화에 대한 포괄적이고 전반적인 지식이 필요하였고, 심층적으로 역사의 흐름을 읽을 수 있는 능력이 요구되었다. 무궁무진한 상상력과 동시에 치밀한 논리적 설득력을 필요로 하였다. 아울러 유려한 문장과 문학적 소양을 통해 독자들의 마음에 다가가 호소할 수 있는 문필력도 중요한 조건이었다. 그러나 나는 이런 능력들을 완벽하게 갖출 때까지 기다릴 만한 인내가 없었다. 나는 적어도 10년 전부터 이런 종류의 글을 쓰고 싶다는 생각을 가지고 있었지만 매번 능력 부족을 이유로 포기해왔다. 나의 능력이 완벽해질 때를 기다렸다가는 평생 이런 글을 쓰지 못할 수도 있으리라는 불안감도 나의 용기를 북돋는 데 한몫을 담당했다.

나는 이 글을 써나가는 과정에서 프랑스에 대한 맹목적 이상화나 무책임한 비판을 배제하기 위해 나름대로 무척 고심을 했다. 프랑스인과 프랑스 사회에 대한 긍정적인 측면과 부정적인 측면을 모두 소개하려고 노력하였다. 그리고 가능하면 독자들이 스스로 판단할 수 있도록 많은 여지를 남겨놓았다. 현대 프랑스의 길라잡이로서 그 사회의 다양한 모습들을 소개할 수는 있지만 최종적인 판단은 독자의 몫이어야 한다고 생각했기 때문이다. 그러나 제4장 '믿음'에서는 "너무 프랑스 사회를 미화하고 한국 사회를 비판적으로 보지 않았나" 하는 생각이 마지막 탈고의 순간까지 나를 괴롭혔다. 프랑스에는 사명감·인류애·책임감과 같은 긍정적 가치들이 살아숨쉬고 있고, 한국에는 사리사욕과 부정부패, 그리고 물질만능주의가 판치고 있다는 나의 진단은 나를 불안하게 하였다. 암과 같은 치명적인 병을 선고해야 하는 의사가 그렇듯이 나는 '믿음'의 장을 여러차례 다시 읽어보면서 확인을 거듭하였다. 그러나 한국은 여전히 물신주의에 기초한 체면 사회였고, 프랑스는 상대적으로 인본주의적 가치가 살아 있는 양심 사회였다. 그 반대로 생각하는 사람이 있다면 나를 설득시켜주기를 기대할 뿐이다. 이와 같은 현 상황에 대한 나의 진단이 미래의 변화 가능성을 부정하는 것은 물론 아니다.

　이 책은 많은 분들의 도움이 없었더라면 완성하지 못했을 것이다. 쎄르주, 띠에리, 비에뜨, 유오뜨 등의 고등학교 친구들, 그리고 질베르, 에릭, 필립 등의 대학교 동창들과는 지금까지도 기회만 주어지면 만나 프랑스 사회뿐 아니라 다양한 관심사에 대해 토론한다. 이런 토론과 이들을 통한 간접경험이 없었더라면 내가 프랑스 사회를 바라보는 시각이나 관점은 상당히 왜곡되어 있었을 것이다. 1999년 전반기에 세종연구소 조교로 일하다 지금은 미국에 유학중인 하상응은 자료를 수집하고 정리하는 데 기여했을 뿐 아니라 편집과 구성에도 따뜻한 조언을 해주었다. 세종연구소의 최선근 박사님과 이숙종 박사님, 중앙대학교의 한태준 교수님은 초고를 세심하게 읽고 논리적 비약이나 잘못된 비유, 분석상의 이견 등을 솔직하게 지적하여 글의 질을 향상시키는 데 커다란 도움을 주셨다. 또한 이 책이 세상에 나올 수 있게 된 것은 창작과비평사 여러분의 정성과 노력이 없이는 불가능했을 것이다. 이 기회를 빌려 모든 분들께 진심으로 감사의 말씀을 드리며 혹시라도 나의 실수나 부족함이 이 분들께 누가 되지 않기를 바란다.

이제는 나의 글이 독자들과 만나는 시간이 왔다. 새로운 만남은 항상 기대와 긴장이 교차하는 미묘한 감정을 느끼게 한다. 특히 글을 통한 만남은 불평등하다. 나의 벌거벗은 모습을 그대로 드러낸 채 상대방과 만나기 때문이다. 그래서 나는 나 자신을 포함하여 글을 즐겨 쓰는 사람들이 억압된 '노출증 환자'들이라고 생각한다. 내 스스로 선택한 노출의 취약성은 내가 치러야 할 대가이고 감당해야 할 몫이다. 나의 소박한 바람은 내가 바라본 프랑스를 통해 많은 독자들이 현실의 프랑스에 좀더 가까이 다가가고 이해하는 것이다. 그리고 궁극적으로는 프랑스라는 거울을 통해 우리의 삶과 사회를 좀더 객관적이고 비판적으로 바라볼 수 있는 기회를 갖도록 하는 것이다.

2000년 10월 9일
조 홍 식

290

## 사진 출처

*Paris* (Librairie Larousse, 1982) 53, 139

*France* (Librairie Larousse, 1990) 52, 59, 61, 87, 144

*Histoire de la France* (Larousse, 1995) 368, 397, 399, 423, 457

*l'Art de Vivre a Paris* (Flammarion 1996) 138